Please Stay

Ich will dich bei mir

Laura Görbing

Please Stay - Ich will dich bei mir
1. Auflage

Papenstieg 19
38442 Wolfsburg
info@LauraGoerbing.de
www.LauraGoerbing.de

Lektorat: Daniela Mertens
Covergestaltung: Fillip Görbing
Grafiken: Pixabay.com, iStockphoto.com, Canva.com, Shutterstock.com

www.LauraGoerbing.de

Alle in diesem Roman vorkommenden Personen,
Ereignisse und Handlungen sind frei erfunden

Kapitel 1

Hailey

»So, jetzt ist die heißeste Schnecke Vancouvers auch endlich angemeldet«, teilte mir meine Freundin Vicky mit und schmiss das Handy neben mich auf das Bett.

»Dein Ernst jetzt?«

Herzlich willkommen bei Lovekiss.

Bitte sage uns doch zuerst, was dich am meisten interessiert.

Flirt? Abenteuer? Freundschaften?

Ich rollte mit den Augen. »Da sind doch sowieso keine gescheiten Männer zu finden«, erklärte ich ihr und ließ mich nach hinten auf die Matratze fallen.

»Das weißt du nicht«, behauptete sie und stopfte sich weiter mit ihren Paprika-Chips den Mund voll.

Vicky war meine beste Freundin. Normalerweise hieß sie Victoria, aber sie hasste diesen Namen. Deshalb sollte sie jeder mit ihrem Spitznamen ansprechen. Wenn ich sie ärgerte, nannte ich sie logischerweise Victoria. Man kannte sie als eine ehrgeizige Frau mit großem Selbstbewusstsein. Davon könnte ich mir ab und zu eine Scheibe abschneiden.

»Was soll ich denn da wählen?«, fragte ich planlos und hielt das Handy in ihre Richtung.

Sie zuckte mit den Schultern und warf ihre langen weinroten Haare nach hinten. »Na, was interessiert dich denn?«

»Du hast mich da angemeldet.«

Sie riss mir das Handy aus der Hand und tippte etwas ein, was ich nicht sah.

»Habe alles angeklickt. Bitteschön.«

»Man. Ich will doch kein Abenteuer«, ermahnte ich sie.

»Warum nicht? Dann kannst du mit jemandem vielleicht wandern gehen.« Ihre Mundwinkel zogen sich nach oben und sie schmiss die mittlerweile leere Tüte in den Müll.

Manchmal würde ich ihr liebend gern gegen ihre Stirn zimmern.

»Da lernst du bestimmt den Richtigen kennen.«

Ich hob fragend eine Augenbraue. »Wie lange bist du schon dort angemeldet?« Bevor sie antwortete, redete ich weiter. »Lange genug. Und hast du einen vernünftigen Mann gefunden, der nicht nur ficken will?«

Sie schnaufte vor sich hin.

»Hast du ein Foto von mir hochgeladen?«, fragte ich panisch und griff nach dem Handy.

»Nein. Noch nicht. Aber lad eins hoch.«

Ich schüttelte den Kopf und öffnete mein Profil.

Hailey, 25

Nichtraucherin, liebt Essen, hasst Kaffee und Sport.

Mein Blick schweifte zu ihr. »Wow. Du hast dich ja richtig ins Zeug gelegt mit meinem Profil«, amüsierte ich mich.

»Nervig muss ich noch hinzufügen.«

Ich schmiss ihr ein Kissen ins Gesicht. »Du bist hier die größte Nervensäge. Ich will nicht auf einer Datingplattform angemeldet sein. Und mein voller Name soll da auch nicht stehen.«

Wir diskutierten eine Weile, bis ich nachgab und ein ordentliches Profil hatte.

»Und jetzt machen wir noch ein Bild von dir. Die müssen deine Schönheit einfach sehen.«

Ich winkte ab und rollte die Augen. »Da kommt kein Foto rein.«

Unerwartet leuchtete mein Handy auf. Ein Kerl namens Jackson schickte mir ein Herz.

»Oh Mann. Du bist nicht mal zehn Minuten angemeldet und hast schon ein Herz«, meinte sie und klatschte in die Hände. Meine Freundin flippte völlig aus.

Ich zwinkerte ihr zu. »Und ich habe nicht mal ein Bild von mir im Profil.«

Sie erhob ihre Hände. »Ja, dann würde dein Handy gar nicht mehr stillstehen.«

Wir lachten und ich öffnete das Profil von Jackson.

Jackson, 30

Raucher, liebe Katzen, hasse Sport … außer Bettsport.

Ich runzelte die Stirn und hielt ihr das Handy hin. »Klasse. So habe ich mir das Ganze vorgestellt.«

Vicky prustete los. »Ja, okay. Es gibt auch ein paar Vollidioten.«

»Ein paar?«

Sie zuckte mit den Schultern. »Vielleicht auch ein paar mehr.« Wir scrollten uns durch die Männerprofile, bei manchen rollte ich nur mit den Augen.

»Warum lädt man bitte ein Bild vom Lamborghini als Profilbild hoch?«, fragte ich und schlug mir leicht gegen die Stirn. »Angeber.«

»Na ja, besser als ein Hunde- oder Katzenbild.«

Ich hüstelte belustigt. Wo sie recht hatte ...

»Hailey ...«, fing sie an.

Okay, wenn sie meinen ganzen Namen aussprach, dann würde es jetzt ernst werden.

»Wenn ich schon kein Glück mit Männern habe, dann solltest du es wenigstens haben. Nach Milow hattest du doch keinen richtigen Mann mehr.«

Mit Milow, meinem erster Freund, war ich zwei Jahre zusammen gewesen. Die Beziehung hatte ich vor vier Jahren beendet, weil ihm alles andere wichtiger war als ich. Er hatte nur Arbeit, Freunde und Fußball im Kopf. Ich war traurig gewesen, nachdem es vorbei war, aber heute bin ich froh darüber.

»Irgendwann kommt schon der Richtige. Für uns beide.«

Sie nickte zustimmend. »Und solange habe ich meinen besten Freund. Wenn mich die Batterien nicht im Stich lassen.«

Wir lachten.

»Kommst du morgen in der Mittagspause zu uns in den Salon?«, fragte sie, während sie ihre Weste anzog.

»Ja, mal schauen. Aber ich habe morgen auch mein Gespräch im Autohaus.«

Vicky schaute mich verdutzt an. »Willst du das echt machen? Putzen im Autohaus?«

Ich zuckte mit den Schultern. »Warum nicht? Als Floristin verdiene ich halt nicht viel Geld, und da mein größter Traum ein eigener Laden ist, werde ich mir abends etwas Geld dazuverdienen«, erklärte ich ihr.

»Du bist dann aber eine heiße Putzfrau.«

Mein Mund verzog sich zu einem Lächeln.

Sie drückte mich. »Melde dich morgen einfach.« Sie verabschiedete sich und verließ die Wohnung.

Kurz danach verschwand ich ins Bad und stieg unter die warme Dusche. Mit dem Mangoduschgel schäumte ich mich ein und grübelte über das morgige Gespräch. Wenn meine Eltern wüssten, dass ich bald höchstwahrscheinlich in einem Autohaus putze, würden sie mich auslachen. Ich hatte mit beiden nach der Schule keinen Kontakt mehr gepflegt. Als sie erfahren hatten, dass ich nicht so wie mein großer Bruder Alec und gefühlt jeder in der Familie studieren wollte, waren sie so sauer, dass sie nicht mehr mit mir sprachen. Anfangs war ich traurig darüber, aber mittlerweile ging es mir am Hintern vorbei. Vicky und mein Bruder sagten immer wieder, ich solle mich mit dem beschäftigen, was mich glücklich mache, und das waren Blumen. Auch Vicky hätte mit ihrem hammermäßigen Zeugnis was anderes als Friseurin lernen können, aber genau das war ihr Wunsch gewesen. Deshalb verstand sie mich so gut.

Nach der Dusche cremte ich mich mit der passenden Bodylotion ein und schlüpfte in meinen flauschigen Pyjama. Als ich im Bett lag, klingelte das Handy. Alec.

»Ja?«, begrüßte ich ihn.

»Hey, Schwesterherz. Hast du schon geschlafen?«

Ich schaute auf die Uhr. Kurz vor neun. »Äh, nein. Ich bin doch nicht du. Wieso bist du überhaupt noch wach?«, scherzte ich und wunderte mich über seinen Anruf. Um diese Zeit schlief er meist schon.

»Ich habe Stress mit Neyla.«

Vor drei Jahren waren mein fünf Jahre älterer Bruder und Neyla zusammengekommen. Wieso die überhaupt ein Paar waren, verstand niemand. Sie waren so verschieden. Er war Zahnarzt und schleppte reichlich Geld nach Hause.

Und sie krümmte keinen Finger.

Meiner Ansicht nach nutzte sie Alec nur aus, das sah er aber nicht.

Mit seinem durchtrainierten Körper könnte er einige Frauen haben. Seine dunkelblonden Haare trug er stets kurz und er war fast zwei Meter groß. Ganze vierzig Zentimeter größer als ich. Mit Neyla kam ich nicht so optimal klar, aber Alec zuliebe riss ich mich oft zusammen.

»Schieß los«, forderte ich ihn auf.

»Ach, sie kennt kein anderes Thema mehr. Nur noch Hochzeit.«

Genervt ließ ich mich nach hinten auf die Matratze fallen und starrte an die Decke. Wusste diese Frau eigentlich, dass sie ihn damit eher von sich wegtrieb als vor den Traualtar? Anscheinend nicht.

»Du kennst sie doch. Sie wird so lange reden, bis du ihr endlich den beschissenen Ring an den Finger steckst.«

»Vielleichte sollte ich es einfach wagen, dann gibt sie Ruhe.«
»Alec. Überleg dir das gut. Sie soll erstmal arbeiten gehen.« »Du weißt, dass Sie ...«, fing er an.

»Nur weil sie bei ihrer letzten Arbeitsstelle von der Chefin etwas schroff angemacht wurde, heißt das doch jetzt nicht, dass sie für immer auf ihrem faulen Arsch sitzen kann.«

Er schnaufte am anderen Ende der Leitung, sagte aber nichts, weil er garantiert wusste, dass ich recht hatte. Manchmal war ich die ältere von uns beiden. Ich erzählte ihm von meinem morgigen Termin im Autohaus und dann beendeten wir das Gespräch.

Eingekuschelt öffnete ich nochmal die Dating-App und bearbeitete mein Profil. Plötzlich blinkte oben rechts in der Ecke ein Nachrichtensymbol auf. Ich klickte es an.

Kapitel 2

Hailey

Guten Abend (:

Welche Frau hasst denn Kaffee? :-p

Ich schmunzelte bei dem Satz. War es so ungewöhnlich, dass eine Frau keinen Kaffee trank? Ich hasste diesen Geschmack. Dafür schlug mein Herz aber für Smoothies. Am liebsten Mango. Ich öffnete sein Profil.

Mr. Lambo, 28
Was ich alles mag? Finde es heraus ;-)
Ich nehme mir das – was ich will ;-)
Und wenn ich dich will – kriege ich dich ;-)

Wow. Er gab sehr viel preis von sich. Ich schaute mir sein Profilbild an. Von einem Lamborghini. Ach, der Angeber, den ich vorhin schon beim Durchscrollen gesehen hatte. Dann tippten meine Finger:

Guten Abend ;-)

Tja, ich bin halt anders ;) Du hast ja auch ein tolles Profilbild. Ist das dein Auto?

Zwei Minuten später kam eine Antwort.

(Er): Möglich :-) Findest du das Auto gut? Wonach suchst du hier?

(Ich): Vielleicht :-) meine Freundin hat mich hier nur aus Spaß angemeldet.

Ich suche nichts. Und du? :-)

(Er): Dann hätte ich dich mal auf eine Spritztour eingeladen. Ich suche nur etwas Lockeres. Mehr nicht.

(Ich): Na ja, dann bist du bei mir aber an der falschen Adresse.

(Er): Deine Adresse habe ich leider (noch) nicht. ;-) Wieso hast du kein Bild von dir hochgeladen?

(Ich): Wieso hast du es denn nicht?

(Er): Weil mich die Frauen auch so anschreiben :-) wie siehst du denn aus?

(Ich): Nicht jede Frau schreibt dich an.

(Er): Schick mir ein Foto von dir!

(Ich): Mit Sicherheit nicht. Ich gehe jetzt off.

(Er): Schreiben wir morgen weiter?

(Ich): Mal schauen. ;-)

Komischer Mann. Mr. Lambo. Wie kommt man überhaupt auf so einen Chatnamen? Als ob ich wildfremden Kerlen ein Bild von mir schicken würde, wo ich nicht mal einen Plan hatte, wie er aussah. Ich loggte mich aus, legte das Handy auf den Nachtschrank und schlief nach einer gefühlten Ewigkeit ein.

Am nächsten Tag wurde ich vom nervtötenden Wecker wach. Ich räkelte mich im Bett und mein Blick fiel auf das Handy.
Es leuchtete auf, also streckte ich meinen Arm aus und nahm es in die Hand. Wow, 21 Nachrichten von irgendwelchen Kerlen und von Mr. Lambo.

(Er): Wenn du mir schon kein Bild schickst, dann beschreib doch wenigstens, wie du aussiehst. ;-)
(Ich): Ich bin eine riesige Frau, habe blonde kurze Haare und monster Hupen ;-) Und was sagst du jetzt?

Bei meinem Satz schmunzelte ich und starrte auf das Display, ob gleich eine Nachricht zurückkäme. Es dauerte nicht lange.

(Er): Ich bin nicht begeistert, wenn man mich verarscht!
(Ich): Das ist dann natürlich doof ;-)

Ich bin nicht begeistert, wenn man mich verarscht. Wow und jetzt?

Kopfschüttelnd zog ich das Handy vom Ladekabel und flitzte ins Badezimmer, um mich herzurichten. Wie jeden Morgen steckte ich mir die elektrische Zahnbürste mit Zahnpasta in den Mund, doch heute dachte ich über diese App nach. Wieso hatte Vicky mich überhaupt angemeldet? Erneut öffnete ich die App, scrollte durch die anderen Nachrichten, die ich über Nacht erhalten hatte, und versuchte, mir das Lachen zu verkneifen. Vergebens.

Hallo, du Schöne las ich die erste. Diese ganzen Menschen hatten alle keinen blassen Schimmer, wie ich aussah. Wieso schrieben die dann so?

Ich kämmte meine langen Haare und verknotete sie zu einem Dutt. Anschließend schlüpfte ich in die dunkelgraue, enge Jeans. Über ein weißes Top zog ich eine schwarze Strickjacke, schnappte meine graue Umhängetasche und verließ die Wohnung in Richtung Treppe.

Drei Etagen morgendliches Fitnessprogramm waren besser, als fünf Minuten auf den Lift zu warten.

Obwohl ich die Treppen manchmal verfluchte. Unten lief ich durch die gläserne Tür und steuerte auf meinen schwarzen Twingo auf der gegenüberliegenden Straßenseite zu. Ich liebte diesen Wagen. Er war zwar nicht der schnellste, aber er brachte mich überall hin. Also fast. Mit ihm bekam ich auch die kleinen Parklücken, was manchmal echt von Vorteil war.

Mit den Worten »Guten Morgäääähn Hailey« begrüßte mich meine zehn Jahre ältere Kollegin Keyla und winkte mir herzlich zu, als ich das Blumengeschäft betrat.

Den Altersunterschied bemerkte man bei uns beiden nicht. Nur hatte sie in ihrem Leben logischerweise schon mehr erlebt. Mit ihrem Mann hatte sie vor sechs Jahren ihren Sohn Mayson bekommen. Manchmal besuchten uns die beiden im Laden oder holten Keyla von der Arbeit ab.

Vor fünf Jahren hatte ich mich auf Keylas Stellenausschreibung in der Zeitung beworben und beim Vorstellungsgespräch hatten wir sofort einen Draht zueinander gespürt.

»Guten Morgen. So früh so gut gelaunt?«, fragte ich meine Chefin und hängte die Strickjacke über einen Stuhl.

»Klar, du etwa nicht?«, neckte sie mich.

»Doch, doch. Na dann wollen wir mal.«

Wir bereiteten alles für den heutigen Tag vor. Ein Teil der Blumen holten wir aus dem Kühllager und ich fertigte Sträuße, Gestecke und Kränze an. Es dauerte nicht lange, bis sich das Geschäft mit Kunden füllte. Der Laden war immer gut besucht, sodass ich nicht mal kurz Luft hatte, um auf das Handy zu schauen. Das ärgerte mich im Moment. Ob der Lamborghini-Typ noch irgendetwas geschrieben hatte?

Nach drei Stunden stand die langersehnte Mittagspause an und ich bewegte meinen Hintern sofort zu Vicky. Ihr Salon war zu Fuß nur fünf Minuten entfernt. Gott sei Dank.

Sie stand mit einer Zigarette in der Hand vor der Tür und lehnte lässig an der Hauswand.

»Na«, begrüßte ich sie und nahm sie in den Arm.

»Hi. Ey, du warst ja heute schon online, hab ich gesehen.« Wieso stalkte sie mich denn bitte?

»Ja, kurz.«

Ihr Blick durchbohrte mich regelrecht. »Kurz? Und wie viele Kerle schreiben dir, trotz dass du immer noch kein Bild hochgeladen hast?«

Ich holte das Handy aus meiner Hosentasche, öffnete die App und hielt sie ihr vor die Nase.

»Wow.« Sie scrollte immer weiter. »Was ist mit dem hier?«

Ich wusste sofort, wen sie meinte, und zuckte mit den Schultern. »Ach, keine Ahnung. Er will unbedingt ein Bild, aber …«

»Blonde Haare und monster Hupen?«, fragte sie verwirrt und warf mir einen Blick zu. »Wo bist du blond, man?«

Ich wollte ihr das Handy aus der Hand reißen, aber sie war einen Kopf größer als ich und hielt es hoch.

»Und wo hast du bitte riesen Brüste?«

»Man, Klappe.«

Sie zog an ihrer Zigarette. »Schick ihm doch einfach ein Bild von dir? Oder lass uns jetzt eins machen«, schlug sie vor.

Mit verschränkten Armen stand ich vor ihr. »Ich weiß doch auch nicht, wie er aussieht«, konterte ich.

»Was bist du so auf ihn fixiert? Es gibt doch auch noch andere Kerle, die dort angemeldet sind und sogar ein echtes Profilbild von sich haben.«

»Du gehst mir auf die Eierstöcke. Dann schieß ein Bild von mir«, sagte ich, befreite meine Haare aus dem Dutt und legte sie zurecht.

Vicky quietschte vor sich hin und zeigte mit der Hand auf die andere Straßenseite. Drüben stand ein riesiger Baum, unter den ich mich stellte und in die Ferne schaute.

»Drehst du dich vielleicht zu mir? Ich stehe hinter dir, du Depp.«

Ich drehte meinen Kopf in ihre Richtung. »Das hatte schon einen Sinn.«

»Stopp, bleib genau so. Und jetzt lächeln«, befiel sie und legte sich auf den Boden, um eine andere Perspektive einzunehmen.

»Vicky. Übertreib doch nicht. Schieß jetzt ein Foto von mir, von hinten und damit ist das Thema beendet. Ich nehme an keiner Show teil, wo ich mit meinen Bildern punkten muss.«

Sie knipste und knipste wie eine Verrückte, als ginge es um Leben und Tod. Gefühlt zweihundert mal. Natürlich hatte sie mich auch von vorn erwischt. Ich betrachtete die Fotos, während wir wieder zum Frisörsalon zurückgingen.

»Da sind meine Augen zu, da guck ich blöd. Was macht meine Strähne da?« Ich schaute genervt in Vickys Gesicht. »Früher konntest du das besser«, stellte ich fest und scrollte weiter. Ein Foto hielt ich unter ihre Nase. »Okay, das hier ist doch ganz nett.«

Sie grinste und krallte sich das Handy. »Ja, das Bild hat was. Man sieht nur deine dunklen, langen Haare und einen Teil von deinem Rücken. Wow. Ich bin beeindruckt.«

Ihre Ironie hörte man direkt heraus.

»Ja, also, dann lade ich das jetzt hoch.« Sie tippte etwas ein und gab mir mein Handy zurück. »Ist erledigt.«

Mit geweiteten Augen schaute ich sie an. »Fuck, dann weiß ja Mr. Lambo, dass ich ihn echt verarscht habe.«

»Denkst du, er ist dumm und hat es nicht gecheckt?«

Ich schüttelte den Kopf, lachte und öffnete unseren Chatverlauf. »Er hat auch noch nicht geschrieben«, nuschelte ich vor mich hin. Ich steckte das Handy in die Hosentasche. »Vielleicht war er ja heute auch noch nicht online.«

»Bevor du bei mir warst, war er online«, teilte sie mir mit und drückte ihre Zigarette im Aschenbecher aus.

»Ehrlich? Woher weißt du das, Vicky?«, fragte ich und band meine Haare wieder zu einem Dutt.

Sie nickte nur und ein Lächeln legte sich auf ihre Lippen.

»Was grinst du so blöd?«

»Schreibst du noch mit anderen Männern?«

»Bisher nicht.«

In diesem Augenblick vibrierte mein Handy. Hastig holte ich es raus. Eine Nachricht von Mr. Lambo leuchtete auf dem Display auf.

»Na, hat er wieder geschrieben?«

Ich nickte und öffnete die App.

(Er): Hübsches Profilbild ;-) Schade, dass ich dein Gesicht nicht sehe.

(Ich): Ich sehe auch nur dein Auto ;-)

Keine zwanzig Sekunden später schickte er mir ein schwarzweißes Bild. Darauf waren zwei Fäuste in Boxhandschuhen, die gerade auf einen Sack einschlugen, dahinter ein durchtrainierter nackter Oberkörper.

(Er): Da hast du jetzt mal ein Bild von mir ;-)

Grinsen legte sich auf meine Lippen und ich schaute mir das Bild mindestens fünf weitere Male an. Heiß, wirklich. Wie er wohl insgesamt aussah? Auf jeden Fall trug er dunkle Haare und einen Undercut. Aber sein Oberkörper war schon sehr trainiert.

»Mensch, was ist denn da so Tolles?«, erkundigte sich Vicky hibbelig und schon lag mein Handy wieder in ihren Händen.

»Oha«, brachte sie raus und zoomte mit zwei Fingern das Bild größer. »Alter Falter. Mir wird heiß, zumindest bei dem Körper, und wir haben noch nicht mal Sommer. Aber locker ein Fake«, stellte sie fest und drückte mir das Handy wieder in die Hand.

Stirnrunzelnd warf ich erneut einen Blick auf das Foto. »Meinst du? Warum sollte er das tun?«

Sie atmete einmal tief ein und aus.

»Lee, wir sind im Internet, da treiben sich meistens nur Prolls oder Vollidioten rum. Du darfst nicht immer alles glauben, was man dir da sagt.«

Ich hielt meine Hände hoch. »Äh ... und weshalb hast du mich dann dort angemeldet?«

»Na ja, ein, zwei Männer werden vielleicht normal sein. Aber so ein Bild? Und dann hat der auch noch einen Sportwagen als Profilbild. Aber aus Spaß kannst du ja mit ihm schreiben.« Sie schaute auf ihre Armbanduhr aus rotem Leder. »Ich muss jetzt langsam wieder rein. Meine Pause ist gleich vorbei.«

»Was soll ich denn darauf jetzt antworten?«

Sie zuckte ahnungslos mit den Schultern. »Frag ihn nach einem anderen Foto.«

»Dann will er auch eins von mir.«

Sie tätschelte meine Schulter. »Du machst das schon. Wann musst du heute zum Autohaus?«

»Direkt nach der Arbeit.«.

»Melde dich danach.« Sie drückte mich und verschwand im Salon.

Kapitel 3

Hailey

Zügig lief ich zurück und überlegte mir eine Antwort. Vor der Ladentür blieb ich kurz stehen und tippte:

(Ich): Wie lange boxt du schon?

Oder sollte ich ihm ein Kompliment machen? Na ja, er wusste garantiert, dass er eins A bei Frauen ankam. Wenn es denn wirklich sein Körper und kein Fake war.

Als ich die Arbeit wieder aufnahm, kreisten meine Gedanken um dieses Bild.

Keyla widmete sich gerade einer Hochzeitsdeko.

Ich wandte mich zu ihr. »Hast du mal im Internet mit einem Fake geschrieben?«

Sie schmunzelte. »Nein, nicht dass ich wüsste. Wieso? Schreibst du mit einem?«

»Ich weiß nicht. Ich glaube, eigentlich nicht.«

»Meiner Meinung nach sollte man sich persönlich treffen und nicht über das Internet schreiben.«

»Meine Freundin hat mich gestern just for fun auf so einer Datingseite angemeldet.«

Sie lächelte. »Na dann mach dir doch keinen Kopf, ob er ein Fake ist oder nicht.«

Ich grübelte über den Satz nach und band weiter die Gestecke. Sie hatte recht, wieso bereitete es mir so einen Kopf? Es könnte mir ja egal sein, ob er mich anlog oder nicht.

Endlich war der Arbeitstag geschafft. Ich wusch mir das Gesicht, legte frisches Make-up auf, kämmte meine Haare und verabschiedete mich. Dann schlenderte ich zu Fuß zum Autohaus. Mit jedem Meter wurde ich aufgeregter. Kurz davor schlug mein Herz, als wolle es aus meiner Brust springen und weglaufen. Ich atmete einmal tief durch und holte das Handy aus der Tasche, um mich abzulenken. Bisher keine Nachricht von ihm. Vielleicht fühlte er sich ertappt, weil er gar nicht boxte?

Ich steckte das Handy wieder in die Hosentasche und warf einen Blick durch die große Fensterfront des Autohauses und sah direkt die Anmeldung. Noch einmal atmete ich tief durch, straffte meinen Rücken und ging auf die Tür zu. Meine Hände waren so nassgeschwitzt, dass mir der Griff entglitt. Für einen Moment schloss ich meine Augen, wischte meine Hände möglichst unauffällig an meiner Hose ab und hoffte, dass mich niemand beobachtet hatte.

In der Lobby stank es nach Gummi und neuem Auto. Gut, es war ein Autohaus. Was hatte ich erwartet? Das es blumig riechen würde?

»Guten Tag. Sie sind wahrscheinlich Ms. Clark, richtig?« Ein älterer Mann, der hinter einem Tresen hervortrat, streckte mir eine Hand entgegen.

Ich schüttelte sie. »Ja, genau. Guten Tag. Mr. Robin?«

Er nickte. »Freut mich, dass Sie pünktlich sind.« War ich zu spät? Mein Blick fiel auf die große Uhr über der Theke.

»Viele kennen keine Pünktlichkeit mehr. Schrecklich«, erzählte er.

»Oh ja. Ich mag so was auch nicht.«

»Ich würde sagen, wir gehen kurz in mein Büro und erledigen ein paar schriftliche Sachen. Dann zeige ich Ihnen die Räume.«

Ich nickte zum Einverständnis und schaute mich um, während ich ihm zu seinem Büro folgte und dort Platz nahm. Er erklärte mir alles Weitere und ich unterschrieb zügig den Arbeitsvertrag. Da brauchte ich nicht lange überlegen. Es waren je zwei Stunden an fünf Tagen die Woche und ich würde vierhundert Dollar im Monat mehr haben. Besser konnte es nicht sein.

Jemand schlug von außen gegen die Tür. »Bis morgen, Jason«, sagte eine männliche Stimme.

Ich drehte mich um. Im Türrahmen stand ein junger Mann. Er schenkte mir ein Lächeln.

»Ja, schönen Feierabend, Taylor«, sagte Mr. Robin.

Der Fremde hob seine Hand zum Gruß und verschwand wieder im Flur.

»Na kommen Sie, dann zeige ich Ihnen jetzt noch die Räume und alles andere.«

Er lief vor mir und ich dackelte wie ein planloser Hund hinterher. In einem Nebenraum schaltete er das Licht an, denn es gab kein Fenster.

Mr. Robin öffnete einen großen grauen Schrank. »Hier sind die Eimer, Wischer, Lappen, Reinigungsmittel, Handtücher ...« Er redete und redete, als könnte ich das nicht selbst sehen. Damit brachte er mich zum Schmunzeln. Mein neuer Chef schloss den Schrank und wir verließen den Raum. Im Vorbeigehen zeigte er auf eine Tür.

»Das hier ist die Kundentoilette.«

Nach einigen Metern erklärte er: »Hier sind die ersten vier Büros und oben sind auch nochmal fünf.«

Mit seinem Zeigefinger deutete er auf die Rolltreppe. Als wir auf ihr in die obere Etage fuhren, drehte er sich zu mir um.

»So viel zum Saubermachen ist es nicht.«

Ich belächelte seine Worte. »Ich denke, es wird machbar sein.«

Oben führte er mich herum, bevor wir wieder herunterfuhren.

Mein Blick fiel auf die Audis im Ausstellungsraum.

Ich bemerkte, wie er mich im Augenwinkel beobachtete. »Die Autos bitte nicht anfassen.«

Ich konnte meine Enttäuschung wohl nicht vor ihm verbergen.

»Ihre Lieblingsmarke?«, fragte er.

»Finde ich schon ganz gut, ja. Wenn ich arbeite, bin ich alleine? Oder sind dann noch Kunden da?«

Er schüttelte den Kopf. »Nein. Kunden nicht, also vielleicht noch einige Kollegen, aber in der Regel ist hier dann kein Betrieb mehr.«

»Alles klar. Super.«

»Haben Sie noch irgendwelche Fragen?«

Ich überlegte kurz. »Nein, gerade nicht.«

»Gut. Na dann gutes Gelingen.«

Unten angekommen drehte er sich noch einmal um und drückte mir einen Schlüssel in die Hand.

»Ganz vergessen. Sie müssen ja auch das Autohaus abschließen.«

»Ich?« Mir wurde bei dem Gedanken schwindelig.

Sein Mundwinkel zuckte amüsiert. »Na, Sie sind doch die Letzte, die dann hier rausgeht.«

Das ergab Sinn. »Stimmt.« Ich nahm den Schlüssel entgegen und steckte ihn in die Hosentasche.

Wenige Minuten später legte ich mit der Arbeit los. Ich leerte jeden Mülleimer und bestückte sie mit neuen Beuteln, ich wischte überall Staub, säuberte die Toiletten. Zuletzt saugte ich die Böden in allen Büros und wischte den im Ausstellungsraum.

»Und du bist die neue Reinigungskraft?«

Ich erschrak und drehte mich um. Himmel, wo kam der denn her? Ein junger Mann mit dunkelblonden, hochgestylten Haaren, größer als ich und mit breiten Schultern stand angelehnt an einem Türrahmen da und grinste mich an. Wahrscheinlich sein Büro. Voll Vickys Traumtyp, dachte ich direkt, fing mich aber gleich wieder.

»Ja. Hi, ich bin Hailey Clark.« Ich hielt ihm meine Hand hin. Er nahm sie. »Mr. Rodriguez. Oder auch Kian. Und findest du dich zurecht?«

»Ja, bis jetzt schon. Ist hier noch jemand? Ich hatte dich gar nicht bemerkt.«

»Nein, nur ich. Und du. Ich musste noch was erledigen. Eigentlich wäre ich aber schon im Feierabend.«

Ich wrang den dreckigen Lappen aus und schaute zu ihm.

»Kommt es öfter vor, dass jemand länger arbeitet?«

»Ab und zu kommt es vor, ja.«

Den Lappen hängte ich in den Schrank und grinste ihn an.

»Wie alt bist du eigentlich?«

»Fünfundzwanzig. Und du?«

»Fünf Jahre älter. Wieso machst du so einen Job?«, erkundigte er sich und musterte mich von oben bis unten. Als ob ich es nicht bemerken würde.

»Ich möchte mehr Geld verdienen.«

»Finde ich cool. Macht nicht jede Frau.«

Ich zuckte mit den Schultern. »Wie lange arbeitest du hier schon?«

Auf einmal klingelte sein Handy.

»Zehn Jahre. Ich habe meine Ausbildung hier gemacht«, meinte er knapp und nahm den Anruf entgegen.

Während ich den Wischeimer und den Staubsauger im Wirtschaftsraum in den Schrank stellte, telefonierte er immer noch.

»Ja, bis gleich«, hörte ich ihn sagen. Dann musste er aufgelegt haben, denn es wurde ruhig. Als ich aus dem Nebenraum trat, hielt er seine Jacke und Autoschlüssel in der Hand.

»So, Hailey, ich gehe dann jetzt auch mal. Vielleicht sieht man sich ja morgen.«

Und schon ging er durch die Glastür und verschwand hinter den draußen ausgestellten Autos, wo er sicherlich sein Auto geparkt hatte.

Kapitel 4

Hailey

»Hast du auch die Schlüssel der Autos?«, fragte Vicky am anderen Ende des Hörers und lachte.

Ich ließ mich auf das Bett fallen. »Nein, du Freak. Was soll ich denn damit?«

»Äh, eine Runde cruisen?«

Ich holte Luft, um zu antworten.

»Spaß. Wie war es sonst so? Wie oft musst du jetzt hin? Sind da heiße Kerle?«

Ich erzählte ihr alles haargenau.

»Interessant. Und denkst du, Kian wäre wirklich was für mich?«

»Aber sowas von. Aber: Ich werde dir keine Handynummer von ihm besorgen. Vergiss es«, schlug ich ihr die unausgesprochene Idee aus dem Kopf. Zu gut kannte ich meine Freundin, um zu wissen, was sie als Nächstes fragen würde.

»Dann bringe ich dich morgen persönlich zur Arbeit.«

»Und dann? Vielleicht ist er morgen so spät gar nicht mehr da. Bestimmt war das heute eine Ausnahme.« Ich stellte das Gespräch mit ihr auf Lautsprecher und schmierte mir nebenbei ein Brot mit Butter und Kräuteraufstrich.

»Einen Versuch ist es wert. Komm schon.«

Ich biss einen Happen ab und schmatze in den Hörer, da ich wusste, dass sie das zur Weißglut brachte.

»Lee, schließ deinen Mund beim Essen.«

Ich schmunzelte.

»Was sagt dein Kerl, dieser Mr. Lambo? Kam da noch was?«

Ach du Schreck, den hatte ich vergessen. Oder eher verdrängt? Vor allem, wieso mein Kerl?

»Keine Ahnung. Hatte nicht mehr geschaut.«

»Er ist dort aber schon länger angemeldet.«

Ich nahm einen Schluck von meinem Wasser. »Hast du ihn gestalkt?«

»Exakt. Seit zwei Jahren ist er dort angemeldet.«

Das war eine lange Zeit.

»Er will ja eh nur was Lockeres.«

»Höre ich da Enttäuschung, Lee?«

»Nein. Gar nicht«, bemerkte ich und versuchte, es so ernst wie möglich rüberzubringen.

»Wie gut, dass ich dich noch nicht lange kenne.«

Ich lachte und steckte mir das letzte Stück Brot in den Mund.

»Na gut, ich werde jetzt noch duschen gehen und dann ...«

Sie stoppte mein Gerede. »... und dann nochmal gucken, ob er was geschrieben hat«, neckte sie mich und kicherte los.

»Nö. So, gute Nacht jetzt.« Noch während sich mein Finger zum Auflegen-Symbol bewegte, hörte ich sie aus der Ferne sagen: »Ich bring dich morgen zum Autohaus.«

Als ich frischgeduscht endlich im kuschligen Bett lag, nahm ich das Handy vom Nachttisch und öffnete die App.

Eine Nachricht von Kian2403. Wie schnell hatte er mich denn bitte gefunden? Hatte er nach mir gesucht?

(Er): Hey, alles klar?

(Ich): Hi. Na klar und bei dir? Bin dann kurz nach dir gegangen. Ich dachte, ich sehe dich auf dem Parkplatz noch, aber du warst schon weg :D

(Er): Bitte was? Bist du voll?

(Ich): Bist du nicht der Kian von vorhin?

(Er): Kein Plan, was du hier redest. Ciao

Äh, okay. Peinlich. Boden, öffne dich bitte. Als ob es nur einen Kian auf der Welt gibt, sagte ich zu mir selber und schlug mir gegen die Stirn. Ich klickte den Chatverlauf von Mr. Lambo an. Er war online. Wieso schreibt er dann nicht?

(Ich): Na, hab ich dich ertappt?

Es dauerte keine Minute bis zu seiner Antwort.

(Er): Wobei?

(Ich): Dass du gar nicht boxt. Weil von dir nichts mehr kam.

(Er): Sorry. Dann ist deine Nachricht untergegangen. Bist ja nicht die Einzige, mit der ich schreibe ;-)

Arschloch! Aber was erwartest du, Hailey? Du könntest ebenfalls mit zehn, zwanzig verschiedenen Männern schreiben, es sei denn, du verbockst es wie eben mit Kian2403.

(Ich): Ist ja kein Thema.

(Er): Und zu deiner Frage. Ein paar Jahre sind es schon. Aber ich boxe nicht nur. Ich trainiere generell viel und gerne.

Ja, das ist mir bei so einem Oberkörper bewusst.

(Ich): Ja, cool. Was arbeitest du?

(Er): Ich bin Personal Trainer. Und du?

Ich starrte auf das Display und überlegte.

(Ich): Ich bin Floristin.

(Er): Dann bist du ja sehr kreativ. Bist du das in allen Bereichen?

Ich lachte. Mir war klar, worauf er hinauswollte.

(Ich): Das wirst du wohl nie herausfinden ;-)

(Er): Hm ... bist du dir so sicher?

(Ich): Sehr sogar. Wieso bist du hier schon so lange angemeldet?

(Er): Warum bist du erst seit gestern angemeldet? Dann wäre ich vielleicht schon gar nicht mehr hier ;-)

Flirtete er mit mir? Er konnte nur ein Fake sein. Wahrscheinlich hatte Vicky recht.

(Ich): Bekomme ich ein Bild von dir?

(Er): Warum denn? Ich bekomme doch auch keins von dir.

(Ich): Das ist was anderes.

(Er): Ha ha. Warum das denn? Was soll ich denn Schlimmes mit deinem Bild machen?

(Ich): Weiß ich nicht.

(Er): Außerdem kann es dir doch egal sein, wie ich aussehe.

(Ich): Stimmt.

Das war meine letzte Nachricht, bevor ich die App wieder schloss. Idiot. Vicky hatte hundertprozentig recht, dass es ein Fake ist. Ich scrollte durch die anderen Profile. Oben ploppte eine Benachrichtigung über eine Nachricht von Mr. Lambo auf, aber jetzt durfte er auch mal warten. Ich schrieb Vicky: *Die App ist verdammt scheiße. Und der Mr. LamboDepp genauso.* Kurz danach schlief ich ein.

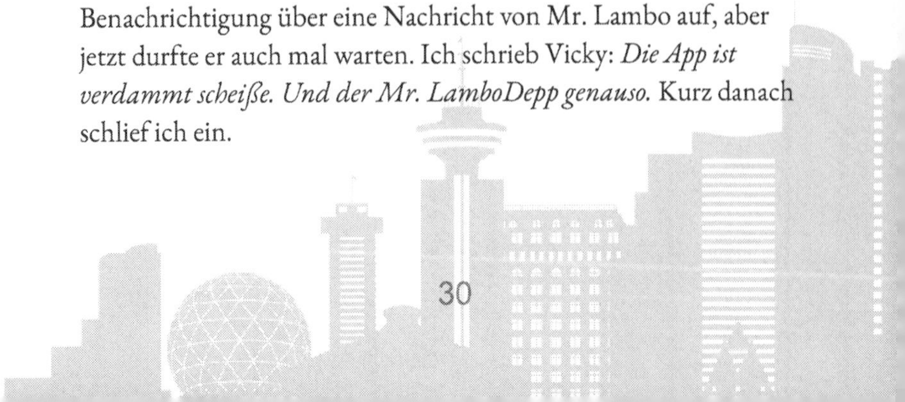

Am nächsten Tag schnippelte ich meinen letzten Strauß zurecht. Dabei beobachtete ich, wie Vicky ihren blauen Renault auf der gegenüberliegenden Straßenseite parkte.
Sie ließ das Fenster runter und winkte. Ich hob kurz die Hand, konzentrierte mich auf die letzten Handgriffe am Strauß und stellte ihn in einen Kübel. Dann öffnete ich den Knoten an meiner Schürze, streifte den Träger über den Kopf und hängte sie an den Haken. Anschließend wusch ich mir die Hände.

»Bis morgen, Keyla.«

Meine Chefin winkte und ich bewegte meinen Hintern nach draußen.

»Ist das dein Ernst?«, fragte ich Vicky.

»Äh, ja, klar.«

»Dann fahr mir hinterher«, zischte ich, zeigte ihr den Vogel und ging zu meinem Auto.

Wenige Minuten später kamen wir am Autohaus an. Meine Freundin parkte direkt neben mir.

Ich stieg aus und stolzierte einmal um mein Auto herum zu ihrer Autotür. »Ich kann dich aber nicht mit reinnehmen.«

Sie winkte ab. »Quatsch, nein. Ich warte hier einfach, bis er rauskommt.«

Leicht haute ich gegen ihre Stirn. »Hallo. Vielleicht wartest du jetzt hier, aber umsonst, denn er ist gar nicht da.«

Mit ihrem Finger zeigte sie auf die parkenden Autos. »Da stehen zwei Autos. Wem gehören die?«

Ich zuckte mit den Schultern. »Keine Ahnung. Und was willst du dann machen, wenn er rauskommt? Ihn überfallen? Dich vor ihn schmeißen wie eine Irre?«

»Mensch, Lee, dann springt mein Auto nicht mehr an und ich brauche Hilfe.«

Ich wollte etwas entgegnen, aber mir fehlten die Worte.

»Du guckst, als würdest du mich für verrückt halten.« Sie lachte. »Tja, gewusst wie. Du kannst von mir lernen.«

Ich schüttelte den Kopf. »Jedenfalls muss ich jetzt rein.« Ich drehte mich in Richtung Tür, wandte mich aber noch einmal um zu meiner Freundin. »Und denk nicht, dass ich dir schreibe, ob er noch da ist.«

»Hab dich auch lieb, liebste Lee.«

Über meine Schulter hinweg zeigte ich ihr den Mittelfinger und hörte, wie sie kicherte. Drinnen ging ich direkt auf den Schrank mit dem ganzen Reinigungszeug zu.

Ein Blick in die Richtung von Kians Büro. Das große Deckenlicht leuchtete jedenfalls, das konnte ich durch das schmale Fenster über der Tür sehen. Ob er noch da war? Oder nur vergessen hatte, das Licht auszuschalten? Ich schlich mich leise an seine Bürotür, die einen winzigen Spalt weit offenstand. Er saß an seinem PC. Gott sei Dank bemerkte er mich nicht. Ich holte das Handy aus meiner Hosentasche und schickte Vicky eine Nachricht, dass er da sei.

Zuerst fing ich mit den Toiletten an und danach spazierte ich in jedes Büro, um die Mülleimer zu leeren. Das letzte war Kians. Ich hatte es extra bis zum Schluss aufgehoben, in der Hoffnung, er würde noch gehen. Doch er saß immer noch am Schreibtisch. Also klopfte ich leise gegen die Tür und stolzierte mit dem blauen Müllsack in der Hand zu ihm.

»Hey, Hailey«, sagte er und hielt mir den Mülleimer hin.

»Hi. Oh, wie nett, danke.« Ich schüttete den Inhalt in meine große Mülltüte.

»Alles klar?«

Freundlich nickte ich ihm zu. »Ja. Und bei dir?«

Er rollte mit dem Stuhl nach hinten. »Ach. Joa, auch. Muss hier noch zwei Sachen erledigen und dann kann ich auch ...«, erklärte er, bis er von einer männlichen Stimme unterbrochen wurde.

»Ey, Alter, stürzt dein Programm auch ständig ab?«

Ich drehte mich mit dem großen, blauen Sack in der Hand um. Hinter einer grauen Trennwand saß ein Mann, von dem ich nur den Rücken sehen konnte.

»Ja, bei mir auch ständig. Was meinst du, warum ich noch hier bin?«, antwortete Kian genervt.

»Schmeiß den PC gleich aus dem Fenster«, sprach wieder die andere Stimme.

»Na ja. Schönen Feierabend dann«, sagte ich und wollte gehen.

Jetzt trat der Unbekannte hinter der Trennwand hervor und starrte mich regelrecht an. Holla, die Waldfee.

War das ein gutaussehender junger Mann. Wieso arbeiteten hier nur so heiße Kerle? Seine schwarzen Haare passten perfekt zu seinem schwarzen Anzug.

»Hi«, sagte er kalt.

Kapitel 5

Hailey

Vorsichtig schenkte ich ihm ein Lächeln und hielt ihm meine Hand hin. »Hey. Ich bin Hailey Clark.«

Sein Blick schweifte zur Hand und dann wieder in mein Gesicht. »Mr. Payne.«

Seine Antwort war genauso kalt wie sein Hi vorher. Kälter als jeder Eiswürfel.

Kopfschüttelnd verließ ich das Büro.

»Sei nicht so ein Assi …«, hörte ich Kian leise sagen.

Ja, wirklich.

Während ich meine Aufgaben erledigte, regte ich mich innerlich immer noch über den Kerl auf. Zum Glück standen in den Büros Schälchen mit Süßigkeiten auf dem Schreibtisch, wo ich mich das eine oder andere Mal bediente. Das beruhigte zumindest etwas meine Nerven.

Nachdem ich mir ein Vanillebonbon in den Mund gesteckt hatte, lief ich zum Reinigungsraum und setzte mich auf den Sessel, der direkt neben dem Schrank stand. Überraschenderweise piepste mein Handy genau jetzt.

Genervt holte ich es raus und tippte auf das Display. Es war eine Nachricht von Mr. Fake. Ich öffnete die App.

(Er): Und, ausgezickt?

Ich tippte. *Ich habe nie gezickt ;-) Und, na ja, manche Kerle sind zeitweise echt beknackt. Jetzt weiß ich, warum ich lieber Single bin.*

Er war sogar in dem Moment online. Gefühlt immer. Plötzlich hörte ich die Eingangstür klappen. Endlich war ich allein im Autohaus.

(Er): Na ja, Frauen sind manchmal auch nicht sonderlich schlau. Deshalb mach es so wie ich. ;-) Ich habe genug von Frauen. Ich würde mich nie mehr auf eine einlassen. Ich nehme mir nur das eine. Und das ist Sex.

(Ich): Oh, wieso lässt du dich nicht mehr auf eine ein?

Er schrieb und schrieb. Ein Blick auf die Uhr verriet mir, dass ich jetzt Gas geben sollte. Das Handy landete wieder in der Hosentasche und der Wischmopp in der Hand. Ich beeilte mich beim Wischen.

Mein Blick fiel durchs Fenster. Vickys Auto stand nicht mehr da. Ob sie mit Kian gesprochen hatte? Zutrauen würde ich es ihr. Sie bewies oft mehr Eier als jeder Mann auf diesem Planeten und hatte gefühlt vor nichts Angst.

»Und du bist die neue Putze hier?«

Die Stimme des kalten Kotzbrockens. Ich erschrak zu Tode. Zum zweiten Mal in diesem Autohaus.

Hastig drehte ich mich um. »Müsst ihr euch alle verdammt nochmal anschleichen?« Mit einer Hand hielt ich den Wischmopp fest, die andere stemmte ich in meine Hüfte.

Er kam auf mich hinzu. »Wie war nochmal dein Name?«

»Für Sie, Mr. Payne, bin ich Ms. Clark.«

Er schob den Eimer mit einem Fuß vorsichtig zur Seite.

»Okay, Ms. Clark. Ich habe mich nicht angeschlichen. Sie haben mich doch vorhin schon gesehen beziehungsweise angestarrt, also wussten Sie doch, dass ich noch hier bin. Richtig?« Er kam mir noch näher, so nah, dass nicht mal eine Faust zwischen unsere Nasenspitzen gepasst hätte.

»Und ja, ich bin die Neue«, sagte ich schlicht, tunkte den Wischer in den Eimer und arbeitete weiter.

Abrupt ergriff eine Hand den Stil des Wischers.

Ich schnellte herum und hätte dem Eisklotz am liebsten ans Schienbein getreten. »Haben Sie nichts anderes zu tun? Zum Beispiel in Feierabend gehen?« Mein Adrenalin erreichte ein höheres Level.

»Sind Sie nur Vertretung?«

»Nein. Ich bin fest angestellt.« Mit dem Eimer in der Hand entfernte ich mich von ihm und wischte woanders weiter.

»Oh Gott, das wird was«, hörte ich ihn sagen. Arschloch, echt. So ein gutaussehender Mann, aber Charakter für den Müll.

Zwanzig Minuten später war ich endlich fertig, packte die Sachen zusammen, schaute nochmal auf mein Smartphone und öffnete die Dating-App.

(Er): Weil mich eine Frau nicht mehr verletzen wird. Wenn, passiert das andersrum.

(Ich): Arschloch!

Er hatte so lange geschrieben, für so einen beschissenen Satz? Wow. Ich zog mir die Strickjacke drüber, steckte das Handy in die Hosentasche und fuhr mit der Rolltreppe runter.

Bei dem Eisbrocken war noch Licht an. Mist, ich hatte das Putztuch auf Kians Schreibtisch liegen lassen.

Ich schlich leise ins Büro, in der Hoffnung, er würde mich nicht bemerken, und griff nach dem Tuch.

Beim Verlassen des Büros hörte ich ein Räuspern.

»Äh, hallo?«

Ich blieb stehen und drehte mich um. Sein Kopf erschien über der grauen Trennwand. »Wie alt bist du eigentlich?«, fragte er kalt.

»Wie heißen Sie eigentlich mit Vornamen?«, stellte ich eine Gegenfrage.

»Immer noch Mr. Payne.«

Innerlich regte ich mich über mich selber auf. Wieso redete ich überhaupt mit dem?

»Und wie alt bist du nun?«, hakte er nach.

»Also, erstens bin ich immer noch für Sie Ms. Clark. Zweitens bin ich alt genug. Und drittens, schönen Feierabend« Im selben Moment knipste ich das Licht aus und ignorierte das Fluchen von Mister Payne.

So schnell ich konnte, also schon im Anlaufschritt, bewegte ich mich zum Auto. Männer waren alle bekloppt. Außer Kian. Der schien normal zu sein. Unterwegs nach Hause rief ich Vicky über meine Freisprechanlage an.

Kapitel 6

Jake

Wollte die mich verarschen? Was machte die das beschissene Licht aus und verschwand einfach? Und wieso arbeitete jetzt bitte so eine heiße Frau als Putzfrau bei uns? Mr. Robin hätte so eine mal früher an Land ziehen können.

Ich stand auf, schaltete das Licht wieder an und wählte die Nummer meines besten Freundes, der Gott sei Dank auch gleichzeitig mein Arbeitskollege war. »Hey Kian. Sag mal, wie alt ist die Kleine?«

Er lachte am anderen Ende des Hörers. »Woher soll ich das denn wissen?«

»Du bist doch schon ganz gut mit ihr und hast dich mehr mit ihr unterhalten.«

»Darum hast du jetzt allen Ernstes angerufen?«

Ich verdrehte die Augen, ließ es aber unkommentiert.

»Sie ist fünfundzwanzig.«

»Wieso putzt bitte so eine bei uns?« Mir ging es immer noch nicht in den Kopf, dass eine bildhübsche junge Frau bei uns sauber macht. Sie sah wirklich wahnsinnig scharf aus.

»Sei froh, dass sie nicht unsere neue Kollegin ist. Sag mal, bist du immer noch auf der Arbeit?«, fragte er.

»Ja, ich musste noch was klären.«

»Was klären? Also, na gut, mein Essen ist gleich fertig. Muss auflegen.«

Wimmelte er mich ab? Penner. Den PC fuhr ich runter und bewegte mich zum Smart.

Unterwegs hielt ich am Lieblingsburgerladen, der nur eine Straße von zuhause entfernt war. Der Burger Mexicana mit reichlich Jalapeños, Salsa und Mango-Aioli schmeckte mir am besten. Wenn ich den Laden betrat, wussten die Mitarbeiter sofort, wie meine Bestellung lautete.

Gerade hatte ich einen großen Happen im Mund, da klingelte mein Handy. Unbekannte Nummer.

»Hm?«, nuschelte ich und schluckte schnell alles runter.

»Hi Jake, hier ist Molly.«

»Wer?«

»Molly. Wir hatten uns vor zwei Wochen getroffen.«

Ich treffe mich so oft mit Frauen, als ob ich mir da irgendeinen Namen merken würde.

»Okay. Und jetzt?«, fragte ich monoton.

»Du antwortest mir gar nicht mehr auf meine Nachrichten.« Sie klang enttäuscht. Wieso nerven Frauen immer so? Das Einzige, was ich gern hätte, ist mein Spaß. Keine Beziehung, keine Gefühle, keine Verpflichtung. Nichts.

»Bist du noch dran?«

»Ja. Ich habe jetzt aber keine Zeit. Sorry.«

Ich wimmelte sie ab, weil sie es anders nicht checken würde. Danach legte ich auf und öffnete Lovekiss. Wieder hatte ich innerhalb kürzester Zeit unzählige Mitteilungen im Postfach. Vielleicht sollte ich mal ein neues Profilbild reinstellen. Während ich mich oberflächlich durch alle Nachrichten tippte, ploppte auf einmal ein Chatfenster auf.

(Sie): Sauer?

Ein Lächeln legte sich auf meine Lippen.

(Ich): Warum sollte ich sauer sein, dass du mich Arschloch genannt hast? Du hast damit ja recht. Ich bin eins.

(Sie): Aber wieso bist du so? Warum macht es dir Spaß, Frauen zu verarschen?

(Ich): Das ist eine lange Geschichte ;-) Und die Frauen wissen Bescheid, dass ich nur das eine will. Ich spiele denen ja nichts vor.

(Sie): Ihr Männer habt doch alle einen an der Waffel.

Wie oft sie mich schon beleidigt hatte. Ob sie das auch sagen würde, wenn ich vor ihr stehe?

(Ich): Auf was für Männer stehst du?

Na mal sehen, was jetzt für eine Antwort kommt. Sie war oft online, obwohl sie angeblich nur aus Spaß angemeldet war.

(Sie): Hmm ... Größer als ich, dunkle Haare, braune Augen, sportlich und er sollte liebevoll mit mir umgehen und nicht so ein Arschloch sein ;-)

(Er): Bin ich jetzt eins zu dir?

(Sie): bisher nicht.

(Er): Lass uns treffen.

Lee ist offline.

Wow. Keine Antwort war auch eine. Na ja, sie würde sich irgendwann schon mit mir treffen. Ich wollte sie endlich sehen. Bisher hatte ich jede rumbekommen.

Ich antwortete den anderen Frauen und hüpfte dann ins Bett.

Am nächsten Tag war ich überpünktlich bei der Arbeit und aß in Ruhe einen frischen Bagel. Überraschend klopfte es am Türrahmen. Chloe. Eine der hübschesten Kollegin, die bei uns arbeitete. Sie war in meinem Alter, trug ihre schwarzen Haare immer zum Dutt und war meist top gestylt.

»Guten Morgen und guten Hunger«, begrüßte sie mich und stellte sich vor den Schreibtisch. In Gedanken hatte ich sie schon oft auf meinem Tisch liegen. Nackt.

Ich schenkte ihr ein Lächeln. »Guten Morgen und danke.«

Sie nahm auf der Schreibtischecke Platz und schlug ihre Beine übereinander. »Jetzt, wo Kian nicht da ist, wollte ich dich mal fragen, ob wir uns auch mal außerhalb der Arbeit treffen wollen.«

Ich biss in meinen Bagel und verkniff mir ein Grinsen. Fragte Sie ernsthaft nach einem Date? »Wann hast du Zeit?« Ich schaute ihr direkt in die Augen und tupfte mir den Mund mit der Servierte ab.

»Immer. Soll ich dich dann abholen? Mit deinem Smart ist es vielleicht etwas klein?«

»Für was zu klein?«, hakte ich nach und zog eine Augenbraue hoch.

Sie lachte verlegen.

»Ich kann dich ruhig abholen. Ich habe nicht nur den Smart«, erklärte ich und zwinkerte dabei.

Dass ich noch einen Lamborghini besaß, wusste niemand von der Arbeit, außer Kian.

Ihre Mundwinkel zuckten amüsiert. »Ich freu mich jetzt schon auf das Date.« Dann verließ sie wieder das Büro.

Kurze Zeit später traf endlich mein bester Kumpel ein. Ich winkte und Kian kam zu mir.

»Du wirst es nicht glauben«, setzte ich an.

»Lass mich raten. Du hast von der Putzfrau geträumt?«, ärgerte er mich und grinste über beide Ohren.

»Chloe hat mich nach einem Date gefragt.«

Er ließ sich in den Sitz fallen, der hinter ihm stand. »Jake. Du hast selber gesagt, nicht mit Kolleginnen.«

»Ich fass sie schon nicht an.« Das sollte ernst rüberkommen, aber mein Grinsen schien mich verraten zu haben.

Kian zeigte mir den Vogel. »Das glaubst du doch wohl selber nicht.«

Ich warf ihm einen möglichst bösen Blick zu und startete meinen PC.

»Wenn sie Andeutungen macht?«

»Vielleicht ist *sie* ja irgendwann die Richtige für dich. Ich meine, du hattest ja länger schon keine Frau mehr an deiner Seite.«

»Das will ich gar nicht. Ich nehme mir nur das, was und wen ich will.«

»Irgendwann wird eine kommen, die dir den Kopf verdreht.« Kian versuchte es immer und immer wieder.

Ich wollte und würde keine Frau mehr an meine Seite lassen, höchstens auf eine Seite meines Bettes. Mein Vertrauen Menschen gegenüber war schon immer getrübt, aber seit der einen Sache vor drei Jahren war es ganz vorbei bei mir. Seitdem vertraute ich nur noch zwei Menschen in meinem Leben zu hundert Prozent: Kian und meiner Mum.

Plötzlich blinkte mein Handy auf. Eine Nachricht von ihr.

(Sie): Mal schauen :-)

Ich lächelte und schrieb direkt zurück.

(Ich): Was muss ich machen, damit du dich mit mir triffst? ;-)

»Was grinst du dir denn da einen?«, fragte Kian und seine Augen richteten sich auf das Display. Mein Blick schweifte zu ihm.

»Ach, ich schreibe mit einer Frau seit zwei Tagen.«

»Oh, wie sieht sie aus?«

Ich öffnete ihr Profilbild und hielt es ihm hin.

»Wow! Was für ein Bild. Und ihr Gesicht?«

»Keine Ahnung«, antwortete ich und zuckte mit den Schultern.

Er hob seine Hände. »Wie, keine Ahnung? Du schreibst mit einer, wo du nicht mal weißt, wie Sie aussieht?«

»Ja, genau so sieht es aus.«

»Dann habt ihr aber Dirty Talk?«

Er war sichtbar schockiert darüber, dass ich mit einer schrieb, wo ich nicht mal ihr Aussehen kannte.

»Nein, du Depp. Wir schreiben ganz normal.«

Kian runzelte die Stirn. »Okay. Jetzt bekomme ich Angst vor dir.« Lächelnd stand er auf und schob den Stuhl an den Schreibtisch. »Du bist mittlerweile echt komisch.« Kopfschüttelnd verließ er das Büro, während ich ihm noch »Spinner« hinterherrief.

Den ganzen Arbeitstag schrieb ich vereinzelt Nachrichten mit Lee und unterhielt mich mehr als sonst mit Chloe, warum auch immer. Ein paar Autos verkaufte ich, worüber ich mich freute, obwohl ich auf die Provision verzichten könnte. Arbeiten bräuchte ich nicht, nie mehr in meinem Leben, dank meines geliebten Opas.

»Kommst du?«, fragte mich Kian und streckte seinen Kopf an der Trennwand vorbei.

Mit dem Stuhl rollte ich nach hinten. »Ne, ich muss noch was klären.«

»Was, bitte?«

Ich versuchte, mir das Grinsen zu verkneifen. Vergebens.

»Warte ...«, fing er an. Konzentriert setze ich mich wieder an den Laptop und hörte ihm gar nicht mehr richtig zu. »Du wartest auf die Kleine?«

»Bullshit. Ich muss hier echt noch was erledigen«, log ich. Er hatte recht. Ihretwegen blieb ich länger hier. Irgendwas hatte sie. Ich wusste nicht, ob es ihr perfektes Dekolleté, ihr runder, knackiger Hintern oder ihre nervige, aber doch reizvolle Art war.

»Na dann. Viel Spaß. Ich bin weg.«

Ich schaute ständig auf die Uhr. Die Zeit verging gar nicht. Wann fing sie gestern an? Vielleicht arbeitete sie nicht jeden Tag, vermutete ich, als ich endlich Schritte hörte. Ich richtete die Krawatte und bewegte mich aus meinem Büro. Plötzlich sah ich Chloe an der Anmeldung stehen. Was blieb sie denn noch hier? Sie hatte längst Feierabend.

»Du bist ja auch noch hier«, sagte ich. Sie hatte doch gar keinen Schlüssel für das Autohaus. Hatte sie die Absicht, hier zu übernachten?

Chloe schaute verwundert zu mir. »Ja. Du ja auch. Ich hatte dein Auto hier noch gesehen.«

Okay. Und wieso wartete man dann?

»Hi«, kam auf einmal die Stimme der Kleinen aus der Richtung des Einganges. Ich drehte mich um und nickte ihr zu.

»Wer ist das?«, fragte Chloe und zog ihre Augenbraue hoch. »Die neue Putze«, sagte ich kalt und verschwand genervt im Büro. Himmel, wieso bewegte meine Kollegin ihren Hintern nicht nach Hause?

»Machst du noch keinen Feierabend?«, rief sie mir hinterher und stand bald an der Bürotür.

Ich setzte mich auf meinen Stuhl und schüttelte den Kopf. »Ich arbeite heute etwas länger. Fahr du nach Hause und verschwende hier nicht deine Zeit.«

Gott sei Dank tat sie es.

Nach zwanzig Minuten hörte ich den Müllbeutel rascheln und ich wusste, gleich würde sie in mein Büro kommen, um den Mülleimer zu leeren.

Pustekuchen.

Sie stolzierte schnurstracks daran vorbei. Gut, wenn sie nicht zu mir kam, dann lief ich eben zu ihr.

Gerade wischte sie Staub in Kians Büro. Ich lehnte mich gegen den Türrahmen und beobachtete Sie. Wie heiß konnte man bitte beim Putzen aussehen?

»Du hast bei mir den Mülleimer vergessen.«

Keine Reaktion. Ich strich mir durch die Haare und wiederholte den Satz. Nichts. Ignorierte sie mich jetzt? Sie drehte sich zu mir und zuckte zusammen.

»Geht's noch?«, platze es aus ihr heraus und sie nahm die Kopfhörer aus den Ohren. Ups. Deshalb hatte sie mich nicht gehört.

»Du hast bei mir den Mülleimer vergessen«, sagte ich jetzt zum dritten Mal. Ich war froh, dass niemand mehr hier war. Er würde denken, ich hätte einen Anfall, dass ich dreimal den gleich Satz sagte.

Sie schnappte sich ihren riesigen Müllbeutel, kam auf mich zu und blieb vor mir stehen.

»Ich gehe doch nicht einfach ins Büro, wenn Sie da noch am Arbeiten sind.«

Als sie ging, hielt ich sie am Arm fest. »Wenn meine Tür offensteht, mache ich nichts Geheimnisvolles.«

»Ich leere schon Ihren Mülleimer. Keine Sorge.«

»Putzt du hier eigentlich jeden Tag?«

Sie zog ihren Arm weg. »Sehen Sie ja dann. Sie sind ja scheinbar jeden Tag länger hier. Ach, und ich bin immer noch Ms. Clark für Sie.« Erhobenen Hauptes stolzierte sie weiter. Diese Frau.

Kapitel 7

Hailey

Dieser Mann regte mich echt auf. Was bildete der sich bitte ein? Ich schüttelte den Kopf und konzentrierte mich weiterhin auf die Arbeit. Das Wischwasser bereitete ich vor und fing an zu wischen.

»Wieso putzt du eigentlich?«

Was für eine bescheuerte Frage. Ich holte einmal tief Luft, wischte weiter und ignorierte es.

»Ms. Clark?«

Ich drehte mich zu ihm um. »Warum quatschen Sie mich eigentlich die ganze Zeit voll? Wo ist ihre Kollegin?« Ich schaute an ihm vorbei, um sie zu finden.

»Chloe ist schon weg. Wir sind alleine. Sie haben mir die Frage nicht beantwortet«, nervte er mich weiter.

»Können Sie sich das nicht selbst beantworten?«, fragte ich gnatzig, schnappte mir den Eimer mit dem Wischmopp und ließ den Eisklumpen stehen. Idiot. Wenn ich genug hätte, würde ich nicht für Geld putzen.

Nach knapp einer Stunde war ich fertig und fuhr wieder nach Hause. Auf dem Weg rief ich Vicky über die Freisprechanlage an.

»Hallöchen Schnecke. Na, wie war dein Putzen?«, sagte sie.

»Ach, ganz ok. Aber dieser eine Kerl geht mir dermaßen auf den Sack.«

Sie fiel mir ins Wort. »Ey, du glaubst es nicht, wer sich bei mir gemeldet hat.«

»Kian?«

Sie quiekte, das war ein eindeutiges *Ja*. Vicky hatte es gestern echt durchgezogen, und die Nummer mit dem nicht anspringenden Auto vorgespielt, um Kian kennenzulernen.

»Und was hat er gesagt?«

»Er möchte mit mir was trinken gehen.«

»Uhii, freut mich.«

»Morgen. Und du kommst mit.«

Ich? Mit zu ihrem Date?

»Spinnst du? Was soll ich denn da? Dann bin ich das fünfte Rad am Wagen oder was?« Ich parkte vor meiner Haustür ein.

»Er bringt auch einen Freund mit. Sind also dann zu viert. Vielleicht ist es auch ein süßer.«

»Oh, Vickyyyyy.« Mir fehlte die Lust, mich Samstagabend in irgendeine Bar zu setzen mit irgendeinem Kerl, den ich nicht mal kannte. Aber was tat man nicht der besten Freundin zuliebe? »Na gut. Wann morgen?«

»Ich kläre das mit ihm und schreibe dir dann«, erzählte sie freudig und wir beenden das Gespräch.

Unerwartet piepste es. Ich nahm mein Handy zur Hand und tippte auf das Display.

Eine Nachricht von Milow.

Milow? Was wollte mein Ex-Freund bitte von mir?

Hey Lee,

Ich habe lange nichts mehr von dir gesehen oder gelesen. Wie geht es dir? Arbeitest du noch im Blumenladen?

Wieso kamen die Kerle nach gefühlt zehn Jahren wieder aus ihren Löchern gekrochen? Ich schrieb ihm erst mal nicht zurück, schnappte mir die Tasche und marschierte in meine Wohnung. Als ich gemütlich auf der Couch lag, öffnete ich die App.

Was muss ich machen, damit du dich mit mir triffst? Las ich die Nachricht von Mr. Lambo ein zweites Mal durch und überlegte.

(Ich): Gute Frage. Ich überlege mir was.

(Er): Da bin ich mal gespannt. Triffst du dich nie mit Männern?

(Ich): Nicht so. Morgen habe ich aber ein Date. ;)

(Er): Oh. Aus der Datingplattform?

(Ich): Nein. Und wenn, bist du der Erste. ;-)

Oh Hailey, du flirtest.

(Er): Na dann muss ich hier bei dir ja am Ball bleiben.

(Ich): Was treibst du morgen?

(Er): Ach eventuell kommen Kumpels zu mir, mal schauen. Ich bin spontan. Oder wolltest du mich morgen sehen?

(Ich): Ha ha. Ich gehe jetzt wieder off.

Es war komisch, mit jemandem zu schreiben, den man nicht mal auf einem Foto gesehen hatte. Ich dachte erneut über Vickys Satz nach.

Na, und wenn sein Schwarzweißbild ein Fake war? Was würde es ändern? Nichts.

Am darauffolgenden Tag schrieb Vicky mir unzählige Nachrichten, wie aufgeregt sie doch sei und ob Kian sie nach dem Date noch spitze finden würde. So nervös kannte ich meine beste Freundin nicht. Obwohl sie immer die entspannteste Person war, die ich in meinem Leben kennengelernt hatte.

Gegen sechs hörte ich ihre Hupe. Ein letztes Mal betrachtete ich mich in dem großen, runden Spiegel, der bei mir im Flur über der weißen Kommode hing. Das dunkelblaue, enge Kleid betonte die Figur treffend, dazu passten die dunklen Pumps. Mit meinen gelockten Haaren spielend nuschelte ich: »Du siehst toll aus, Hailey«, vor mich hin. Mit dem schwarzen Blazer und meiner kleinen Umhängetasche lief ich runter. Ich stieg in ihren Renault, der frisch nach Zigarettenrauch stank.

»Vicky, du weißt, wie sehr ich es hasse, wenn du direkt vorher eine rauchst«, wetterte ich.

Sie hob ihre Hände. »Sorry. Aber ich bin so nervös. Ich konnte nicht anders. Und, oh mein Gott …«

Mein Blick schweifte fragend zu ihr, als ich mich anschnallte.

Sie grinste und sprach weiter.

»Können wir mal bitte darüber reden, wie heiß du aussiehst? Wieso kenne ich das Kleid nicht?«

»Ach Quatsch. Guck dich doch mal an.«

Ihr schwarzer Jumpsuit lag perfekt an ihrem Körper, ihre Haare hatte sie fest nach hinten gebunden. Nur eine Brille fehlte, dann hätte sie als Lehrerin durchgehen können.

Wir fuhren los und ließen unser Lieblingslied in Dauerschleife laufen.

»Hat Kian was von dem Freund erzählt? Auf was muss ich mich gefasst machen?«, fragte ich. So langsam wurde ich nervös und warf meinen Kopf nach hinten an die Kopflehne.

»Wollen wir wetten, das ist der größte Depp, den er da anschleppt?«

»Na ja, ich habe ja Kian.«

»Dann geh ich wieder«, sagte ich kalt.

»Kam noch was von Mr. Fake?«

»Er hat nach einem Treffen gefragt. Und Milow hat mir auch geschrieben.«

Sie drückte mit dem Fuß abrupt auf die Bremse. Ich schlug mit dem Oberkörper nach vorn.

»Milow? DER Milow? Dein Ex?«

Hinter uns quietschten Bremsen und Reifen und im Rückspiegel sah ich, wie ein alter Herr in seinem Auto wild gestikulierte.

Schockiert schrie ich: »Gehts dir noch gut? Was machst du denn? Fahr weiter und bleib nicht einfach stehen, du Verrückte!« Mit dem Zeigefinger deutete ich auf die Straße vor uns.

»Was wollte er?«, fragte Vicky verwundert. Sie fand wieder das Gaspedal und als wäre nichts gewesen fuhr sie seelenruhig weiter.

»Ach, wie es mir geht und ob ich noch im Blumenladen arbeite. Ne, ich bin jetzt stinkreich und liege vierundzwanzig sieben auf einer Yacht in der Sonne«, antwortete ich und zog es ins Lächerliche.

Zehn Minuten später parkte meine Freundin ein und ich sah von weitem Kian an der Eingangstür stehen.

»Er ist alleine da«, flüsterte ich ihr zu, als hörte uns irgendwer in ihrem Auto.

»Komisch. Er meinte vorhin extra noch, dann haben wir ja ein Date zu viert.«

Ahnungslos zuckte ich mit den Schultern. »Sehen wir ja gleich.«

Wir gingen auf ihn zu und umarmten uns herzlich. Mir entging nicht, dass er Vicky etwas länger festhielt. Oder sie ihn?

»Hey ihr beiden.« Er war ein Mann, der wusste, wie er sich stylisch anzog. Die schwarze Stoffhose und das hellgraue Poloshirt standen ihm perfekt.

»Bist du doch alleine?«, fragte Vicky direkt.

Kian schüttelte den Kopf. »Er entschuldigt sich und kommt fünf Minuten später.«

»Unpünktliche Menschen finde ich besonders toll«, bemerkte ich und schaute in die Bar.

»Vielleicht haut er dich gleich um, Liebes«, sagte Vicky und streichelte meinen Rücken.

Kian hielt uns die Tür auf und wir spazierten in die leere Bar. Hinten in der Ecke war unser reservierter Tisch.

»Hier ist ja nichts los«, sagte Vicky.

Unsere Begleitung lachte. »Wartet ab. Es wird noch voller mit der Zeit.«

Wir liefen ihm hinterher zum Tisch.

»Das hatte ich auch noch nie. Ein Date mit einer Frau, während noch zwei weitere Personen dabei sind«, bemerkte er und setze sich.

Vicky und ich setzten uns ihm gegenüber und hatten einen direkten Blick auf den Eingang der Bar.

»Na ja, im Moment hast du eins mit zwei Frauen«, scherzte ich und steckte meinen Kopf hinter die Getränkekarte. Ich durchstöberte sie und war überfordert mit so viel Auswahl an Cocktails.

»Ach, da bist du ja schon. Ging ja doch schneller«, meinte Kian und ich warf einen Blick nach oben. Vor Schreck fiel mir fast die Karte aus der Hand. Der arrogante, eiskalte und nervige Mann aus dem Autohaus war scheinbar sein Freund und gleichzeitig mein Date.

Mein Blick hatte offenbar Bände gesprochen. Ich musterte den Typen von seiner beigen Stoffhose bis zum schwarzen Hemd.

»Hey Vicky«, begrüßte er meine Freundin und gab ihr die Hand. »Ich bin Jake.«

Danach sah er mich an und hielt mir die Hand hin. »Hallo Hailey, oder doch Ms. Clark?«

Er hatte sich meinen Namen gemerkt. Ich schaute auf die Hand, danach wieder in sein Gesicht.

»Ms. Clark«, sagte ich kalt und vertiefte mich wieder in die Karte.

Vicky streckte sich zu mir rüber und flüsterte in mein Ohr: »Kennst du ihn?«

»Das ist das Arschloch vom Autohaus.«

Kapitel 8

Hailey

Sie schaute vorsichtig über die Karte in seine Richtung und dann wieder zu mir. »Ehrlich? Sorry, ich wusste nicht, dass er der Kumpel ist.«

»Alles gut. Ich werde nur was trinken und fahre dann mit einem Taxi nach Hause.«

»Kommt nicht in Frage. Wir fahren dann gemeinsam.«

Stirnrunzelnd sah ich sie an. »Nein. Genieß doch dein Date.« Ich klappte die Karte zu. »So. Ich weiß, was ich nehme. Ihr auch?«, fragte ich in die Runde und Jake starrte mich regelrecht an. Ich glaube, so eine Abfuhr hatte er vermutlich noch nie von einer Frau bekommen.

»Ja, wir auch. Oder Jake?« Kian schaute seinen Freund an und der nickte, ohne etwas zu sagen.

Wir gaben unsere Bestellung für Getränke und Speisen bei der Bedienung auf.

Langsam füllte sich die Bar.

»Ich gehe mal schnell eine rauchen, bevor gleich das Essen kommt«, meinte Vicky, schnappte sich ihre Zigaretten und stand auf.

»Ich komme mit. Versteht ihr euch?«, scherzte Kian und lächelte uns an.

Okay. Wow. Wieso lassen die mich mit dem hier allein? Ich hätte zu Hause auf dem Sofa so einen gemütlichen Abend haben können, stattdessen sitze ich jetzt mit dem Kotzbrocken an einem Tisch.

»Wusstest du nicht, dass ich mitkomme?«

»Denkst du, ich wäre dann hergekommen?«

Er lehnte sich zurück. »Ja, wärst du.«

Ich schüttelte den Kopf und zeigte ihm den Vogel. »Wusstest du denn, dass ich hier bin?«

Er zwinkerte mir zu. »Eventuell.«

»Und darf ich das mal sagen, Ms. Clark, Sie sehen in dem Kleid rattenscharf aus.«

Wow, der Mann konnte also Komplimente machen. Mir stieg die Röte ins Gesicht. Das hasste ich so an mir, dass ich gleich wie eine Tomate leuchtete.

»Komm in dem Outfit doch mal ins Autohaus«, scherze er.

»Das hättest du wohl gern.«

»Tatsächlich ja. Aber jetzt erzähl mir doch mal was von dir.«

Gerade wollte ich tief Luft holen, um ihm die passende Antwort zu geben, da hörte ich meinen Namen durch das Restaurant hallen. Die Stimme kannte ich allzu gut. Ich drehte mich um.

»Leeeee.« Diesmal stand der Sprecher direkt neben mir. Milow. Keine Ahnung warum, aber ich erhob mich und das nutzte er sofort für eine Umarmung, die ich gar nicht wollte.

»Na, wie geht es dir? Wieso hast du mir eigentlich nicht geantwortet?«

»Sorry. Ich habe im Moment viel zu tun«, log ich ihn an, weil ich keine Lust auf Diskussionen hatte.

»Wie gehts dir? Was machst du jetzt so? Arbeitest du noch bei Keyla in dem Blumenladen?«

Ich schaute flüchtig zu Jake rüber, der mittlerweile in sein Handy vertieft war.

»Ja, da arbeite ich noch.«

Milow schnappte sich einen Stuhl vom Nachbartisch und gesellte sich zu uns. Jake hustete. Scheinbar wollte er meinem Ex zeigen, dass ich nicht alleine am Tisch saß.

»Ach, hi.« Milow schaute zu meiner Begleitung. »Wer ist das?«, fragte mein Ex leise.

»Ich bin ihr Date.« Jakes Blick war eiskalt.

Mit geweiteten Augen schaute mich Milow an. »Oh Gott. Sorry. Dann lass ich euch mal.«

Zustimmend nickte ich und schon war er wieder weg.

»Date?«, wiederholte ich.

»So gesehen haben wir eins. Ja. Wer war das?«

»Haben wir nicht. Ich bin meiner Freundin zuliebe mitgekommen. Nicht mehr und nicht weniger. Und es war mein Ex-Freund, wenn du es unbedingt wissen musst. Kennst du nicht, oder? Sowas wie Ex-Freundinnen?«,

»Denkst du, ich hatte noch keine?«

»Welche Frau lässt sich auf so einen arroganten Eisbrocken ein?«

Er lachte. »Gibt genug. Ich bekomme jede Frau, die ich will.« Selbstgefällig lehnte er sich zurück, verschränkte die Arme, sodass seine Bizepse unter den Ärmeln zu erkennen waren, und zwinkerte mir zu.

Ich zog eine Augenbraue hoch. »Mich nicht.«

Er löste seine Arme wieder voneinander und beugte sich leicht über den Tisch zu mir. »Wer sagt, dass ich *dich* will?«

»Selbst wenn du es wollen würdest, würdest du mich niemals bekommen!«

»Na ja, wenn du dir da so sicher bist.«

Was dachte der eigentlich, wer er ist?

Unerwartet stand die Bedienung mit unseren Getränken am Tisch und verteilte sie. Ich nahm einen Schluck von meinem Pink Paloma.

»Trinkst du viel Alkohol?« Er schaute abwechselnd auf meinen Cocktail und in mein Gesicht.

Ich nahm die Grapefruit raus und biss rein. »Ab und zu. Du etwa nicht?«

»Nein.«

»Ja, natürlich«, sagte ich ironisch und rollte mit den Augen.

»Das ist mein Ernst! Ich trinke ganz, ganz selten. Vielleicht einmal im Jahr.«

»Ok. Aber wieso?«

Er nahm einen Schluck von seiner Limo. »Weil es so ist.«

»Oh, ihr habt euch nicht umgebracht. Glück gehabt.«

Kian zog den Stuhl für Vicky zurück. Meine Freundin setzte sich. Mittlerweile servierte uns die Bedienung das Essen. Ich trank vom Cocktail und schaute zu Jake, der an seiner Limo nippte. Den Abend über sprachen wir beide nicht mehr wirklich miteinander. Kian und Vicky verstanden sich dafür umso besser, was mich tierisch freute.

Sie verdiente es, endlich wieder einen vernünftigen Mann kennenzulernen. Wir verabschiedeten uns und ich stieg zu Vicky ins Auto.

»Bitte schlag mich nicht. Ich wusste ehrlich nicht, dass es der Typ ist.«

Ich winkte ab. »Alles gut. Ich glaube dir schon.«

»Tut mir leid, dass wir so lange draußen gestanden haben, aber wir haben uns über so viel unterhalten.«

»Hat er etwas über Jake erzählt?«

Sie schüttelte den Kopf. »Nein, nichts.«

Ich schnallte mich an. »Ich hoffe, ich sehe ihn erst mal nicht mehr im Autohaus. Er nervt mich richtig.«

»Triff dich mit dem Kerl aus der App. Ich komme dann auch mit. Wir finden schon einen für dich«, schlug meine beste Freundin vor und fuhr los. Ich kramte das Handy aus meiner Tasche. Überraschenderweise hatte ich sogar eine Nachricht von ihm.

(Er): Und, wie ist dein Date? Ich hoffe, es läuft gut. Ich war heute nur entspannt mit meinem besten Freund was trinken.

Ich schrieb direkt zurück.

(Ich): Na ja, es geht so. Ich bleibe Single, das ist das Beste. Ha ha

(Er): Sag ich ja. Nur Spaß haben. :-)

»Und, hat er geschrieben?«

Ich nickte, als sie zu mir rüberschaute.

»Dann frag ihn nach einem Treffen«, meinte Vicky erneut.

»Meinst du? Ne. Das Date heute hat mir erstmal wieder gereicht.«

»Und das hast du nur mir zu verdanken. Sorry nochmal.«

Ich streichelte über ihren Oberschenkel. »Hör auf jetzt, dich ständig zu entschuldigen. Es hätte ja auch sein können, dass er einen anderen Freund mitbringt und nicht den.«

»Aber heiß ist er schon oder? Findest du nicht?«

Ich schaute sie an und schwieg.

»Na Jake«, erinnerte sie mich.

Ja, verdammt heiß sogar.

»Ach joa. Wie man es nimmt«, versuchte ich es so cool wie möglich rüberzubringen.

Sie brach in Gelächter aus. »Hailey, wen willst du hier eigentlich verarschen?«

»Er sieht ganz nett aus. Ja. Okay. Er sieht gut aus. Nein. Er ist verdammt hot.«

Ihr Grinsen war nicht zu übersehen.

»Aber er ist ...«, fing ich an.

Vicky stoppte mich. »Lern ihn vielleicht erstmal kennen.«

»Lern du mal schön deinen Kian kennen.«

»Er möchte mich morgen wiedersehen.«

»Aber ohne mich«, fiel ich ihr direkt ins Wort.

»Ja, ja. Du siehst ihn ja eh Montag wieder im Autohaus.«

Ich hoffe nicht. Sie fuhr in meine Einfahrt, hielt an, drückte mich und bedanke sich, dass ich heute mitgekommen war.

»Ich begleite dich überall hin, auch wenn da ein Jake mir gegenübersitzt«, erklärte ich, schnappte die Tasche aus dem Fußraum und winkte ihr zum Abschied. Sie wartete, bis ich meine Haustür aufgeschlossen hatte, und fuhr dann davon.

Zwanzig Minuten später lag ich frischgeduscht im Bett und stöberte durch die anderen Männerprofile in der App, als eine Nachricht von Mr. Lambo aufploppte.

(Er): Na, kannst du nicht schlafen? :-p

(Ich): Nein. Bist du noch unterwegs?

(Er): Nein. Ich bin zuhause. Kommst du zu mir? ;-)

(Ich): Flirtest du mit jeder Frau hier so?

(Er): Na, das ist hier eine Dating-App. Was erwartest du denn?

(Ich): Stimmt.

(Er): Wieso bist du eigentlich so oft online, obwohl du hier nur aus Spaß angemeldet bist?

Ja, gute Frage. Irgendwie freute ich mich, wenn eine Nachricht von ihm aufleuchtete. Was sollte ich jetzt antworten? Ich wusste es nicht, deshalb beendete ich die App. Vielleicht hatte Vicky recht und ich solle mich mal mit ihm treffen.

Das Wochenende verging schneller als erwartet. Mit Mr. Lambo hatte ich seitdem nicht mehr geschrieben. Online war er auch nicht. Wahrscheinlich war an dem Abend doch eine zu ihm gekommen.

Auf dem Weg zum Autohaus hatte ich Vicky am Hörer. »Naaa. Wie war es? Erzähl. Ich will alles wissen«, fragte ich.

»Was soll ich dir groß erzählen? Ich war bei ihm zuhause und wir haben uns stundenlang unterhalten.«

»Nur unterhalten?«, stocherte ich weiter und grinste in den Hörer.

»Ja. Es gab noch keinen Kuss.«

Sichtbar erstaunt war ich darüber, denn bei ihr lief relativ schnell was. Sie war da das komplette Gegenteil von mir.

»Hat er noch was über Jake erzählt? Wie lange sind die beiden befreundet? Hat Jake Kian irgendwas von mir erzählt?«, überrollte ich sie mit meinen Fragen.

»Lee, dafür, dass du ihn überhaupt nicht ausstehen kannst, interessierst du dich aber schon sehr für ihn.«

»Reines Interesse«, versicherte ich ihr, parkte ein und machte den Motor aus. Es stand kein weiteres Auto auf dem Parkplatz. Demzufolge war er nicht da. Mein Glück.

»Er ist nicht da«, sagte ich erleichtert und atmete aus.

»Oh schade.« Das schade hatte sie extra in die Länge gezogen.

»Und zu deiner Frage: Nein, Kian hat kein einziges Wort über ihn verloren.«

»Okay. Na ja, ich muss leider jetzt rein. Wir hören uns später«, sagte ich, legte auf und steckte das Handy in die Hosentasche.

Mit meinem Mangokaugummi im Mund strich ich mir eine Strähne hinters Ohr, schnappte die graue Strickjacke und lief zum Autohaus. Wann würde endlich richtiger Sommer sein?

Der erste Gang ging direkt zum großen Schrank, in den ich die Jacke hing. Meine Kopfhörer steckte ich mir in die Ohren, öffnete die Playlist und ließ sie, während ich von Raum zu Raum stolzierte, um die Mülleimer zu leeren, durchlaufen.

In Jakes Büro stand ein kleines Bild neben seinem Bildschirm. Ich setzte mich auf seinen Stuhl, nahm es in die Hand und schaute es mir genauer an. Jake mit einer brünetten Frau Arm in Arm am Strand bei Sonnenuntergang neben einer Palme. Sah nach den Malediven aus. War es seine Freundin? Oder seine Frau? Aber dann würde er ja nicht seinen Kumpel zu einem Date begleiten. Oder er war ein verdammter Wichser, der seine Frau betrügt, und Kian wusste Bescheid.

»Was machst du da?«, sagte urplötzlich eine Stimme. Jakes Stimme. Mein Herz blieb fast stehen vor Schreck.

»Oh«, bekam ich nur raus und mein Blick schweifte zu ihm. Da stand er mit seinem weißen Hemd und einer dunkelgrauen Stoffhose. Das Bild stellte ich zügig wieder an Ort und Stelle, stand vom Stuhl auf, schnappte den Müllsack, der neben mir auf dem Boden lag, und stolzierte an ihm vorbei.

Er hielt meinen Arm fest. »Du hast mir meine Frage nicht beantwortet, Hailey.«

»Auf deinem Bilderrahmen lag Staub. Und du willst dein Büro doch wohl sauber haben, oder?«, log ich ihn an und versuchte, mich loszureißen. Vergebens.

Ich schaute zu ihm hoch. »Wieso bist du überhaupt noch hier? Hast du kein Zuhause? Oder hast du so Langeweile, dass du nichts Besseres zu tun hast als auf der Arbeit zu sein?«

Seine Augen durchbohrten mich regelrecht, was meinen Puls in Wallung brachte. »Stört Sie meine Anwesenheit, Ms. Clark?«

Sein Parfum stieg mir in die Nase. Himmel, roch der sexy. Er deutete mit der Hand auf den Kleiderhaken. »Ich wollte mein Jackett holen.«

Mein Kopf schweifte dorthin. Verdammt, wieso hatte ich es vorhin nicht gesehen, dann hätte ich gewusst, dass er da war.

»So, ich muss weitermachen. Tschüss«, sagte ich.

Er stellte sich vor mir auf, sodass ich nicht durch die Tür kam. »War das Date gestern so schrecklich für dich?«

Okay, er ließ mich nicht in Ruhe.

»Na ja, sagen wir so, ich war froh, als ich wieder zuhause war.« *Okay Hailey, übertreib nicht. So grauenhaft war es nicht. Die Unterhaltung verlief ja okay.*

»Na ja, hätte ich dich ohne die anderen beiden auf ein Date eingeladen, hätte es anders ausgesehen«, versicherte er mir und kam näher.

Wie gut, dass er jetzt nicht mein Herz hörte, obwohl das Gefühl in mir hochkam, dass es gleich raussprang.

»Das wird es aber nie geben.«

»Wie geht das Sprichwort nochmal? Sag niemals nie?«, fragte Jake und zwinkerte mir zu.

Ich schüttelte den Kopf. Er dackelte zum Kleiderbügel und zog sich sein Jackett über. »Und du bist Floristin, ja?«

Woher wusste er das? Fragend schaute ich ihn an.

»Das Gespräch zwischen dir und deinem Ex.«

»Ah, hast du uns belauscht?«, fragte ich genervt und lehnte mich an den Schrank.

»Na ja, ich saß einen Meter fünfzig von dir weg, da musste ich nicht lauschen.« Er strich mit den Fingern durch seine Haare.

»Ja, ich bin Floristin. Und jetzt? Machst du dich auch über die lustig? Oder sind nur Putzfrauen für dich Abschaum?«

»Das habe ich nie gesagt. Nur, warum putzt so eine junge Frau in einem Autohaus? Und das, obwohl sie einen Hauptjob hat.«

Was für eine bescheuerte Frage. Ehrlich. »Na, was denkst du denn? Weil ich als Floristin so unglaublich viel Geld verdiene. Deshalb, Jake«, sagte ich ironisch, drehte mich um und zog die Mülltüte hinter mir her.

Fünf Minuten später hörte ich erneut Schritte wenige Meter hinter mir. Ich tunkte den Wischmopp in den Eimer und drehte mich zu ihm um. Er lehnte am Türrahmen und hatte die Arme verschränkt.

»Hailey?«

»Mh?«

»Willst du bei mir arbeiten?«

Ich lachte. »Bitte?«

»Ich meine es ernst, willst du bei mir zuhause putzen?«

»Du kannst mich gar nicht bezahlen«, scherzte ich.

Er kam auf mich zu und blieb einen Meter vor mir stehen. Sein Blick fesselte mich immer wieder aufs Neue. »Was nimmst du die Stunde?«

Ging es ihm gut? Was zur Hölle sollte ich denn jetzt bitte antworten? Bei ihm zuhause putzen?

»Hundertfünfzig Dollar die Stunde«, sagte ich und versuchte, ernst zu bleiben.

»Okay. Bekommst du.«

»Hast du mich auch richtig verstanden?«, fragte ich, zugleich belustig und irritiert.

»Ja, habe ich. Du hättest von mir auch zweihundert Dollar die Stunde bekommen«, versicherte er mir und zwinkerte.

Ich schluckte. Verdammt, wieso hatte ich nicht mehr gesagt? Sollte ich ernsthaft sein Angebot annehmen?

Kapitel 9

Jake

»Ich werde es mir überlegen und dir Bescheid geben«, sagte sie.

Ich hoffe, der heiße Hintern putzt bald bei mir zuhause den Staub.

»Alles klar.« Ich schrieb ihr meine Handynummer auf und gab ihr den Zettel. »Melde dich dann«, sagte ich und lief runter zum Auto.

Unterwegs rief ich Kian an.

»Hey Jake.«

»Sie hat locker angebissen.«

»Was?«

Er verstand mal wieder nichts. »Hailey. Sie wird bei mir zuhause putzen.«

»Jake! Was machst du? Wie hast du das geschafft? Und wieso willst du jetzt unbedingt eine Putzfrau haben? Hattest du doch vorher auch nicht.«

»Alter, hast du sie dir mal angesehen? Die Frau ist ein Traum. Auf normalem Wege würde sie sich niemals mit mir treffen, also muss ich sie erstmal zu mir nach Hause locken, damit sie mich kennenlernt.«

»Aber auf dem Date habt ihr euch doch gut verst...«, fing er an.

»Es wird niemals ein weiteres Date geben. Das war vorhin ihre Aussage.«

Ich hörte sein Lachen am anderen Ende, als ich in meine Einfahrt fuhr.

»Du willst doch eh keine Freundin.«

»Das will ich ja auch nicht, aber sie unter oder auf mir liegen haben, das hätte ich schon gern. Vor allem reizt mich ihr Körper extrem und da kann ich nicht anders.«

»Und du denkst, wenn sie bei dir den Putzlappen schwingt, dass sie dich dann auch noch ranlässt?«

»Wird man sehen. So, ich bin jetzt auch zuhause. Wir hören uns«, sagte ich und beendete das Gespräch.

Ich schnappte das Jackett vom Beifahrersitz und ging in meine Villa.

Unter der Regendusche schwirrte Hailey in meinen Gedanken. Hoffentlich fängt sie bei mir an. Dann hätte ich sie jeden gottverdammten Tag bei mir. Zuhause.

Während ich mich einshampoonierte piepste auf einmal das Handy. Bitte lass es Hailey sein. Bitte lass sie zustimmen. Ich stieg mit einem Bein aus der Dusche und tippte auf das Display.

Eine Nachricht von Chloe.

Mein Gott, was wollte die denn jetzt? Genervt stieg ich wieder in die Dusche.

Wieso war ich so hohl und hatte Hailey nicht nach ihrer Handynummer gefragt? Gut, ich könnte über Kian an Vicky kommen, die hat ja Haileys Nummer.

Nach zehn Minuten war ich fertig mit dem Duschen, band mir ein Handtuch um meine Hüften, griff zum Handy und öffnete die App. In dem Moment ploppte das Chatfenster von Lee und mir auf.

(Sie): Woher möchtest du denn wissen, wie oft ich hier online bin?

(Ich): Na ja, ich sehe ja, wie oft du mir antwortest ;-)

(Sie): Triffst du dich hier schnell mit Frauen?

(Er) : Jeder definiert das Wort schnell anders. :-) Aber ja, mit Sicherheit schneller als du mit Männern.

Warum hatte sie so eine Angst, sich mit mir zu treffen? Dachte sie, ich sei ein Serienmörder?

(Sie): Stimmt. ;-) Na ja, ich gehe dann mal off. Gute Nacht.

(Ich): Schlaf gut.

Wieso schrieb Hailey nicht? Oder würde sie mir morgen sagen, dass sie das Angebot ablehnt? Dann wäre sie aber blöd, denn wo bekäme sie so viel Geld? Mein Blick schweifte durch das Wohnzimmer. Hier lag fast kaum Dreck. Ich merkte, wie meine gute Laune langsam verschwand. Geduld war nie meine Stärke.

Ich lief nach oben, hüpfte ins Bett und schlief irgendwann später ein.

Am nächsten Morgen schaute ich sofort auf das Handy. Keine Nachricht von ihr. Nur immer noch die ungelesene von Chloe. Dann war es von Hailey scheinbar ein klares »Nein«.

Ich schnaufte einmal, bewegte mich aus dem Bett und verschwand ins Bad, putzte die Zähne und klatsche mir kaltes Wasser ins Gesicht, um klarzukommen. Ein Blick auf die Uhr. Zeit für ein Training hätte ich noch.

Im Nebenzimmer zog ich mir schwarze Jimmy-Choo-Turnschuhe an, stieg auf das Laufband, schaltete es an und lief vier Kilometer, während im Hintergrund die Playlist auf und ab durch die Lautsprecher dröhnte.

Danach schnappte ich mir mein Springseil und sprang im Wechsel rechts und links, zwischendurch ließ ich mal Doppelschwünge einfließen. Nachdem ich damit fertig war, wischte ich mir den Schweiß von der Stirn, trank einen Schluck Wasser und setzte mich kurz. Ich nahm mein Handy und öffnete die Nachricht von Chloe.

Hey Jake :-)

Wann hast du denn jetzt mal Zeit?

Melde dich :-)

Das Smartphone schmiss ich wieder auf die Kommode, zog mir die Boxbandagen fest an und darüber meine Venum-Boxhandschuhe. Als ich auf den Boxsack zuging, bewegte ich mich leichtfüßig und gleitend um ihn, achtete dabei auf die gleichbleibende Distanz. Während ich einen Schritt tippelte, schlug ich mit voller Kraft gegen den Sack und das wiederholte ich mehrmals.

Neunzig Minuten später war ich fertig mit meinem Ausdauertraining und stellte mich nassgeschwitzt unter die erfrischende kalte Dusche. Ich liebte es, das Gefühl nach dem Training. Man fühlte sich gleich fitter und bereit für den Tag. Darauf schmiss ich mich in einen schwarzen Anzug, stylte die Haare und richtete meine dunkle Krawatte. Einen Apfel steckte ich mir in die Tasche, schlüpfte in die Schuhe und latschte zum Auto. Meinem Smart. Auf dem Weg zur Arbeit rief mich Kian an.

»Guten Morgen«,

»Ey, Vicky ist so toll«, schwärmte er.

Ich runzelte die Stirn. »Super.« Das musste wohl genervt geklungen haben.

»Nicht gut drauf?«

»Sie meldet sich einfach nicht.«

»Wer? Hailey?«

»Ja, wer denn sonst? Sie wollte sich melden und mir Bescheid geben wegen meinem Angebot.« Dabei starrte ich auf die Ampel, die endlich auf Grün umspringen sollte.

»Na ja, wenn sie sich nicht meldet, dann ist es doch schon eine Antwort. Zu früh gefreut, Alter.«

Ich rollte mit den Augen und schaute auf die gegenüberliegende Straßenseite. Dort stellte eine Frau Blumentöpfe raus und klappte an der Ladentür ein Schild um auf *Open*. Als sie die Tür von innen schloss, sah ich ihr Gesicht: Hailey. Ich hörte Kian nicht mehr zu. Der Autofahrer hinter mir hupte, weil die Ampel mittlerweile auf Grün umgeschaltet hatte. Im Rückspiegel zeigte ich ihm den Mittelfinger und düste los.

»Hallo? Bist du noch da?«, hörte ich Kian.

»Ich weiß jetzt, wo sie arbeitet.« Ich ließ Kian gar nicht zu Wort kommen. »Ich muss auflegen. Wir sehen uns ja gleich.« Damit beendete ich das Gespräch.

Zügig drehte ich wieder um und fuhr zum Blumenladen. *Bist du jetzt völlig bescheuert? Was willst du bei ihr? Willst du sie zur Rede stellen?* Direkt vor dem Geschäft war eine Parklücke frei. Das lief ja wie am Schnürchen. Ich betrat den Laden, mir strömte sofort Blumenduft entgegen und eine kleine Klingel ertönte. Hailey stand an der Kasse, aber mit dem Rücken zu mir. Ein Lächeln trat auf meine Lippen.

»Guten Morgen«, sagte ich mit rauer Stimme.

»Guten Morgen. Was kann ich für Sie tun?«, fragte sie und drehte sich mit einem Strauß in der Hand um. Es war nicht Hailey. Hä? Ich hatte sie eben doch gesehen? Oder war ich jetzt schon blind? Verwirrt schaute ich die Frau an.

»Wonach suchen Sie denn?«, fragte sie erneut.

Na ja, eigentlich nach einer verdammt heißen Frau mit einem Wahnsinns Hintern, die mir aber verfickt noch mal nicht antwortet und mich schon seit gestern Abend in Ungewissheit lässt.

»Arbeitet hier nicht noch eine andere Frau?«

Sie schmunzelte. Okay, was gab es da jetzt zu grinsen?

»Hailey? Kommst du mal kurz. Hier möchte dich jemand sprechen.«

Oh Gott. Ging es nicht peinlicher? Ich strich mir durch meine Haare und wollte gerade etwas sagen, da schwang der blaue Vorhang zur Seite und Hailey trat mit Grünzeug in der Hand nach vorn. Mit ihrem Dutt und ihrer rosaroten Schürze stand sie unschuldig da. Sie sah verdammt bezaubernd aus in ihrem Outfit. Jetzt kannte ich schon drei verschiedene. Einmal sportlich zum Putzen, dann elegant beim Date und jetzt das.

»Haben wir dieses Mal nur das geliefert bekommen? Wir sollten dem Lieferanten mal eine Ansage machen«, wetterte sie und irgendwie fand ich es niedlich. Sie knallte das Grünzeug auf den Tisch und bemerkte mich erst jetzt.

»Hey, Hailey.«

»Hi. Was hättest du gern?«

Was ich gern hätte? Dass du verdammt noch mal bei mir putzt. Ungeduldig schaute ich mich im Laden um. Herr Gott, so eine große Auswahl an Blumen, was wusste denn ich, was ich da nehmen soll.

»Such dir was aus.«

Sie zog eine Augenbraue hoch. »Warum bist du hierhergekommen, wenn du nicht weißt, was du haben möchtest?«, fragte sie verwundert und schlängelte sich an mir vorbei.

Hailey beugte sich zum Eimer und zog zwei, drei Blumen heraus. »Sowas?«

Ich nickte und beobachtete ihre Kollegin, die immer noch am selben Fleck stand. Wieso bewegte sie sich nicht mal nach draußen, damit ich mit Hailey allein war?

»Und sowas?« Sie hielt rote Rosen in die Luft. Ich zeigte ihr ein Daumen nach oben. »Ja, super.«

»Ich dekoriere mal draußen weiter, Lee«, sagte die Kollegin und verließ das Geschäft. Endlich.

»Soll eine Schleife um den Strauß?«, erkundigte sich Hailey und öffnete den Schrank, damit ich mir eine Farbe aussuchen konnte.

»Ja, nimm weiß, oder ne, rot, ach mir eigentlich egal.«

Sie schaute mich fragend an und hielt beide Bänder in der Hand.

»Maan, mir ist dieser verfluchte Blumenstrauß latte. Ich will eine Antwort von dir.«

»Ah, okay. Ja.«

»Ja? Du nimmst das Angebot also an?«

»Nein.«

Ich runzelte die Stirn.

»Ich überlege es mir noch, Jake. Was machst du hier überhaupt? Hast du mich gestalkt?«

Wollte sie mich verarschen? Warum überlegte sie bitte so lang?

»Was gibt es da so lange zu überlegen?«

Sie schlich um die Kasse herum, stand vor mir und schaute mir ins Gesicht. »Warum willst du mich eigentlich unbedingt haben? Du redest doch sowieso nur Mist. Als ob du mir wirklich hundertfünfzig Dollar die Stunde geben könntest. Du arbeitest in einem Autohaus«, sagte sie, zeigte mir den Vogel und wollte wieder hinter die Kasse laufen.

Ich hielt sie am Handgelenk fest. »Wenn ich dir sage, dass ich dir das bezahlen würde, dann meine ich das auch so.«

Sie schaute mich an und überlegte scheinbar.

»Wie lange arbeitest du heute?«

»Bis eins.« Ihr Blick schweifte zu meiner Hand, die sie immer noch festhielt.

Ich ließ sie los. »Dann sei um halb zwei bei mir zuhause und guck es dir an. Und wenn ich dir die Wahrheit gesagt habe, und du dein Geld von mir kommst, bekomme ich ein Date mit dir! Einverstanden?«

Sie lachte. Ich blieb ernst, nahm den Block und Stift, der auf der Arbeitsplatte lag und schrieb meine Adresse auf.

»Dann bis halb zwei«, sagte ich und ging Richtung Ausgang.

»Dein Strauß?«, fragte sie und hielt ihn hoch. Ach, die beschissenen Blumen waren mir doch so was von egal. Sie band die rote Schleife drumherum und packte ihn ein.

»Dann bekomme ich einmal vierundzwanzig Dollar.«

Eigentlich bezahlte ich nur mit der American Express, aber dann wüsste sie garantiert sofort, dass ich kein Normalverdiener war. Ich holte meinen Clip mit den ganzen Geldscheinen aus der Jackentasche und drückte ihr einen Fünfzig-Dollar-Schein in die Hände. »Dann bis später«, sagte ich knapp und nahm den Blumenstrauß entgegen.

»Äh, du bekommst noch Geld zurück.« Sie öffnete die Kasse. Ich zwinkerte ihr zu »Passt schon so.« Dann verließ ich das Geschäft.

Kapitel 10

Hailey

Da gerade wenig Kundschaft im Blumenladen war, eilte ich schnell zu Vicky in den Frisörsalon. Sie pinselte gerade einer Kundin die Strähnchen ein.

»Er war bei mir auf der Arbeit!«, begrüßte ich meine beste Freundin und stellte mich neben sie.

»Wer? Jake?«

Ich nickte, schaute die Kundin im Spiegel an und schenkte ihr ein Lächeln.

»Na ja, du arbeitest in einem Blumengeschäft, eventuell wollte er einen Strau…«, fing sie an.

»Er war nicht wegen einem Strauß bei mir. Also nicht direkt. Er wollte eine Antwort haben, ob ich sein Angebot annehme.«

Abrupt hörte sie auf, die Haare einzupinseln, und warf mir im Spiegel einen fragenden Blick zu.

»Ich soll bei ihm putzen.«

Vicky lachte laut los. »Warum zur Hölle? Wie kommt er darauf?«

»Hundertfünfzig Doller würde ich die Stunde bekommen.« Ihre Augen weiteten sich. »Oha. Das ist ganz schön viel, Lee. Am Ende ist der noch superreich.«

»Na ja, er arbeitet in einem Autohaus und fährt einen Smart. Denke also nicht.« Aber ich überlegte laut. »Hm, vorhin gab er mir großzügiges Trinkgeld und trug einen Clip mit paar Geldscheinen in seiner Jackentasche. Vielleicht hat er doch etwas mehr Geld?«

Vicky schmunzelte.

»Was grinst du so blöd?« Sie schaute mir ins Gesicht. »Nimm sein Angebot an.«

Ich lehnte mich an die Wand neben dem großen Spiegel und verschränkte die Arme. »Er meinte sogar zu mir, wenn er die Wahrheit sagt und ich wirklich das Geld von ihm bekäme, dann bin ich ihm ein Date schuldig.«

»Anscheinend mag er dich.«

»Niemals. Ich soll um halb zwei bei ihm sein und mir seine Wohnung anschauen.«

Sie riss ein Stück von der Alufolie ab, legte sie um die Haarsträhne und pinselte an einer anderen weiter. »Was zögerst du so lange? So ein Angebot bekommt man nicht alle Tage. Das kann dein ganzes Leben verändern und du rückst deinem Traum immer näher. Fahr da hin und schau es dir an. .«

»Hat Kian nicht mal etwas über Jake erzählt?«

Vicky schüttelte den Kopf. »Nein. Aber wieso sollte Jake lügen? Was hat er davon?«

»Ey, er fährt einen Smart! Einen Smart und kein...«

Sie unterbrach mich. »Vielleicht besitzt er nicht nur den? Beweg deinen Hintern da hin und berichte mir danach.

Wenn du es dann aber ablehnst, dann sag mir Bescheid. Dann mach ich es«, scherzte sie und ich lachte.

»So, ich muss jetzt mal wieder ein paar Sträuße verkaufen. Ich melde mich bei dir« Ich verabschiedete mich, drückte ihr ein Schmatzer auf die Wange und lief zügig zurück zum Blumenladen.

Während der restlichen Stunde hatte ich mehr über Jakes Angebot nachgedacht, als über alles andere. Mittlerweile war ich sehr nervös, gleich zu ihm nach Hause zu fahren. Die Schürze zog ich über den Kopf aus, hing sie in den Spind und wünschte meiner Kollegin einen angenehmen Feierabend. »Schönen Feierabend und bis morgen«, erwiderte Keyla.

Zwei Minuten später saß ich im Auto, nahm den Zettel aus meiner Tasche und tippte Jakes Adresse in das Navi ein.

Fünfzehn Autominuten entfernt. Okay, es war außerdem auch Berufsverkehr. Ich drückte auf den Startknopf und fuhr los. Wie seine Wohnung wohl aussah? Er war mit großer Wahrscheinlichkeit ein Kerl, der nur labert. Wie die meisten Männer. Wenn ich fünf Tage die Woche für zwei bis drei Stunden bei ihm arbeiten würde, was hätte ich dann bitte Ende des Monats? Himmel, was hätte ich für ein Leben? Vor meinen Augen blitzten Dollarzeichen auf, sodass ich fast in die falsche Straße einbog. Zweihundert Meter noch zu Fuß. Ich parkte an einer Seitenstraße und schaute mich um.

Mittlerweile war mir schon kotzübel vor Aufregung. Am liebsten würde ich den Motor wieder anlassen und wegfahren.

Eine Nachricht leuchtete auf. Sie war von Mr. Lambo. Ich nahm mein Handy aus der Halterung und las.

(Er) : Na du. Wie geht es dir? Wie war dein Tag bisher?

Ich lächelte.

(Ich) : Ganz okay :-) Und dir? Stressig war er und bei dir? Ich habe gleich erstmal einen Termin. Wünsch mir Glück.

Das Handy steckte ich in die Tasche und bewegte meinen Hintern aus dem Auto. Ich ging los und stand bald vor einem größeren Haus. Okay, nein, es war eine weiß verklinkerte Villa mit riesigen, bodentiefen Fenstern und einem Carport nebenan, unter dem ein Lamborghini parkte.

Okay, hier war ich falsch. Was für ein Depp. Jetzt hatte er mir die falsche Adresse gegeben. Genervt kramte ich den Zettel aus der Tasche und verglich es mit dem Straßenschild, was ein Meter vor mir stand. Ich drehte mich auf der Stelle und schaute erneut auf den Hof. Hier parkte nicht mal sein Smart. Ich könnte auch zur Haustür gehen, um auf das Namensschild zu schauen, aber meine Laune erreichte immer mehr ihren Tiefpunkt, sodass ich mich dagegen entschied.

Wieso ließ ich mich auf das Ganze überhaupt ein? Ich zückte mein Handy und wählte seine Nummer, die ich zum Glück hatte. Mein Glück war, dass ich die hatte.

Er meldete sich mit einem »Hi.«

»Du hast mir die falsche Adresse gegeben. Ich stehe hier vor irgendeiner Villa. Willst du mich komplett verarschen?«, blaffte ich ihn genervt an und verglich erneut die Straße auf dem Zettel und dem Straßenschild.

»Ich glaube nicht. Du bist doch richtig.«

Auf der Stelle drehte ich mich wieder zu der Villa und runzelte die Stirn. »Ne. Hier steht nicht mal dein Smart. Sag mir nochmal deine Adresse.«

»Ich sehe dich. Komm jetzt durch das Gartentor und dann zur Haustür. Ich öffne sie dir«, sagte er und schon hörte ich einen langgezogenen Piepton.

Die Haustür der Villa öffnete sich wie von Geisterhand und da sah ich ihn. Mit seinem grauen Hemd und der schwarzen Stoffhose stand er da und verzog keine Miene.

Ich betrat das Grundstück und kam mir extrem dämlich vor. Als ich vor den drei Stufen zur Haustür stand, fragte ich: »Wo bin ich hier?« Mit einem Arm zeigte ich umher.

»Komm erstmal rein.«

Er machte mir Platz zum Eintreten. Da stand ich nun im Flur und schaute mich um.

»Bei mir zuhause bist du«, antwortete er endlich.

»Ja klar. Wo ist denn dein Auto?«, fragte ich und steckte mein Handy wieder in die Hosentasche.

Er schaute durch das kleine Fenster in der Haustür und zeigte auf den schwarzen Lamborghini. »Na, da steht es doch.«

»Ich glaube, ich bin im falschen Film. Wo ist dein ...«

»Der Smart ist gerade in der Werkstatt.« Jake zwinkerte mir zu. »Willst du was trinken?«, fragte er, während er durch den riesigen Flur in seine Küche verschwand.

Ich schaute mich um und kam aus dem Staunen nicht mehr raus. Hier sollte ich putzen? Es war alles so riesig und schlicht gehalten mit etlichen Bildern an den Wänden, die ich beim Vorbeigehen bewunderte. Ein paar Pflanzen standen überall verteilt, als ich in die Küche kam.

Er stellte mir ein Glas Wasser hin und setzte sich auf einen der Barhocker. »Du kannst dich ruhig hinsetzen!«, sagte Jake und zeigte auf den Hocker neben sich.

Ich nahm Platz und legte meine Tasche auf den Schoß.

»Du verarscht mich doch, oder?«

Er lachte und strich durch seine Haare. »Womit denn?«

»Mit dem Ganzen hier. Das ist doch niemals dein Haus.« Ich nahm einen Schluck.

»Ne, ich habe mir die Villa für den Tag gemietet, damit ich dich hierherlocken kann und dann was machen soll?«, neckte er mich.

»Wie kannst du dir ...«

»Willst du dich erst mal umschauen und mir dann Bescheid geben, ob du das Angebot annehmen möchtest?«

Nickend sprang ich vom Hocker. Meine Tasche ließ ich auf der Küchentheke liegen und folgte ihm.

»Also, hier ist das Wohnzimmer, da bitte Staub wischen.« Er zeigte mit dem Finger auf die Kommode.

»Okay.«

Jake öffnete die Badezimmertür. »Hier bitte alles putzen.« Sein Bad war ein absoluter Traum mit einer freistehenden weißen Badewanne und einer Regendusche.

Vor einer Glastür stoppte er. »Da ist nur der Pool. Da brauchst du nichts zu machen.«

Ich schaute an ihm vorbei. Tatsächlich, ein Swimmingpool. Da könnte ich doch nach der Arbeit mit Sicherheit zwei, drei Bahnen schwimmen, oder?

»Gehst du da oft schwimmen?«

Er guckte mich an. »Ab und zu. Wieso, willst du mal eine Runde mit mir schwimmen?«

Ich winkte ab und wir gingen über die moderne weiße Holztreppe mit offenen Setzstufen nach oben.

»Da ist mein Ankleidezimmer«, erklärte er und zeigte auf die hintere Tür im Flur. Er öffnete eine weitere. »Hier ist mein Schlafzimmer.«

Ein großes Bett stand darin, daneben zwei weiße Nachtschränkchen. Davor lag ein riesiger Teppich mit abstraktem Design. »Und hier auch nur Staub wischen und das Bett abziehen.«

Ich nickte. Bis jetzt war es echt nicht viel Arbeit. Vielleicht hatte Vicky recht und ich sollte das Angebot annehmen.

Wir spazierten ins nächste Zimmer.

»Das ist mein Fitnessraum.«

Ich betrat ihn und sah den roten Boxsack. »Du boxt?«

»Ne, der hängt einfach so da«, scherzte er.

»Okay. Wie sieht es aus mit Fenster putzen?«, fragte ich.

Er lehnte sich gegen den Schrank und steckte seine Hände in die Hosentaschen. »Da kommt mein Fensterputzer.«

Gott sei Dank.

»Wie ist es mit dem Bügeln?«

»Da habe ich einen Bügelservice.«

Mein Blick schweifte raus in den Garten, der unnormal schön angelegt war. »Und was ...«

Ich bemerkte Schritte hinter mir. »Und dafür kommt mein Gärtner!«, versicherte er mir.

»Wozu willst du mich dann eigentlich bei dir haben? Nur für das bisschen Staub?«

»Ja genau.«

»Und ich bekomme immer noch den Stundenlohn, den wir abgemacht haben?«

»Ja Hailey, wie abgemacht.«

»Wie oft soll ich die Woche kommen?«

Seine Mundwinkel zuckten amüsiert.

Anhand seines Blickes ahnte ich, was er garantiert dachte. »Ich korrigiere meinen Satz. Ich meine natürlich, wie oft soll ich bei dir in der Woche putzen?«

»Jeden Tag für zwei bis drei Stunden.«

»Für das bisschen?«

Er zuckte mit den Schultern. »Wenn das für dich bisschen ist, ja.«

Überraschend klingelte mein Handy. »Oh, sorry«, entschuldigte ich mich und nahm den Anruf an. Milow.

»Hi, na. Wann hast du denn nun mal wieder Zeit?«

»Hi Milow. Morgen nach der Arbeit könnte ich. Willst du mich dann abholen?«

»Klar. Freu mich. Dann bis morgen«, waren seine Worte, bevor er auflegte.

Mein Handy steckte ich wieder in die Tasche und lief nach unten. Er saß auf der Couch und telefonierte ebenfalls. Ich schaute mich noch etwas um und öffnete die Glastür. Chlorgeruch strömte mir entgegen. Was für ein riesiger Pool. Wie wohltuend es wäre, dort jetzt ein paar Bahnen zu schwimmen. Unerwartet stand Jake hinter mir.

»Fertig mit Telefonieren?«, fragte er mit seiner tiefen Stimme.

»Ja. Du ja auch. Ich kann aber immer erst ab siebzehn Uhr bei dir anfangen.« Und dann sollte ich dringend meinen Chef anrufen und im Autohaus kündigen.

Er nickte. »Kein Problem. Ich werde dir auch den Schlüssel geben. Falls ich mal nicht da bin, dass du reinkannst.«

Oh Gott.

»Oder kann ich dir nicht vertrauen?«, fragte er und sein Blick durchbohrte mich förmlich.

»Mir schon. Und ich dir?«

»Gelegentlich.«

Schockiert schaute ich ihn an.

»War Spaß, Hailey. Also, dann fängst du ab morgen an?« Er hielt mir seine Hand hin.

Ich zögerte wenige Sekunden, dann schlug ich ein.

»Abgemacht.«

Ein Lächeln trat auf seine Lippen.

»Darf ich dich aber noch was fragen?«

Er nickte.

»Wie kann man sich sowas alles leisten, wenn man nur ein normaler Mitarbeiter im Autohaus ist?«

Grinsend strich er sich durch die Haare. In dem Moment klingelte es an der Tür. Er schaute in das weiße Display an der Wand. Kurz blinzelte ich dorthin, erkannte aber nichts.

»Sorry, ich kriege Besuch. Wir haben ja jetzt auch alles geklärt.«

»Ja genau. Bis morgen.« Ich schnappte mir meine Tasche und lief Richtung Tür. Als Jake sie öffnete, stand die Kollegin aus dem Autohaus da.

Kapitel 11

Hailey

Ich schenkte ihr ein Lächeln, aber sie verzog keine Miene. Komische Frau. Sie war in dem Autohaus schon so unhöflich gewesen.

»Äh, komme ich unpassend?« Sie war sichtbar verwirrt, dass ich hier war. Verständlich.

»Nein, das ist nur meine neue Putze«, sagte er kalt.

Mein Blick schweifte zu ihm. Wieso war er jetzt wieder so abwertend?

»Bis morgen«, verabschiedete er sich von mir, ließ sie zu ihm rein und schloss die Haustür.

Putze? Arschloch, ehrlich. Ob das mal so eine gute Idee war? *Hailey, denk an das Geld. Nur an das. Du ziehst es ein paar Wochen durch und dann kündigst du wieder.* Ich setzte mich in mein Auto und rief sofort Vicky an.

»Heeyy. Erzähl. Ich habe die ganze Zeit an dich gedacht.« Jedes kleinste Detail erzählte ich ihr.

»Himmel, aber wieso hat er so viel Geld? Hast du ihn mal gefragt?« Sie war ebenfalls verwundert.

Ich zuckte mit den Schultern. »Darauf hatte er mir keine Antwort gegeben, weil ja dann seine Schnepfe kam.«

»Höre ich da die Eifersucht raus?«

»Nein, ist mir doch egal. Aber der Satz mit ...«

Sie unterbrach mich. »Das geht gar nicht mit Putze. Zieh es einfach ein paar Wochen durch und dann beendest du es wieder und er kann seine Bude selber putzen.«

Ich nickte. »Morgen holt mich übrigens Milow ab.«

Am anderen Ende war Stille.

»Noch dran?«

»Äh, ja. Aber ich weiß nicht, was ich dazu sagen soll. Warum er, Hailey?«

»Weiß ich nicht. Er kann mich dann morgen von Jake abholen und dann werden wir nur was essen gehen.« Ich hatte keine Ahnung, wieso ich mich wieder mit meinem Ex traf.

»Kannst du mich morgen dann zu Jake bringen?«

»Klar. Sag mir wann und ich bin bei dir.«

Ich gab ihr die Uhrzeit durch und kurz danach legten wir auf.

Anschließend telefonierte ich mit dem Chef vom Autohaus, um zu kündigen. Zum Glück verlief alles problemlos.

Am nächsten Tag stand Vicky vor meiner Tür, um mich abzuholen.

»Schreibst du eigentlich noch mit dem einen Kerl?«, fragte sie, als ich mich angeschnallt hatte.

Erst jetzt fiel mir auf, dass ich gar nicht mehr reingeschaut hatte.

Ich öffnete die App.

(Er): Mir auch, danke. :-) Ich hoffe, dein Termin verlief positiv. Mein Tag war entspannt. Werde gleich etwas trainieren. Wann treffen wir uns?

Ich las Vicky die Nachricht vor und sie lächelte.

»Ja, wann triffst du dich mit ihm?«

»Du sagst doch eh, dass er ein Fake ist.«

Kurze Zeit später kamen wir bei Jake an.

»What the fuck? Hier wohnt er?«, fragte sie überrascht und klebte regelrecht mit ihrer Stupsnase an der Fensterscheibe. »Hab ich doch gesagt«, bemerkte ich und schnallte mich ab.

»Viel Spaß bei ihm und auch später mit Milow.«

Ich bedankte mich, drückte sie und stieg aus.

Als ich die Klingel betätigen wollte, öffnete sich die Tür im selben Moment und seine Kollegin kam mir entgegen.

Sie rief ihm zu: »Deine Putze ist hier! Soll ich sie reinlassen?« Ich stellte mich zu ihr auf das Podest, schaute ihr ins Gesicht und strich mir eine Strähne hinter das Ohr.

»Ich bin seine Reinigungskraft und keine Putze. Ist das klar?« Sie runzelte die Stirn. »Pfff...«, machte sie, bevor sie mich allein stehenließ.

Ich schüttele den Kopf und betrat die Villa.

Jake kam von oben - oberkörperfrei - und lächelte in meine Richtung. Damit, dass zwischen den beiden etwas lief, hätte ich nicht gerechnet.

»Hey. Du bist aber pünktlich.«

»So bin ich. Ich hoffe doch, dass ich nirgends reingeplatzt bin?«, sagte ich ironisch und legte meine Tasche auf die Küchentheke. »Wo sind deine Putzsachen?«

Er kramte die ganzen Sachen, die ich benötigte, aus seiner Abstellkammer hervor und stellte sie vor mir auf den Tisch.

»Kann ich dir was zu trinken anbieten?«

Ich schüttelte den Kopf und hielt ihm eine kleine Wasserflasche aus meiner Tasche hin, die ich mir mitgebracht hatte. »Ich habe was, danke!«

Jake nahm mir die Flasche aus der Hand und steckte sie wieder in die Tasche. »Du brauchst dir hier nichts mitbringen. Du kannst von mir was trinken. Was möchtest du? Einen Kaffee? Limo? Wasser?«

Erneut holte ich die Flasche aus der Tasche und stellte sie demonstrativ vor ihm ab. »Ich habe meins, danke. So, die *Putze* fängt jetzt mal an, sonst schaff ich das alles nicht.« Dabei betonte ich Putze extra.

Er packte mich an der Schulter. »Hailey?«

Ich griff nach dem Putzlappen und ging ins Wohnzimmer. Während ich putzte und mit dem Kopf bei Milow war, registrierte ich im Augenwinkel, wie er im Flur stand und mich beobachtete.

»Du hast dieses Bild auch in deinem Büro, oder?«, erkundigte ich mich und zeigte auf das große Foto über der Kommode.

»Ja, das ist meine jüngere Schwester!«

»Sie ist hübsch.«

Seine Mundwinkel zuckten amüsiert. »Na ja, schau dir ihren Bruder an.«

Verschämt schaute ich weg. Ja, er sah unverschämt heiß aus. Und dass er gerade oberkörperfrei herumlief, bereitete mir dezente Schwierigkeiten, mich auf das Putzen zu konzentrieren.

»Du müsstest doch eigentlich gar nicht im Autohaus arbeiten, oder?«, fing ich wieder mit dem Thema an.

Grinsend verschwand er in die Küche. »Magst du jetzt was trinken?«, rief er mir zu.

Ich lief zu ihm und lehnte mich gegen den Türrahmen. »Nein, immer noch nicht. Du hast mir keine Antwort gegeben. Was bist du für ein Mann? Ich arbeite bei jemandem, von dem ich gefühlt nichts weiß, oder besser, der mir eher was verheimlicht.«

Jake nahm einen Schluck von seiner Limo, stellte das Glas ab und kam auf mich zu. Er legte einen Finger unter mein Kinn und zwang mich, ihn anzuschauen.

»Nein, natürlich müsste ich nicht arbeiten gehen. Und na ja, weiß ich denn was von dir? Nein. Du putzt für mich und dafür wirst du bezahlt. Sehr gut sogar. Also, was möchtest du jetzt von mir?«

Mein Herz pochte bis zum Hals. »Dass du mich weiter arbeiten lässt.«

Er trat einen Schritt zurück. »Na gut«, sagte er, nahm sein Glas und ging auf der Treppe nach oben.

Atme, Hailey. Ein und aus. Die restliche Zeit hatte ich ihn nicht mehr gesehen, wahrscheinlich trainierte er.

Langsam öffnete ich die Tür und sah, wie er mit voller Kraft mehrmals gegen den Boxsack schlug.

»Ich gehe dann jetzt. Schönen Abend noch.«

Abrupt hörte er auf, schaute aus dem Fenster und wischte sich mit einem Handtuch den Schweiß von der Stirn. »Okay. Sag mal, ist das nicht der Kerl aus der Bar?«

Ich warf ebenfalls einen Blick zur Einfahrt, wo Milow mit seinem roten Kia wartete.

»Ja, genau. Er holt mich ab. Bis morgen dann.« Schnell lief ich nach unten.

Kapitel 12

Jake

Was holte der Lappen sie denn bitte ab? So stellte ich mir das Ganze nicht vor. Bei mir putzt sie und ein anderer Kerl holt sie dann ab. Genervt wählte ich die Nummer von Kian. Sofort nahm der ab. Ein Wunder, sonst dauerte es immer ewig.

»Ey, hast du Zeit?«

Keine fünfzehn Minuten später saß er schon bei mir auf der Couch. »Und sie putzt jetzt allen Erstens bei dir?«, fragte er und nippte an seinem Bier.

»Ja. Denkst du, ich scherze? Heute hatte sie ihren ersten Tag bei mir.«

»Wie hat sie reagiert, als sie zum ersten Mal hier war? Ist sie nicht hintenübergefallen, als sie deine Villa gesehen hat?«

»Na ja, sie fragt ständig, was ich für einen Kerl bin und meint, dass ich doch gar nicht arbeiten müsste.«

»Sag ihr doch einfach, dass du stinkreich bist.«

Eines Tages würde sie es eh mitbekommen, wenn sie es nicht schon längst gecheckt hatte. Ich mein, doof war Hailey mit Sicherheit nicht.

»Was geht mit dir und Chloe? Habt ihr euch echt privat getroffen?«

Ich rollte genervt mit den Augen. »Ach, sie war vorhin bei mir.«

»Jake!«, ermahnte er mich.

»Wenn ich eine Frau schnell ins Bett kriege, ist sie sofort unattraktiv für mich. Also wird das mit Chloe nichts Erstens. Und bei dir und Vicky?«

»Wir sind ständig am Schreiben und treffen uns bald wieder. Ein Treffen zu viert?«

»Von mir aus. Aber Hailey wird sich nicht mit mir privat treffen, Bruder.«

»Höre ich da eine Enttäuschung?«

Ja, ein wenig. Irgendetwas hatte Hailey, ich wusste nur nicht genau, was. Sie gab mir Kontra, vielleicht war es das, was mich an ihr faszinierte. Oder auch nur der Druck in meiner Hose.

»Du warst halt auch echt assi zu ihr am Anfang.« Mit flacher Hand schlug er sich gegen die Stirn.

»Maan, ich war richtig genervt wegen dem PC und dann ...«

»... und dann hat sie sich nett vorgestellt, dir ihre Hand hingehalten und du hast ihr einen Korb gegeben. Hast du dich dafür mal entschuldigt?«

Ich runzelte die Stirn.

»Dann würde ich mich auch nicht mit dir privat treffen. Ich würde nicht mal deine scheiß Bude putzen. Wieviel gibst du ihr die Stunde?«

»Hundertfünfzig.«

Er ließ sich nach hinten in die Couch fallen. »Okay, Bruder, dann eventuell doch«, sagte er und lachte los.

»Sie ist mir noch ein Date schuldig.«

Kian guckte mich fragend an. Ich erzählte ihm von dem Deal.

»Hol sie doch morgen einfach von der Arbeit ab.«

»Die denkt doch, ich bin irre, wenn ich wieder vor ihrem Geschäft stehe.«

»Das denkt sie eh schon.«

Ich schlug ihm gegen den Oberarm.

Zwei Stunden später fuhr Kian wieder nach Hause. Als ich im Bett lag, checkte ich die Nachrichten in der App.

(Sie): Ich habe im Moment viel zu tun. Nach meiner eigentlichen Arbeit habe ich jetzt noch einen anderen Job. Aber wenn ich mehr Luft habe, treffen wir uns. Versprochen.

(Ich): Was machst du noch nebenbei?

(Sie) : Ich babysitte ;-)

(Ich): Oh, das wäre überhaupt nichts für mich.

Keine fünf Sekunden später erschien das Offline-Symbol. Wieso war diese Frau nicht mal am Stück lange online? Mir fiel der Vorschlag von Kian blitzartig ein. Soll ich Hailey morgen wirklich von der Arbeit abholen? Die kündigt doch dann direkt bei mir.

Ah, ich hatte doch jetzt ihre Handynummer. Okay Jake, beruhige dich. Du schreibst ihr nicht. Sie denkt dann wirklich, du hast nicht mehr alle Latten am Zaun.

Am nächsten Tag kam ich früher von der Arbeit nach Hause, um noch in Ruhe zu duschen. Ob das mit Hailey eine gute Idee war? Ich bezweifelte es. Aber wer nicht wagt, der nicht gewinnt, oder wie war das?

Nachdem ich mich frisch gemacht hatte, schlüpfte ich in den dunkelgrauen Anzug, frisierte die Haare nach oben, legte mein Hugo Boss Parfüm auf und lief zum schwarzen Lamborghini. Ich steckte mir einen Kaugummi in den Mund und fuhr los. Auf dem Weg zu Hailey ging ich das Gespräch mindestens vierundzwanzig Mal im Kopf durch.

Als ich vor ihrem Geschäft parkte, waren schon ein paar Menschen im Laden. War ja klar. In dem Moment kam sie raus. Mit dem Kerl von gestern. Meine Laune war gleich im Keller. Ich stieg aus, ging um den Wagen herum und lehnte mich mit dem Rücken gegen die Beifahrertür. Sie sah in meine Richtung, aber dann zu ihm.

»Alles klar, ja, mach ich.« Hailey verabschiedete sich von ihm, nahm ihn in den Arm und schaute danach direkt wieder zu mir.

Ich lief auf sie zu. »Hast du gleich Feierabend?«

Sie holte das Handy aus der Hosentasche und tippte auf das Display, sodass es aufleuchtete. »Ja, in zehn Minuten.«

»Gut. Dann komm in zehn Minuten zu meinem Auto.« Ich ließ sie nicht antworten, sondern setzte mich in den Wagen. Das schlimmste für mich war das Warten. Ich hasste es. Auf einmal öffnete sich vorsichtig die Beifahrertür.

»Okay, und was ist nun? Putze ich nicht genug? Willst du mich wieder kündigen?«

Ich runzelte die Stirn. »Hä? Nein! Steig ein.«

»Äh ... warum?«

»Mensch, steig jetzt ein.«

Sie überlegte kurz und blieb wie angewurzelt stehen. Wovor hatte sie so eine Angst?

»Wieso steigst du nicht ein?«

Wenige Sekunden später saß sie neben mir und schaute mich an. »Und jetzt? Ich bin hier mit meinem eigenen Auto.« Sie zeigte auf einen Flitzer, der vor mir in der Parklücke stand.

»Wir hatten doch einen Deal.«

Mit einem Mal fing sie an zu lachen. »Du meinst das Date?«

»Ja. Und ich hatte recht. Also?«

»Meinetwegen. Dann hab ich es hinter mir.

Aber dann lass mich erst nach Hause fahren und mich umziehen.«

Ich nickte. »Ich fahr dir hinterher.«

Mit ihrem knackigen Hintern ging sie zu ihrem Auto und fuhr los. An ihrer Wohnung angekommen, parkten wir und sie eilte nach oben, während ich unten im Wagen wartete, das Handy aus der Mittelkonsole holte und die App öffnete. Keine neue Nachricht von Lee. Trotzdem schrieb ich ihr.

(Ich): Heute habe ich mal ein Date :-p So schlimm kann ich wohl nicht sein. Vielleicht magst du dich ja dann auch mal mit mir treffen :-p

Schlagartig öffnete sich schon die Beifahrertür. Abrupt beendete ich die App und steckte das Handy wieder in die Mittelkonsole.

»So, hier bin ich.«

Hatte Hailey nicht eben noch einen Oma-Dutt getragen? Der khakifarbene Jumpsuit sah umwerfend an ihr aus, die schwarzen High Heels unterstrichen das noch. Meine Augen klebten regelrecht an ihr.

»Du siehst toll aus!«

Ihr Mund verzog sich zu einem Lächeln. »Wo fahren wir denn hin?«

»Hast du Hunger?«

Sie nickte und schaute aus dem Fenster. Irgendwie war sie eingeschüchtert.

»Ich bin noch nie in einem Lamborghini mitgefahren«, sagte sie und streichelte das Cockpit.

»Magst du das Auto?«

»Mögen? Ich liebe es!«

Ich trat etwas mehr auf das Gaspedal und beobachtete ihre Reaktion. Sie krallte sich in den Sitz und wir sausten über die Straße. Hailey kreischte vor sich hin.

»Oh Gott. Es macht so einen Spaß.«

Mein Blick schweifte zu ihr. »Dein Ex kann auch nicht die Finger von dir lassen, oder?« Herr Gott, wieso fragst du das? Fahr nur Auto!

Ihr Kopf drehte sich zu mir. »Wir hatten lange keinen Kontakt und jetzt kommt er wieder bei mir an. Wie alle Männer.«

»Ich komme nie bei meinen Ex-Freundinnen wieder an.«

»Dann bist du anders.«

»Das bin ich sowieso. Aber das hast du, glaube ich, auch gemerkt.« Ich verkniff mir das Lachen.

»Wieso gehst du arbeiten, obwohl du es nicht müsstest?« Wieder fing sie mit diesem Thema an.

»Weil ich allen eigentlich ein normales Leben vorspiele. Ich möchte nicht, dass jeder und vor allem die Frauen sagen: *Ach der, der hat ja die Kohle.*«

»Hast du deshalb keine Freundin?«

»Ja, auch. Aber weil ich auch extreme Probleme mit dem Vertrauen habe.«

»Hast du mal schlechte Erfahrungen gemacht?«

»Möglich. Hattest du bisher nur den einen Ex?«

Sie nickte, aber ließ es unkommentiert.

Endlich kamen wir an dem Restaurant an, wo ich einen Tisch reserviert hatte. Sofort stand ich mit dem Wagen im Mittelpunkt und eine kleine Menschenmenge hatte sich um uns herum gebildet. Für mich war es nichts Neues, aber Hailey empfand es spürbar als unangenehm.

Ich öffnete ihr die Tür, nahm ihre Hand und führte sie über den grünen Teppich ins Restaurant. Drinnen nahmen wir den Fahrstuhl nach oben.

»Ich habe richtig Lust auf Pizza«, meinte sie und innerlich lachte ich. In dem Restaurant würde es solche Speisen nicht geben.

In der vierten Etage angekommen stiegen wir aus dem Fahrstuhl und standen direkt an einem kleinen Pult. Dahinter lächelte eine Kellnerin und ich fragte sie nach dem Tisch.

Die Bedienung brachte uns dorthin und legte die Speisekarte vor uns ab.

»Oh mein Gott! Wie schön sieht das hier bitte aus?« Hailey kam aus dem Staunen nicht mehr raus.

Wir hatten einen wunderbaren Blick auf das Wasser, die Berge und den Stanley Park. Man sah Teile des Hafens und Nord Vancouver.

Hailey schaute in die Speisekarte und sah mich danach an. »Was ist das hier für ein Restaurant?«

Ich zog meine Augenbrauen fragend nach oben.

»Die Preise«, flüsterte sie.

»Schau nicht auf die Preise. Ich lade dich ein.«

»Es ist hier unnormal teuer, Jake.«

Ich schüttelte den Kopf und zwinkerte. »Ansichtssache.« Dann legte ich einen Arm auf den Tisch, berührte fast ihre Hand, zog meine dann aber doch wieder zurück. »Hailey, ich wollte mich bei dir entschuldigen, dass ich bei unserer ersten Begegnung im Autohaus so ein Arschloch war. Ich war nur ...«, fing ich an, mich zu rechtfertigen.

»Alles gut. Schon vergessen.«

»Darf ich Ihnen schon was bringen?«, fragte die Bedienung. »Für mich bitte ein Glas Weißwein.«

»Und für mich einen Rotwein, bitte.«

»Du trinkst ja doch Alkohol?«, fragte sie.

Ich schaute wieder in die Karte. »Das hier ist jetzt eine Ausnahme. Weißt du schon, was du essen willst?«

Sie strich sich eine Strähne hinter das Ohr. »Ja. Alberta Beef mit Gemüse und Kartoffelpüree. Und du?«

»Seebarschsteak mit Gemüse.«

»Wieviel Reinigungskräfte hast du schon zum Essen eingeladen?«, erkundigte sie sich und grinste mich an.

»Du bist die erste.«

»Hattest du überhaupt vor mir eine?«

Ich schüttelte den Kopf.

»Denkst du, Frauen haben nur an deinem Geld Interesse und nicht an deiner Person?«

Was stellte sie bitte für Fragen? »Möglich. Aber ich hole mir ja auch nur das, was ich will.«

Sie nickte und schaute aus dem Fenster. Ich glaube, sie dachte über diesen Satz nach.

Zwanzig Minuten später kam endlich unser Essen, was verdammt lecker roch.

»Hm, das schmeckt köstlich«, schwärmte sie, nachdem sie die ersten Bissen gegessen hatte.

»Sag ich doch.«

»Aber mit einer Pizza hättest du mich auch glücklich gemacht.«

»Ach, so schnell geht das bei dir?«, flirtete ich.

Die Röte stieg ihr ins Gesicht, was mich innerlich freute. »Und Sushi, damit kriegst du mich sofort«, erzählte sie weiter.

Ich schenkte ihr ein Lächeln und sagte: »Gut zu wissen.«

Hailey holte ihr Handy aus der Tasche und schaute auf die Uhr. »Dann fang ich heute später ...«

Ich fiel ihr ins Wort. »Du brauchst heute gar nicht bei mir putzen. Alles gut. Lass uns das jetzt hier genießen. Wieso hast du eigentlich keinen Freund?«

Ein Stück schnitt sie sich vom Fleisch ab und zögerte mit ihrer Antwort. »War noch nicht der Richtige dabei.«

»Na ja, vielleicht sitzt er ja dir gegenüber.«

»Ha, ja, mit Sicherheit.«

»Ich danke dir für das leckere Essen«, sagte sie, während ich bezahlte.

»Dafür nicht. Jetzt hast du das Restaurant auch mal von innen gesehen.«

Kapitel 13

Hailey

Er öffnete seine Autotür und gefühlt waren wieder alle Augen auf uns gerichtet. Jake ging um den Wagen herum und schob mich zur Fahrerseite.

»Du fährst zurück.«

»Wirklich? Darf ich?«

Er setzte sich auf den Beifahrersitz. »Na denkst du, ich mache Spaß. Komm.«

Ich nahm Platz, schnallte mich an und stellte den Spiegel richtig ein. »Dann bräuchte ich deinen Schlüssel.«

Grinsend zeigte er auf die rote Abdeckung über dem Startknopf. »Da startest du ihn.«

Meine Hände waren schon schwitzig vor Aufregung.

»Willst du nicht lieber doch fahren?«, fragte ich leicht panisch.

»Quatsch. Du kannst doch Auto fahren.«

»Ja schon ... aber nicht so ein Auto.«

»Dieses Auto hat nur 700 PS. Also keine Panik.«

Ich drückte den Startknopf und fuhr langsam los. Auf der Autobahn tuckerte ich auf der rechten Spur den kleinsten Autos hinterher und bemerkte seine Blicke im Augenwinkel.

»Hailey, jetzt drück doch mal durch.«

Ich überlegte und überlegte. Das Adrenalin stand mir bis zum Hals und die Hände waren mittlerweile klitschnass.

Ich blinkte links und fuhr rüber. »Na dann«, sagte ich, krallte mich in das Lenkrad und trat das Gaspedal durch.

»Oh, ist das mega«, schrie ich, als ich an allen Autos vorbeiraste. Ich genoss es leider nur wenige Minuten, da ich dann schon wieder von der Autobahn abfahren musste.

»Lässt du jeden dieses Auto fahren?«, fragte ich und schaute zu ihm.

»Niemanden.«

Ich lachte, aber konzentrierte mich weiterhin auf die Fahrbahn.

»Was lachst du da? Glaubst du mir nicht?«

»Nein, nicht wirklich.«

Ich bog in meine Straße und versuchte, so cool wie möglich neben meinem kleinen Flitzer zu parken.

»Danke, dass ich dieses Auto fahren durfte.«

»Und ich danke dir für das schöne Date.«

Ich schnallte mich ab und stieg aus dem Wagen. Jake kam rum und stand direkt vor mir. Sein Parfum stieg mir sofort in die Nase. Er legte seine Hände in meinen Nacken und zog mich näher zu sich. Unsere Lippen waren nur wenige Zentimeter entfernt und der Puls schlug mir bis in den Kopf. Was passierte hier? Ich stoppte das Ganze, indem ich leicht gegen seinen Oberkörper drückte.

Irritiert schaute er mich an. »Oh, tut mir leid.«

Ich trat einen Schritt zur Seite.

»Wiederholen wir das Date?«

»Ich habe nur meinen Deal eingelöst. Nicht mehr und nicht weniger.«

Abrupt bewegte er sich einen Schritt zurück. Damit hatte er scheinbar nicht gerechnet.

»Alles klar. Wir sehen uns morgen.« Er schob mich beiseite und stieg ins Auto.

»Hier ist der Schlüssel. Kann sein, dass ich morgen nicht zuhause bin, wenn du putzen kommst.« »Okay. Weiß ich Bescheid.« Und nahm den Schlüssel entgegen. Und schon war er weg.

Was hatte er denn jetzt? Ich hatte doch nichts Falsches gesagt, oder? Vermutlich wegen des Korbes. Tja, dann wusste er mal, wie das ist.

Ich zuckte mit den Schultern, lief nach oben in meine Wohnung und berichtete erstmal Vicky vom Tag.

»Locker will er was von dir«, sagte sie jetzt schon zum dritten Mal in weniger als fünf Minuten.

»Bullshit. Was sollte er mit so einer wie mir?«

»Hailey! Wieso lädt er dich zum Essen ein und lässt dich sein Auto fahren, gibt dir jetzt auch noch die Hausschlüssel und will dich zum Abschied küssen? Einen Kuss?«

Ich rollte mit den Augen. »Na ja, die Schlüssel, weil ich immer noch bei ihm putze.«

»Und die anderen beiden Sachen?«

»Weil er vielleicht dachte, dass er mich vögeln kann?«

»Dann hätte er es auch schon bei sich zuhause versucht«, erklärte sie mir.

»Ach, keine Ahnung. Ich putze nur bei ihm und das wars für mich.«

»Noch ist es nur Putzen«, sagte sie und ich hörte, wie sie grinste.

»Ich muss jetzt schlafen. Bin müde.« Wir legten auf.

Frischgeduscht kuschelte ich mich ins Bett und dachte über das Date nach. Es war etwas, was ich noch nie so erlebt hatte. Noch nie saß ich in so einem teuren Restaurant, ich hatte noch nie so ein Auto gefahren. Er war ein Mann, den ich schlecht einschätzen konnte. Ich öffnete die App und Mr. Lambo war online. Wie immer.

(Ich): Du bist ja schon wieder online. Also war das Date nicht so gut?

(Er): Geht so. Ich hoffe, mit dir wird es besser ;-)

(Ich): Oh, wieso? Erzähl ;-) Ich sagte ja, Dates aus einer App sind nie so gut.

(Er): Sie war nicht aus der App. Ich glaube, sie mag mich nicht so. Und ich habe mir echt Mühe gegeben.

(Ich): Wenn sie dich nicht gemocht hätte, wäre sie ja nicht mit dir auf ein Date gegangen.

(Er): Ach, keine Ahnung. Ich bin jetzt schlafen. Gute Nacht.

Vermutlich war er genervt. Ich scrollte weiter durch die Profile. Plötzlich kam eine Nachricht von Milow.

Hi Hailey,

ich fand das Treffen richtig toll. Lass uns das öfter machen.

Ich schloss die Nachricht wieder und überlegte, ob ich Jake eine schreibe. *Was zur Hölle hast du vor? Was willst du ihm denn schreiben? Tut mir leid, dass ich dir einen Korb gegeben habe? Lass es.*

Mein Handy stöpselte ich ans Ladegerät, dachte über die unglaubliche Autofahrt nach und schlief ein.

Am darauffolgenden Tag war ich schon überpünktlich bei Jake, aber sah dort kein Auto stehen. Also war er wirklich weg, wie er es gestern gesagt hatte. Enttäuschung breitete sich in mir aus. Aus dem Fußraum kramte ich meine Tasche, zog mir meine dünne Strickjacke über und stolzierte in sein Haus.

Langsam schloss ich die Tür auf und rief seinen Namen, ob er möglicherweise doch zuhause war. Stille. Arbeitete er noch? Aber so lange doch nicht? Als ich mit den Gedanken bei ihm war, schnappte ich mir einen Putzlappen, steckte die Kopfhörer in die Ohren und fing mit den Zimmern oben an.

Ich wischte alle Oberflächen der Möbel und putze gründlich das Badezimmer. So eine Wanne hätte ich gerne, dachte ich und strich über den Badewannenrand. Während ich mich von Raum zu Raum bewegte, schaute ich mir alle Bilder an den Wänden genauer an. Ein Foto sprang mir besonders ins Auge. Ein Familienbild. Jake hatte scheinbar nur eine Schwester. Und auf allen Bildern sah er einfach nur scharf aus.

Ich schnappte mir den Putzlappen und ging die Treppe runter. Auf einmal sah ich, wie Jake mit einer Frau auf der Couch heftig rummachte. Es war seine Kollegin.

Abrupt blieb ich auf der Stufe stehen, nahm meine Kopfhörer aus den Ohren und ließ mir nichts anmerken.

»Oh, du bist ja noch da«, waren seine Worte und die Alte warf mir einen Blick zu, der mich auf der Stelle töten sollte.

»Lasst euch nicht stören. Das andere mach ich morgen.« Ich schmiss den Lappen in den Putzeimer, stellte ihn auf den Boden, schnappte meine Strickjacke und lief zügig zur Tür. Als ich die Haustür hinter mir schließen wollte, packte er mich am Arm.

»Sorry, ich wusste nicht, dass du noch da bist.«

»Guck auf deine wunderbare, große Uhr, die über deinem Fernseher hängt. Es ist gerade mal sechs. Klar bin ich noch da. So schnell kann ich auch nicht putzen«, lautete meine Ansage.

»Hab ich nicht gesehen.«

»Ne, weil Fettar...«, ich stoppte meinen Satz.

Er hob eine Augenbraue.

»Bis morgen«, verabschiedete ich mich und ließ ihn stehen.

Ich lief wütend zum Auto. Warum war er so ein Penner? Er hätte wenigstens warten können, bis ich fertig war. Und wieso versuchte er gestern noch, mich zu küssen, obwohl er jetzt dieser Schlampe die Zunge in den Hals steckte? Ich setzte mich in meinen Wagen und düste los.

Unerwartet rief mich Vicky an. »Hi. Störe ich oder bist du schon fertig bei ihm?«

»Bin auf dem Weg nach Hause«, sagte ich genervt.

»Alles gut bei dir? Was ist los?« Sie wusste sofort, wenn ich was hatte. »Na ja. Er vergnügt sich da mit einer auf der Couch, während ich noch da war.«

»Okay, und weiter?«

»Was und weiter?«

»Bist du jetzt sauer, weil du ihn mit einer Frau erwischt hast?«

Ich wusste, worauf sie hinauswollte. Ehrlich gesagt, wusste ich nicht, wieso ich wütend war. Auf jeden Fall war ich von mir selber genervt.

»Aber das Gute ist ja, dass du ihn gar nicht magst. Stimmt's, Lee? Stell dir vor, du würdest ihn auch noch wahnsinnig gut finden«, sagte sie ironisch.

Mit den Händen schlug ich auf das Lenkrad. »Der Kerl ist mir sowas von egal«, redete ich mir selbst ein.

Am Ende des Hörers lachte Vicky. »Ja genau. Deshalb bist du auch todesgenervt und hättest am liebsten der alten, die wahrscheinlich auf ihm saß, den Putzlappen durchs Gesicht gezogen.«

Joa, möglich.

»Schreib ihm doch einfach.«

»Brennst du? Wieso sollte ich? Ich werde gar nichts machen. Was soll ich denn schreiben? Oh, hi Jake, miese Nummer von dir eben. Gestern wolltest du mich noch küssen und jetzt fickst du eine andere auf der Couch. Oder wie hast du dir die Nachricht vorgestellt?«

»Lee, dann schreibst du ihm eben nichts. Ich kann ja mal mit Kian reden.«

»Äh, nein?«, rief ich panisch und sie lachte.

»Ich bin jetzt bei mir zuhause. Wir schreiben.« Ich verabschiedete mich und legte auf.

Nachdem ich meine Schuhe ausgezogen hatte, schob ich ein Pizzabaguette in den Ofen und ließ meinen Frust bei Mr. Lambo aus.

Er war offline. Egal, ich schrieb ihm trotzdem. Wütend tippte ich ins Handy:

(Ich): Heute habe ich wieder gemerkt, wie scheiße Männer sind. Ich werde es so wie du machen, für immer Single bleiben.

Dann schminkte ich mich ab und stieg unter die Dusche.

Hailey, du darfst Jake nicht anziehend finden. Streich ihn dir aus dem Kopf. Er hat nur einen wahnsinnig attraktiven Oberkörper, ein bildhübsches Gesicht, eine unnormale Villa, ein traumhaftes Auto und reichlich Frauen, die vermutlich nur hinter seiner Kohle her sind.

Die Haare band ich mir nach dem Duschen zu einem Turban und zog mir den kuscheligen Pyjama an.

Wenige Minuten später war endlich das Baguette fertig. Mein Handy blinkte auf und ich hatte eine Nachricht von ihm.

(Er): Wieso, was los? Erzähl.

(Ich): Würdest du mit Absicht eine Frau mit einer anderen verletzen?

(Er): Hm. Schwierige Frage. Damit sie vielleicht wach wird. Ja.

(Ich): Was ist das denn für eine Logik? Das ist total behämmert.

(Er): Ihr Frauen macht es doch nicht anders?!

(Ich): Wieso rede ich mit dir überhaupt darüber?

(Er): Ha ha. Keine Ahnung. Weil ich ein Fremder bin?

Ich biss in mein mittlerweile kaltes Baguette und überlegte, was ich darauf antworten sollte. Da war er offline.

Wow. Danke. Für nichts. Damit sie wach wird? Wieso sollte ich denn wach werden? Vermutlich war Jake genervt von meinem Satz mit dem Deal.

Und wieder saß ich in meinem Auto und schaute zu seiner Villa. Sein Lamborghini stand dieses Mal da. Die letzten zwei Wochen war ich ihm nicht zuhause begegnet. Darüber war ich ehrlich gesagt erleichtert. Seine Anwesenheit löste in mir immer etwas aus, was sich nicht beschreiben ließ.

Ich überlegte. Vielleicht war seine Kollegin da oder er war mit ihr unterwegs. Oder sie würde später wieder zu ihm kommen. Dann brauchte er bei mir aber nicht mehr anzukommen. Hailey? Wo ist denn dein Problem? Du arbeitest nur bei ihm. Mehr nicht. Denk an das viele Geld. Ich schnappte die Tasche, richtete den Dutt und lief zur Haustür. Irgendwie ging es mir übel. Vielleicht lag es an dem Müsliriegel, den ich in meiner Mittagspause gegessen hatte. Oder lag es an dem möglichen Aufeinandertreffen mit ihm? Ich klingelte. Wenige Sekunden später ging die Tür auf.

»Hey.«

»Hi.« Die Begrüßung hielt ich mit Absicht kurz und knapp.

»Wieso klingelst du? Du hast doch einen Schlüssel.«

Ich schlängelte mich an ihm vorbei und legte meine Sachen wie immer auf die Küchentheke.

»Wenn dein Auto dasteht, klingele ich.«

Er runzelte die Stirn.

»Na ja, ich will ja nicht einfach reinplatzen wie vor zwei Wochen.«

Er kam auf mich zu und blieb an der Theke stehen. »Das mit Chloe war echt nicht cool von mir. Sorry.«

»Ach, ist doch alles gut. Passt schon«, sagte ich und versuchte, mir nichts anmerken zu lassen.

»Okay, gut. Ich bin jetzt mal kurz weg. Komme aber gleich wieder«, meinte er und schnappte sich seinen Autoschlüssel.

Ich antwortete ihm nicht, steckte mir meine Kopfhörer in die Ohren und fing mit der Arbeit an. Okay, das Gespräch war nicht so peinlich verlaufen wie erwartet.

Die Haustür fiel ins Schloss und seine Worte gingen mir noch einmal durch den Kopf. Als ob es ihm leidtäte, ha ha.

Heute stand sein Fitnessraum an. Mit dem Staublappen wischte ich über eine Kommode, auf der ein Springseil lag. Ob ich das noch konnte? Früher hatte ich es geliebt. Ich nahm es in die Hände, hielt die Griffe in Hüfthöhe und sprang einfach los. Es lief erstaunlich gut. Zehn, zwanzig, dreißig Mal. Dabei beobachtete ich mich in dem riesigen Spiegel an einer der Wände und lachte über mich selbst, wobei ich aus dem Tritt kam. Bei Männern sah es tausendmal heißer aus. Ich legte das Seil wieder an Ort und Stelle und putze weiter.

Danach ging ich in sein Schlafzimmer. Das frische Bettzeug, was ich aus dem großen Schrank nahm, roch unheimlich gut nach Kokos, sodass ich kurz schnupperte, bevor ich das riesige Bett bezog.

Ich setzte mich an die Bettkante und bemerkte, dass es ein Wasserbett war. Daraufhin ließ ich mich nach hinten fallen, Musik dröhnte in meine Ohren, ich schloss die Lider und sah Jake vor meinem geistigen Auge.

Er drückte mich auf das Bett, beugte sich über mich und verteilte Küsse vom Hals bis zum Schlüsselbein, weiter nach unten bis zu meinen Brüsten. Mit seinen Lippen umschloss er abwechselnd meine Nippel, saugte und leckte an ihnen. »Oh Jake«, stöhnte ich. Danach fuhr er mit seiner feuchten Zunge über meinen Bauch und anschließend bewegte er zwei Finger in meinen Slip, zog ihn langsam aus. Er spreizte meine Beine weiter und ... FUCK. Was träumst du da, Hailey? Geschockt öffnete ich die Augen und sah Jake lässig am Türrahmen stehen.

In Blitzgeschwindigkeit sprang ich vom Bett und riss die Kopfhörer raus.

»Was machst du da?«, fragte ich entsetzt und beschämt zugleich. Er kam auf mich zu und meinem Gesicht gefährlich nah.

»Die Frage ist eher, was machst du da? Und wieso stöhnst du meinen Namen?«

Peinlich. Boden, öffne dich bitte. Sofort.

»Ich wollte mal gucken, wie es sich auf einem Wasserbett liegt.«

Er runzelte die Stirn. »Und wie ist es? Willst du mal probeschlafen?«, fragte er schelmisch und zwinkerte mir zu. Als er mit einer gefühlvollen Bewegung eine Strähne hinter mein Ohr strich, hielt ich den Atem automatisch an. »Und ich glaube, so unschuldig, wie du dich gibst, bist du gar nicht.«

Mein Herz schlug mir bis zum Hals. Würde er gleich wieder versuchen, mich zu küssen? Sanft legte er seinen Daumen auf meine Unterlippe und sein Blick wanderte abwechselnd von den Augen zu den Lippen. Doch wie vom Blitz getroffen, trat er einen Schritt zurück und verließ das Schlafzimmer.

Was war das denn jetzt? War ich enttäuscht darüber, dass er mir nicht näherkam? Ja. Tja, Hailey, du hast selber Schuld. Letztens hast du seinen Kuss abgelehnt.

Ich schnappte den Putzlappen, der auf dem Nachtschränkchen lag, und lief nach unten, um den Eimer mit Wasser und Putzmittel zu füllen, und sah auf der Küchentheke eine Plastiktüte mit Essen.

Es sah aus wie Sushi. »Bekommst du Besuch?«, rief ich rüber zu Jake, der auf der Couch saß.

Kapitel 14

Jake

Du bist so ein Vollidiot! Wieso hast du sie nicht geküsst? Es wäre perfekt gewesen. Und so, wie sie mich eben angeschaut hatte, hätte sie nichts dagegen gehabt. Oder bildete ich mir das ein?

»Hallo?«, rief sie erneut.

Ich stand auf und ging zu ihr. »Ich dachte, vielleicht hast du Hunger und wir können gemeinsam Abendessen.«

Ihr Mund verzog sich zu einem Lächeln. »Oh, wie lieb. Sehr gern.«

Das Sushi legte ich auf einen Teller und deckte den Tisch. »Dankeschön für die Überraschung«, sagte sie, während sie eine Sushirolle in Sojasauce tunkte.

»Na ja, ich musste den Schock von letztens ja wiedergutmachen.«

Sie winkte ab. »Ach, alles gut. Ich darf einfach keine Musik mehr hören, dann erspare ich mir ein paar peinliche Momente.« Röte stieg in ihr Gesicht, was ich amüsant fand.

»Magst du sie?«, erkundigte sie sich.

Ich biss in das frittierte Hähnchen und wusste genau, von wem sie sprach.

»Wen? Du meinst Chloe?«

Sie zeigte mit dem Zeigefinger auf die Couch und meinte: »Die, mit der du dich vergnügt hast.«

»Würdest du einer Person näherkommen, die du nicht magst?« Sie überlegte und hatte scheinbar keinen blassen Schimmer, was sie mir jetzt antworten sollte, schließlich wären wir uns auch fast nähergekommen.

»Ich habe dir doch schon mal gesagt, dass ich mir das nehme, was und wen ich will«, erklärte ich mit ernster Stimme und schaute ihr ins Gesicht.

»Stimmt. Mit Geld geht alles.«

»Nein, nicht alles! Aber vieles.«

»Erzählst du mir jetzt, wie du dir das hier alles leisten kannst?«

»Im Autohaus verdient man einiges an Geld.«

Sie prustete los und verschluckte sich fast an ihrem Essen.

»Ja klar, verarsch wen anders«, sagte sie und zeigte mir den Vogel.

»Na gut. Ich habe das alles meinem Opa zu verdanken Er hatte eine Schiffswerft, wo er extrem viele Luxusyachten für paar Millionen im Jahr verkaufte. Und als er verstarb, erbte ich sehr viel. Ohne ihn hätte ich so ein Leben, was ich gerade führe, niemals. Nicht mal in meinen schönsten Träumen.«

»Oh, das tut mir leid mit deinem Opa. Oben in deinem Fitnessraum hängt ein Bild, da bist du mit deinem Dad und deinem Opa, oder?«

Ich nickte, sagte dazu aber nichts.

»Ihr saht glücklich aus.«

»Schmeckt deine Sushirolle gut?«, fragte ich, um von meinen familiären Verhältnissen abzulenken, und nahm einen Schluck von der Limonade.

Hailey schaute mich irritiert an. »Ja, schmeckt sehr gut. Danke. Und hast du einen guten Kontakt zu deinen Eltern?«

»Zu meiner Mum, ja. Meinen Dad gibt es nicht mehr.«

»Oh, das tut ...«

»Nein«, unterbrach ich sie. »Er lebt noch. Aber nicht mehr in meiner Welt.«

Ihre Augen weiteten sich. »Oh, was ist passiert?«

Ich atmete einmal tief ein und wieder aus. Das war ein Thema, bei dem ich dunkelrot sah. Eher schon schwarz.

»Vielleicht redet ihr nochmal?«

Was wollte sie jetzt von mir?

»Manchmal sollte man über seinen Schatten springen und sein Ego etwas runterschlucken«, faselte sie weiter und versuchte, mich zu überreden. Bei diesem Thema brauchte niemand irgendwas sagen, vor allem nicht Menschen, die keinen Schimmer hatten, was passiert war.

»Du hast doch nicht mal einen Plan. Von nichts. Wieso öffnest du überhaupt deinen Mund und erzählst mir irgendwas von man sollte über seinen Schatten springen?«, blaffte ich sie an. Abrupt stand ich auf, schmiss das lauwarme Essen in den Müll und griff nach meinem Clip. Ich nahm nur dieses Wort *Dad* in den Mund und bekam schon so eine enorme Wut und Hass.

Für meinen Dad wäre es besser, wenn ich ihn nie mehr sehe. »Ich glaube, das reicht jetzt von mir. Vergiss nicht den Boden hier noch zu wischen.« Das Geld für die letzten zehn Tage legte ich neben ihrem Handy auf den Tisch.

Blitzartig sprang sie vom Stuhl, holte den Putzeimer und hielt ihn unter den Wasserhahn.

»Du hättest ruhig noch aufessen können.«

Sie schaute zu mir. »Steck dir das Essen ...«, stoppte den Satz dann aber.

Höchstwahrscheinlich sollte ich es mir in den Allerwertesten stecken. Okay, mein Spruch war eben echt daneben gewesen.

Hailey nahm den Wischmopp und verschwand ins Badezimmer.

Aus der Hosentasche holte ich mein Handy und klickte auf die Dating-App, um mich etwas abzureagieren. Von Lee waren keine neuen Nachrichten im Postfach. Schade. Ich öffnete das Fenster von uns beiden.

(Ich): Und bist du heute besser gelaunt? ;-)

Schlagartig leuchtete Haileys Handy auf und aus dem Instinkt heraus warf ich einen Blick darauf.

Neue Nachricht von Mr. Lambo

Waaaaas? Ich träumte, oder? Meine Augen fielen fast heraus. Das konnte doch nicht wahr sein. Nebenjob Babysitten? Sie war die Frau, mit der ich schon seit Tagen schrieb? Der Blick schweifte Richtung Badezimmertür. Sollte ich es ihr sagen? Perplex steckte ich das Handy wieder in die Hosentasche und verschwand in den Fitnessraum.

Ich zog mein T-Shirt über den Kopf aus, die Sportschuhe an und sprang zehn Minuten mit dem Springseil. Es beruhigte mich immer, aber ich war alles andere als gelassen. Sollte ich das Hailey vielleicht doch besser sagen? Oder sollte ich so tun, als wüsste ich es nicht? Ich entschied mich erst mal für das Zweite.

Nach den zehn Minuten legte ich mir die Boxbandagen um, zog darüber die Boxhandschuhe, schaltete die Musikanlage ein und fing mit dem Training an. Hätte sie nicht mit meinem Dad angefangen, wäre es vermutlich ein netter Abend geworden.

Mit voller Kraft schlug ich mehrmals gegen den Boxsack, bis ich im Spiegel sah, dass sie an der Tür steht. Unsere Blicke trafen sich im Spiegel.

»Wie lange stehst du schon da?«, fragte ich und drehte die Musik etwas leiser.

Sie zuckte mit den Schultern, setzte sich auf die Bank und überkreuze ihre Beine.

»Guckst du mir jetzt zu?«

»Ich wollte dich fragen, ob du dich wieder abreagiert hast.« Bevor ich antwortete, redete sie schon weiter.

»Ich wollte dich nicht verärgern oder dich in eine unangenehme Situation bringen.«

»Du konntest es ja nicht wissen«

Sie nickte und schaute in Richtung meiner schwarzen Golftasche, die neben der Kommode stand. »Spielst du?«, fragte sie interessiert und stolzierte dorthin.

»Ja.«

»Wie viele Schläger hast du bitte?«

Ich nahm das Handtuch von der Kommode, wischte mir den Schweiß von der Stirn, legte es mir in den Nacken und beobachtete Hailey, wie sie zählte.

»Vierzehn Schläger besitze ich.«

Sie lachte. »Ich habe immer nur einen.«

Innerlich schmunzelte ich über ihre Aussage. Ja, bei Minigolf brauchte man nur einen.

»Möchtest du mal mitkommen?«

Die Freude in ihrem Gesicht nahm ich wahr und freute mich umso mehr.

»Wirklich?«

»Aber dann gehen wir vorher shoppen.«

Hailey schaute an sich herunter und runzelte die Stirn. »Sehe ich so scheiße aus?«

Ich fasste an ihre Schulter und sah ihr tief in die Augen. »Nein, siehst du nicht, Hailey. Das siehst du nie. Hast du morgen was vor?«

Sie überlegte kurz und schüttelte den Kopf.

»Dann haben wir morgen das zweite Date.«

Sie stellte sich auf Zehenspitzen und kam meinem Gesicht unglaublich nah, sodass ich kurze Zeit überlegte, sie zu küssen. Bei den anderen Frauen würde ich mein Vorgehen nie vierzigmal überdenken, aber bei ihr war das irgendwie anders.

»Soll ich dann zu dir kommen, Jake?«

»Ich bin um elf bei dir.«

»Alles klar. Dann bis morgen Mr. Payne«, verabschiedete sie sich und schon war sie weg.

Was verursachte diese Frau bei mir? Ich kam ihr nicht mal näher und sie brachte mich um den Verstand.

»Hey«, begrüßte ich am anderen Ende des Telefons meinen besten Freund, den ich nach Haileys Abgang anrief.

»Na, was gibt es Neues?«

»Ich habe mit ihr morgen das zweite Date.«

»Nicht wahr? Wie hast du das geschafft?«

»Tja«, sagte ich angeberisch und ließ mich auf die Couch fallen.

»Ha ha. Und schreibst du noch mit der aus der Dating-App?«

Dass Hailey die aus der App war, behielt ich erst mal für mich. Mal sehen, was sie noch so von sich preisgeben würde. Meinst du nicht, dass es eine fiese Aktion von dir ist, Jake, hörte ich meine innere Stimme.

»Ja, ab und zu.«

»Sag mal, was machen wir nun wegen unserem Geburtstag? Wieder wie das letzte Jahr?«, fragte er

»Klar, können wir machen.«

»Super. Vicky und Hailey dürfen auch kommen, oder?«

»Klar.«

»Alles klar. Dann viel Spaß morgen mit ihr. Vicky müsste jeden Moment bei mir ankommen.«

Ich wünschte ihm ebenfalls viel Spaß und legte auf.

Kapitel 15

Jake

Nachdem ich mein Golf-Outfit für den morgigen Tag zusammengelegt hatte, stellte ich mich unter die Dusche.

Mit den Gedanken war ich beim Geburtstag. Glücklicherweise hatten Kian und ich den gleichen und hatten ihn in den letzten zwei Jahren zusammen auf meiner Yacht mit leckerem Essen, guter Musik und vielen heißen Mädels gefeiert.

Als ich im Bad fertig war, hüpfte ich in eine Jogginghose und zog mir ein graues Muskelshirt über. Auf einmal leuchtete mein Display auf, ich tippte drauf und sah eine Nachricht von Lee.

Irgendwie war es jetzt ein komisches Gefühl, mit ihr zu schreiben.

(Sie): Hey ;-) ja, bin ich. Morgen habe ich ein Date.

(Ich): Oh, das freut mich. Woher kennst du ihn? Einer aus dieser App?

(Sie): Durch meine beste Freundin. Ich bin gespannt, wie das wird. Obwohl er schon manchmal komisch ist.

Komisch? Wo war ich denn komisch?

(Ich): Wieso? Was macht er?

(Sie): Seine Stimmungsschwankungen. Ha ha.

(Ich): Magst du ihn denn schon sehr?

Sie schrieb und schrieb. Herrgott, schreib doch schneller. Ich fuhr mir durch die Haare und wartete ungeduldig auf ihre Antwort.

(Sie): Na ja, was heißt sehr? Er ist nett. :-)

(Ich): Okay :-) viel Spaß morgen mit ihm.

Nett? Ich war verdammt noch mal nur nett? Morgen zeige ich ihr, wie nett ich bin. Bei diesem Gedanken grinste ich.

Am nächsten Morgen wälzte ich mich im Bett von der einen zur anderen Seite. Wenn ich schon daran dachte, dass ich sie gleich wiedersehe, konnte der Samstag nur gut werden. Ich bewegte meinen Körper ins Bad und machte mich frisch, putzte die Zähne, rasierte meinen Bart, stylte die Haare und sprühte zwei, drei Spritzer vom Parfüm an den Hals. *Fucking Fabulous entführt mit sinnlichen Noten* stand auf der kleinen dunkelblauen Flasche.

Ich zog mir ein schwarzes Polohemd und dunkelgraue Jeansshorts an. Ein Blick auf die Uhr verriet, dass ich mich jetzt mal sputen sollte.

Die Golftasche warf ich in den Kofferraum meines Lamborghinis und fuhr zu Hailey. Auf dem Weg dorthin dachte ich über unseren Chatverlauf nach und fasste mir an die Stirn. *Nett!* Hörte ich wieder dieses Wort in meinem Kopf. Ich konnte ja mal richtig nett zu ihr sein.

Als ich in ihre Straße einbog, wartete sie schon in einem schwarzen Kleid, was nicht mal über ihre Knie reichte, weißen Turnschuhen und einer weißen kleinen Tasche vor ihrer Haustür. Sie telefonierte. Vermutlich mit Vicky oder ihrem nervigen Ex-Freund. Ich hielt vor ihr und zeigte, dass sie sich beeilen solle. Hailey schaute mich verwirrt an und legte kurz danach auf.

Sie öffnete hastig die Beifahrertür. »Haben wir einen festen Termin irgendwo? Ich dachte, wir gehen erst mal Shoppen?«, fragte sie verwundert und nahm neben mir Platz.

»Gehen wir ja auch. Ich wollte nur mal bisschen Stress schieben.«

Sie lachte. »Hatte mit meiner Mum telefoniert.«

»Oh sorry. Dann ruf sie doch wieder an auf der Fahrt.«

»Quatsch! Hatte eh keine Lust mit ihr zu reden. Also so gesehen hast du mich gerettet.«

Ich startete den Motor und fuhr in die Innenstadt Vancouvers. »Gerettet? Vor deiner Mum? Kommt ihr nicht gut miteinander klar? Ist man nicht immer als Tochter sehr gut mit der eigenen Mum, sowas wie beste Freundinnen?«

Hailey drehte ihren Kopf zu mir, was ich im Augenwinkel bemerkte.

»Wenn du nicht darüber reden ...«

»Ich bin ja nicht so wie du, der gleich komplett ausrastet«, unterbrach sie mich.

»Ausrastet? Bei dir bin ich noch nie ausgerastet. Und glaube mir, das möchtest du nicht.«

»Ja, meine Eltern wollen nicht verstehen, dass ich keinen richtigen Beruf erlernt habe.«

Ich hielt an der roten Ampel an und schaute sie verwundert an. »Floristin ist kein richtiger Beruf?«

Sie hob ihre Hände. »Für meine Eltern nicht wirklich. Sie verstehen es nicht. Ich höre mir das schon Jahre an.«

Mir tat sie leid. Was waren das für Eltern? Sollte man als Elternteil nicht stolz auf sein Kind sein, egal was es macht?

»Eines Tages werde ich einen eigenen Blumenladen eröffnen. Dann werden die beiden schon aus allen Wolken fallen.«

Vorsichtig streichelte ich über ihr Knie »Hättest du denn schon einen in Aussicht?«

»Ja, mehrere, aber die sind alle viel zu teuer für mich. Da muss ich noch ein paar Blumensträuße verkaufen und bei dir noch ein paar Jahre putzen.«

»Ha ha. Du musst nur an deine Träume glauben«, gab ich ihr Mut.

»Hast du überhaupt noch Träume?«, fragte sie und verkniff sich das Lachen. »Ich mein, du kannst dir doch alles kaufen.«

»Jeder Mensch hat doch Träume. Und nur weil man keine Geldsorgen hat und sich fast alles kaufen könnte, heißt es ja nicht automatisch, dass man glücklich ist, oder?«

Sie strich sich eine Strähne hinter das Ohr. »Stimmt. Bist du denn nicht glücklich?«

»Also jetzt gerade in diesem Moment bin ich es, Hailey«, sagte ich mit beruhigender Stimme und bewegte meinen Kopf zu ihr.

Sie sah kurz zu mir, aber schweifte dann wieder zur Straße.

Wir fuhren in eine Einfahrt und standen vor einem Golfstore. »Ich war noch nie in so einem Laden.«

Ich schnallte mich ab. »Na dann wird es mal Zeit. Komm.«

Kapitel 16

Hailey

Und da stand ich nun mit Jake in einem Golfstore. Die Wände waren in einer hellbraunen Holzoptik gestaltet. Viele Bilder von bekannten Golfspielern hingen daran. Ich stöberte an den Garderoben und merkte, wie er mich die ganze Zeit beobachtete. Ein Outfit nach dem anderen zog ich von der Kleiderstange und schaute es mir genauer an. Was sind das denn hier für Preise? Mir war bewusst, dass es teuer ist, aber so?

»Hast du schon etwas gefunden, was dir gefällt?«, erkundigte sich Jake.

»Das ist hier ziemlich teuer.«

»Du sollst nicht auf den Preis gucken. Ich bezahle es.«

»Aber das …«

»Hailey! Such dir etwas Schönes aus.«

Ein Lächeln trat auf meine Lippen. Jake hielt mir ein Outfit hoch und ich schaute ihn fragend an.

»Nicht gut?«, fragte er.

Ich schüttelte den Kopf, schnappte mir das weiße Kleid vom Bügel, verschwand in der Umkleidekabine und verdrehte die Augen, als ich den Preis sah. Holy Shit.

Zweihundertachtzig Dollar. Ich schlüpfte in das ärmellose Kleid mit einem Stehkragen und betrachtete es im Spiegel. Es saß perfekt an mir. Wie für mich angefertigt. Gott sei Dank hatte es integrierte Shorts eingenäht, sonst könnte ich niemals den Ball aufheben, da das Kleid verdammt kurz war.

»Und, passt es?«, hörte ich ihn vor der Kabine.

Ich zog den beigen Vorhang zur Seite. Da stand er und betrachtete mich. Oder starrte er mich eher an?

Auf der Stelle drehte ich mich einmal.

»Wow.«

»Der Preis ist auch wow, Jake.« Ich hielt ihm das Preisschild unter die Nase.

»Ich habe dir vorhin was gesagt. Ich bezahle das hier heute alles! Du bezahlst keinen Cent. Will das in dein süßes Köpfchen nicht rein?«

Ich ließ mich auf den Stuhl, der in der Ecke von der Umkleidekabine stand, fallen und schaute zu ihm hoch.

»Das kann ich nicht annehmen.«

»Wirst du aber. So, und jetzt hopp hopp. Du brauchst noch Schuhe und eine Cap.«

Wenige Minuten später standen wir vor den unzähligen Schuhen.

»Sind ja gar nicht viele«, scherzte ich.

»Wie findest du die?«, fragte er und hielt ein weißes Paar in die Luft. Ich nickte und lief auf ihn zu.

»Größe vierzig? Dein Ernst?«, fragte ich ihn und er lachte. »Sehen meine Füße so groß aus?« Ich nahm ihm die Schuhe ab, stellte sie wieder in das Regal und suchte Größe 36 raus.

»Sechsunddreißig?«, nuschelte er und ich schmunzelte, während ich in die Schuhe schlüpfte und ein paar Schritte marschierte.

»Die sind sehr angenehm. Haben ein echtes Leichtgefühl. Eine wunderbare Dämpfung. Einfach klasse.«

Er runzelte die Stirn. »Willst du mich gerade verarschen?« Ich hielt mir die Hand vor den Mund, damit ich nicht laut loslachte. »Ich? Verarschen? Niemals«, log ich und lief weiter auf und ab. »Nein, die sind echt top.«

Sein Mund verzog sich zu einem Lächeln. »Gut. Dann nehmen wir die. Und jetzt noch eine Cap. Da hängen einige.« Er wies auf die große Wand, wo Modelle gefühlt in jeder Farbe hingen.

»Jake? Hey. Wie witzig, dass ich dich hier treffe«, begrüßte ihn eine Frau.

Mein Kopf schweifte zu ihr. Es war seine Kollegin. Mein Gott, wieso tauchte sie gefühlt überall auf? Hatte ich einen Magneten am Hintern? Sie warf mir nur kurz einen Blick zu, wandte sich dann wieder ihm zu.

»Kian hat mir von eurer Geburtstagsfeier erzählt. Und ich komme sehr gern.«

Geburtstag? Feier? Wann hatte er denn Geburtstag?

»Du kannst dir da schon die Caps angucken. Ich komme gleich.«

Verdutzt schaute ich ihn an, aber ließ die beiden allein. Innerlich war ich dezent am Kochen. Wieso schickte er mich jetzt weg? Und warum erzählte er mir von keiner Feier?

Vermutlich hätte ich es mitbekommen, wenn ich alles geputzt hätte. Vielleicht vereinbarten sie einen neuen Termin für seine Couch aus. Den Gedanken sprach ich noch nicht aus, da stand er schon wieder hinter mir und ich spürte seine Hand an meinem Nacken.

»Hast du was gefunden?«

Ich griff nach einer weißen Cap mit rosa Symbol und setzte sie auf. »Die ist es.« Damit betrachtete ich mich im Spiegel.

Jake nahm sie mir vom Kopf. »Super. Dann ab zur Kasse.«

Er bezahlte alles und wir stiegen wieder ins Auto.

»Danke für die ganzen Sachen, aber das hättest du echt nicht machen müssen. Ich hätte mir das Outfit auch einfach ausleihen können«, sagte ich und warf erneut einen Blick in die Tüte, die vor mir im Fußraum stand. Jake startete den Motor.

»Na ja, vielleicht gefällt dir das Golfen ja so gut, dass wir öfter gehen.«

Wir? Hatte er das gerade wirklich gesagt? Womöglich verwechselte er mich und war in Gedanken bei Wackelarsch.

»Wann hast du Geburtstag?«, platzte es aus mir heraus, ich war selbst erschrocken darüber. Hailey, halt einfach deinen verdammten Mund und guck aus dem beschissenen Fenster, beobachte die Vögel oder zähl die Autos, bis wir ankommen.

»Nächste Woche Freitag. Da wollte ich dich noch fragen, ob du vielleicht auch kommen magst.«

Er fragte garantiert nur, weil ich es jetzt von Chloe mitbekommen hatte.

»Meinst du zum Feiern oder zum Putzen?«

Er trat ruckartig auf die Bremse. Mitten auf der Landstraße. Hastig guckte ich nach hinten, ein Glück kam kein Auto.

»Jake, fahr weiter.« Ich zeigte auf die Straße.

»Was soll diese Frage?«

»Es war eine ganz normale Frage.«

Seine Hand berührte meine Wange und er drehte mich vorsichtig, sodass ich ihm in die Augen schaute. Und da war wieder dieser eine Moment zwischen uns, den ich nicht beschreiben konnte. In meinem Bauch merkte ich ein leichtes Kribbeln.

»Denkst du, ich sehe dich nur als meine Reinigungskraft?«

Ich holte Luft und wollte etwas sagen, doch er redete schon weiter.

»Nein, sehe ich nicht«, betonte er deutlich, schaute wieder auf die Straße und fuhr weiter.

Er sah mich nicht nur als Reinigungskraft? Was denn dann?

»Du kannst es dir ja überlegen. Kian lädt Vicky auch ein.«

»Ich werde dir dann Bescheid geben.«

Er schmunzelte. »Und wenn mir deine Antwort zu lange dauert, dann komme ich wieder in deinen Blumenladen.«

Zwanzig Minuten später kamen wir an dem Golfplatz an, stiegen aus dem Auto und liefen mit unseren Taschen zur Lobby. Der Raum war in einem Beigeton gehalten und in der Mitte befand sich ein Anmeldetresen. Ein paar Pflanzen dekorierten den Raum und in der einen Ecke stand ein riesiger Golfspieler als Statue.

»Guten Tag, mein Name ist Payne. Ich hatte heute Morgen angerufen«, begrüßte Jake die Dame dahinter.

Sie schaute auf den Bildschirm vor ihr.

»Ah ja. Sie wollten ja noch eine Golfbag dazubuchen, richtig?«

Er nickte.

»Dann kommen Sie mal mit.«

Wir folgten der Dame in einen anderen Raum.

»Hier ist die Golfbag für Sie. Mit allem nötigen Inhalt.«

Lächelnd schaute ich sie an und bedanke mich.

»Wir würden dann auch noch ein Golfcart mieten«, sagte Jake zu ihr.

»Ja klar. Es stehen auch noch zwei zur Verfügung.«

Titleist
80

Wir liefen der Dame wieder hinterher. Wie der Hund dem Knochen.

Zehn Minuten später kam ich endlich umgezogen aus der Umkleidekabine und Jake stand an einem schwarzen überdachten Golfcart. Unverschämt gut sah er aus. Die anthrazitfarbene Chinohose und das weiße Polohemd mit Kragen standen ihm perfekt.

»Du siehst toll aus, Hailey.«

»Kann ich nur zurückgeben.« Neben ihm nahm ich Platz und wir sausten mit zwanzig Kilometern pro Stunde über den Golfplatz.

»Mit welchem Schläger fangen wir an?«, fragte ich und schaute ahnungslos in meine Golftasche.

Jake kam mit einem Schläger auf mich zu. »Also, du musst wissen, es gibt vier Golfschlägerklassen. Der Hölzer, das ist der für den Abschlag und generell, wenn große Weiten zurückgelegt werden sollen. Die Schläger aus Eisen schlagen zwar nicht so weit wie die Hölzer, helfen aber dabei, optimal zu zielen. Sie kommen häufig bei mittleren Weiten und bei Annäherungsschlägen auf das Green zum Einsatz.«

Ich hörte ihm weiterhin zu und versuchte, mir alles im Kopf abzuspeichern.

»Dann gibt es noch die Wedges. Die sind eher da, um zum Beispiel Hindernisse wie Büsche zu überspielen. Und zu guter Letzt der Putter. Das ist der Schläger, wo der Ball nur noch rollen und eingelocht werden soll. Hast du alles verstanden?«

Mit großen Augen schaute ich ihn an und nickte vorsichtig. Er nahm einen Schläger heraus und legte den Ball startklar auf die Auflagefläche.

»Hier, nimm den Schläger«, erklärte er und hielt ihn mir hin. Er stellte sich hinter mich und nahm ebenfalls mit seiner linken Hand den Schläger.

Als sich unsere Hände kurz berührten, war es wie ein kleiner Stromschlag, der durch meine Adern ging. Ich spürte seinen Atem am Hals und sein Parfüm stieg mir direkt in die Nase. Herrgott, wie gut roch er bitte?

»So, der Fokus solle auf dem Ziel liegen. Es gilt, vor dem Schlag alle anderen Gedanken auszuschalten und nur noch daran zu denken und möglichst zu fühlen, wohin genau der Ball fliegen soll«, bemerkte er mit seiner rauen Stimme.

Alle anderen Gedanken auszuschalten? Er stand gerade so dicht hinter mir, dass ich fast seinen Herzschlag spürte. Scheinbar war er ebenfalls etwas nervös.

»Wenn du bereit bist, dann schlägst du den Ball ab«, sagte er und trat einen Schritt zur Seite. Ich zögerte nicht länger und schlug ab. Der Ball flog im hohen Bogen über den Platz. Mein Blick schweifte zu Jake.

»Und, wie war ich?«

Er weitete die Augen. »Wow. Hast du doch schon mal gespielt?«

Ich schüttelte den Kopf und meinte: »Ich bin halt ein Naturtalent.«

»Na dann werden wir jetzt wohl öfter golfen gehen. Vielleicht lerne ich ja noch was von dir.«

Nach fast vier Stunden saß ich wieder in der Umkleidekabine und zog mich um. Unerwartet klingelte mein Handy. Vicky.

»Na«, begrüßte ich sie.

»Hey. Was geht so?«

»Jetzt ist gerade schlecht. Ich bin mit Jake beim Golfen. Beziehungsweise ...«

Sie stoppte mich. »Golfen? So richtig mit Golfplatz und Golfflitzer?«

»Ja, genau. Ich werde dich später anrufen. Okay?«

»Hat er dich auch schon gefragt?«

»Hm?«, fragte ich verwirrt und schlüpfte in meine weißen Turnschuhe.

»Geburtstagsfeier? Du bist doch auch eingeladen.«

»Ja, bin ich. Aber ich weiß echt nicht.«

»Natürlich gehen wir beide hin. Das kann nur gut werden«, beschloss sie. Wie immer. Aber was sollte ich denn da?

»Man, da werden doch nur die reichen Schnösel und die aufgetakelten Weiber sein. Er ist eine ganz andere Liga als wir.«

»Können wir dann los?«, fragte Jake und lehnte sich an den Türrahmen.

»Ich melde mich später bei dir«, sagte ich zu meiner Freundin und legte auf, schnappte meine Tasche und wir verließen den Golfclub.

»Reiche Schnösel und aufgetakelte Weiber? Dein Ernst?«, erkundigte er sich, als wir wieder im Auto saßen.

Fuck. Er hatte das Telefonat mitbekommen. Jake durchbohrte mich mit seinem Blick und wartete auf eine Antwort.

»Wieso belauschst du mich eigentlich?«

Er lehnte sich zu mir und stützte sich mit seiner Hand auf dem Sitz neben meinem Po ab. »Wieso denkst du so von mir? Denkst du, ich verbringe meine Zeit nur mit Menschen, die ein volles Bankkonto haben?«

Ich ließ den Kopf an die Kopflehne fallen und drehte mich zu ihm. »Wann sollen wir bei dir sein?«

Vielleicht hatte Vicky recht und die Feier würde schön werden. Eventuell würde er Essen bestellen.

»Um 20 Uhr geht es los. Ich werde dir die Adresse schicken.«

Fragend schaute ich ihn an.

»Wir feiern auf meiner Yacht.«

Mit der flachen Hand schlug ich mir gegen die Stirn. »Auf deiner Yacht? Ah, wieso bin ich nicht von alleine darauf gekommen?«

Er lachte und strich sich durch seine Haare.

»Also haben wir das jetzt geklärt und können nach Hause fahren?«

Ich zeigte meinen Daumen nach oben und wir fuhren los.

Kapitel 17

Hailey

Dankeschön für das neue Outfit und das du mir das Golfen gezeigt hast.« Ich kramte die Tüte aus dem Fußraum, als er vor meiner Wohnung parkte.

»Gern. Soll ich dir die Tasche hochbringen?«

Innerlich lachte ich, weil sie überhaupt nicht schwer war und er offenbar nur einen Grund suchte, um in meine eigenen vier Wände zu kommen.

»Lieb von dir, aber so schwer ist sie nun nicht. Du kannst aber trotzdem mit hochkommen, also wenn du möchtest und noch Zeit hast.«

Er belächelte meine Worte. Wir liefen die Treppen nach oben und mit jedem Schritt wurde ich nervöser, ihm gleich meine Wohnung zu zeigen.

Ich öffnete die Wohnungstür und spazierte hinein. »Aber meine Wohnung ist echt nicht die größte im Gegensatz zu deiner Villa.«

Er schloss die Tür hinter sich, drehte mich zu sich um und kam einen Schritt auf mich zu. »Hailey. Du kannst dich auch nicht mit mir vergleichen.«

»Mach ich nicht, ich wollte ...«

Er stoppte den Satz mit seinem Zeigefinger auf meinen Lippen. »Weißt du eigentlich, wie süß du manchmal bist?«

Seine Hand nahm ich weg. »Ach, bin ich das?« Frech grinste ich ihn an und ging Richtung Wohnzimmer.

»Was ist das?« Jake hielt ein Blatt Papier hoch und warf einen Blick darauf.

»So soll mein eigener Blumenladen aussehen.«

»Und er soll Flowers Love Clark heißen?«

Ich nickte.

»Wer hat dir das gemalt?«, fragte er und legte es wieder auf den Schreibtisch.

»Äh. Ich? Wer denn sonst?«, meinte ich und ging an meine Küchentheke.

»Gefällt mir gut.«

Ich schüttete ihm Wasser ins Glas. »Was gefällt dir gut?«

»Meine Wohnung? Oder meine Zeichnung?«

Jake nahm einen Schluck und stellte das Glas wieder ab. Er kam auf mich zu. Ich merkte die Wand am Rücken.

»Du. Gefällst mir gut. Hailey.« Seine Hand wanderte zu meinem Nacken und sein Blick veränderte sich. Mein Mund war gefühlt ausgetrocknet, der Puls schlug doppelt so schnell und ich wusste nicht wirklich, wie ich reagieren sollte. Sein Griff um meine Taille wurde fester, seine Hand in meinem Nacken zog mich näher zu sich heran. Hailey, worauf lässt du dich hier ein? Wieso unternimmst du jetzt nichts dagegen? Und, mein Gott, warum fühlte sich das hier gerade so perfekt an?

Sein Duft, der mich vorhin schon wahnsinnig gemacht hatte, stieg mir erneut in die Nase und ich konnte ihm nicht widerstehen. Mit seinen Fingern berührte er meinen Hals, strich daran entlang, bis er an einer Stelle stoppte. Ein Schauer lief mir den Rücken runter.

Jake nahm seine Hand weg und kam mit seinem Kopf meinem Hals näher und küsste ihn. In diesem Moment erstarrte ich. Mein Atem wurde schneller und das Prickeln auf meinem Körper wurde immer stärker und stärker. Seine Küsse gingen auf Wanderschaft und urplötzlich spürte ich seine Lippen auf meinen. Es dauerte nicht lange, bis ich ihm Einlass gewährte, und dieser Moment fühlte sich so gut an, auch wenn mir bewusst war, dass das Ganze hier keine klasse Idee war. Ich arbeitete bei ihm. Er war so gesehen mein Chef.

Seine Hand ließ er nach unten zu meinem Hintern gleiten, wo er vorsichtig zupackte. Ich griff ihm in seine Haare und zog daran, woraufhin er leicht aufstöhnte. Unsere Küsse wurden heftiger und er drängte sich mit einem Bein zwischen meine, sodass ich hoch auf seinen Arm sprang. Er setzte mich kurz danach auf der Arbeitsplatte ab und küsste mich erneut. Meine Beine umschlangen seine Hüfte, um ihm näherzukommen.

»Du machst mich hier gerade sehr geil, weißt du das?« Ich grinste in den Kuss hinein und flüsterte ihm zu: »Ist das so, ja?«

Schlagartig merkte ich seine Hände an meinem Hintern.

Ruckartig zog er mich zu sich ran, sodass ich deutlich seine Lust spürte.

Hailey, hör verdammt nochmal auf! Er ist dein Chef. Er wird tausend Frauen neben dir haben! *Ich nehme mir das, was ich will*, kam mir wieder sein Satz in den Kopf. Abrupt hörte ich auf, ihn zu küssen.

Jake schaute mich verwundert an. »Was ist los? Ich dachte …«

»Ja, ich dachte auch, aber ich glaube, es ist besser, wenn wir jetzt hier aufhören.«

»Hm. Ja, vielleicht hast du recht.«

Ich sprang von der Arbeitsplatte herunter und schmunzelte über die Wölbung in seiner Hose, was er bemerkte.

»Jetzt hattest du noch eine gute Selbstbeherrschung«, sagte er.

»Die habe ich immer.«

»Noch Hailey. Noch. Du musstest doch schon selber mit dir kämpfen«, erklärte er und kam mir wieder näher. »Es war schön mit dir. Und ich würde mich freuen, wenn du zu meinem Geburtstag kommst. Ich schreibe dir noch die Adresse.«

»Ich werde dir Bescheid geben.«

Er gab mir einen Kuss auf die Wange und verschwand aus der Wohnung.

Gott. Ich brauchte erstmal eine Abkühlung und stieg unter eine kalte Dusche. Die Gedanken kreisten die ganze Zeit um die vergangenen vierzig Minuten.

Natürlich rief ich Vicky direkt an und innerhalb zehn Minuten klingelte es an der Haustür.

»Bitte? Und er ist dir immer noch so egal?«, erkundigte sich meine beste Freundin, die es sich im Sessel gemütlich gemacht hatte.

»Ja, ist er!«

Drei Sekunden später lachte ich.

»Du kannst ihm vielleicht was vormachen, aber nicht mir.« Ich steckte mir einen Schokoladencookie in den Mund. »Man, was will er mit mir? Er sagt doch selber, er nimmt sich das, was er will.«

Sie versuchte, mich mit einem Kissen abzuwerfen, gekonnt fing ich es. »Vielleicht hat er seine Meinung geändert?«

»Erzähl mir mal lieber, was zwischen dir und Kian ist. Wollt ihr es versuchen?«

Sie nickte und grinste über beide Ohren. Okay. Das reichte mir schon als Antwort. Ich sprang auf und tanzte auf dem Bett. »Yeah, ich freu mich für dich.«

»Er ist sooo toll«, schwärmte sie.

Mein Mund verzog sich zu einem Lächeln. »Hast du dir jetzt schon was überlegt? Was schenken wir nun den Männern?«, fragte ich.

»Also kommst du jetzt auch?«

»Denke schon, ja. Kann dich doch da nicht alleine lassen, nicht dass du noch von der Yacht fliegst, wenn du zu tief ins Glas schaust.« Lachend zwinkerte ich ihr zu.

»Gib es zu, Lee, du magst ihn schon, oder?«

Ich war froh darüber, dass Vicky überhaupt nicht nachbohrte bei manchen Themen. »Ja, schon, etwas.«

Na klar kreiste der Mann in meinem Kopf herum. Was ich eigentlich gar nicht wollte. Er würde mich früher oder später verletzen, da war ich mir sicher.

»Okay, okay. Ich höre auf. Hast du eine Idee für ein Geschenk?«

Was schenkte man jemandem, der sich fast alles selber kaufen konnte?

»Bei Kian finden wir schon etwas. Aber bei Jake habe ich keine Ahnung. Er könnte theoretisch alles selber kaufen, was wir ihm schenken würden.«

Sie hob ihre Hände. »Soll ich dir mal was sagen? Jake wird es egal sein, was du ihm schenkst. Hauptsache du bist da.«

Ich winkte ab. »Vicky, da werden so viele Leute sein, da werden wir gar nicht auffallen.«

»Wir werden es sehen. Und wenn es beschissen läuft, springe ich einfach ins Wasser und schwimm an Land.«

Kapitel 18

Jake

Was war das für ein Date? Und was war das für ein Kuss? Himmel, sie trieb mich regelrecht in den Wahnsinn. Ich kam immer noch nicht darüber hinweg. Am liebsten hätte ich sie schon in dem verdammten Auto genommen.

Ob sie es bereute, kam mir kurz der Gedanke.

Ich habe immer eine gute Selbstbeherrschung. Ich lachte. Noch, Kleine. Noch. Warte ab. Plötzlich vibrierte mein Handy. Eine Nachricht aus der Dating-App. Von Lee.

(Sie): Hi :) mein Date war ganz gut :-)

Ganz gut? Nur ganz gut? Verarschen?

(Ich): Oh, das hört sich doch toll an. Trefft ihr euch nochmal?

(Sie): Ich denke schon.

(Ich): Und war er wieder so komisch?

(Sie): Nee, dieses Mal war er anders. Na ja, du, ich bin erst mal wieder offline. Mein Ex holt mich gleich ab.

Ihr Ex? Was wollte der denn schon wieder? Sie wollte sich kurz nach unserem Date mit diesem Lappen treffen?

(Ich): Läuft denn mit dir und deinem Ex was? :-)

(Sie): Keine Ahnung, wie man das nennen soll, ha ha.

Wie man das nennen soll? Und schon war sie offline! Ich merkte, wie meine Pulsader gleich platzen würde. Vor weniger als einer Stunde steckte sie mir die Zunge in den Hals und jetzt traf sie sich mit ihrem verfickten Ex? Extrem genervt rief ich Kian an. Dreißig Minuten später saß er vor mir am Tisch und wir aßen unser bestelltes Essen.

»Alter, Jake! Was machst du denn mit ihr?«

Fragend schaute ich ihn an und biss in meinen Burger.

»Bleib locker. Ich hab sie nicht gefickt. Wir haben uns nur geküsst. Mehr nicht.«

»Was machst du, wenn sie sich in dich verliebt?«

Durchlöcherte er mich tatsächlich mit seinen Fragen, die meine Laune nicht besserten? Verliebt? Sie hatte doch scheinbar immer noch ihren Ex im Kopf.

»Wegen einem verdammten Kuss? Wer verliebt sich bitte bei einem Kuss?«, fragte ich und zeigte ihm den Vogel.

Okay, es war nicht nur ein flüchtiger Kuss gewesen. Aber wäre das mein Problem? Mich machte es irre, dass ich jetzt wusste, dass sie mit ihrem Ex abhing.

»Frauen ticken anders als wir Männer. Und das müsstest du eigentlich langsam wissen. Wie viele Mädels rufen bei dir an und heulen dir die Ohren voll, weil sie …«

»Die Frauen vögel ich auch. Pech, wenn die sich dann viel Hoffnung machen«, stoppte ich sein nerviges Gelaber.

»Ja, und vielleicht passiert es auch irgendwann bei euch«, sagte er mit ernster Stimme und warf mir einen aufgebrachten Blick zu.

»Mein Gott, sie wird sich nicht verlieben. Ich habe ihr ja schon oft gesagt, dass ich mir das hole, was ich will.«

Außerdem hatte ich ja alles im Blick, wo ich jetzt wusste, dass sie die Frau aus der App ist, und horchte sie dort aus.

Mein Vorteil. Oder auch Nachteil, wie ich jetzt mit dem Ex feststellte.

»Und sie tickt genauso wie du?«, fragte er und stopfte sich den Mund mit Pommes voll.

Ich kramte die leckeren Zwiebelringe aus der Tüte. »Keine Ahnung. Kommt Vicky zum Geburtstag?«, versuchte ich das Gespräch in eine andere Richtung zu lenken.

»Ja, aber ohne Hailey.«

Wieso kommt sie denn nicht? Und warum hat sie mir nicht schon geschrieben? Oder hatte ich sie vorhin überrumpelt?

»Ehrlich? Wieso? Hat sie einen Grund gesagt?«

»Ja, weil du manchmal ein Mistkerl bist.«

»Willst du gleich meine Faust spüren?«

Kian lachte. Okay, er hatte mich verarscht. Er hatte selber keinen blassen Schimmer, ob die beiden kommen oder nicht.

»Was ist mit der einen aus der App?«

Ich musste echt aufpassen, dass ich mich nicht verplappere. »Ja, nichts Wildes. Man schreibt ab und zu.«

»Man, dann zieh doch sowas eher mit einer Fremden ab. Und nicht mit der besten Freundin meiner Freundin.«

»Was ziehe ich denn ab? Sie putzt für viel Geld bei mir. Wir hatten jetzt das zweite Date und haben uns geküsst.«

Er winkte ab. »Wir wissen beide ganz genau, wieso du das machst. Damit sie dich ranlässt. Du bist und bleibst in der Hinsicht ein Arschloch. Und das weißt du selber.«

»Und du weißt auch, warum ich so bin.«

»Sie hat es aber nicht verdient!«

»Ich damals auch nicht.«

Bei diesem Thema gerieten wir immer aneinander und jetzt, wo zwischen Kian und Vicky etwas lief, war er scheinbar noch anfälliger.

»Na ja, du musst wissen, was du machst. Nur irgendwann wird eine Frau deinen Kopf so ficken, dass du dein Ding nicht mehr abziehen kannst und dich wirklich verliebst.«

Ich und verlieben? Das wird mir nicht mehr passieren.

»Bullshit!«

»Hast du schon deiner Crew Bescheid gegeben für Freitag?«, fragte er und steckte sich das letzte Stück vom Burger in den Mund.

Ich nickte und dachte über Kians Satz nach. Keine Frau wird es irgendwann schaffen.

Die Woche bis zu unserem Geburtstag verging recht schnell. Hailey hatte mir mittlerweile zugesagt und ich freute mich darüber. Sehr sogar. Der Ex interessierte für mich nicht mehr. Also aktuell nicht. Ob wir uns wieder näherkommen würden? Wäre auf jeden Fall ein nettes Geburtstagsgeschenk.

Als ich bei meiner schwarzen Luxusyacht ankam, waren meine Leute bereits vor Ort. Die Musik dröhnte gefühlt bis zur nächsten Stadt und dezent geschmückt hatten sie auch. Ich feierte hier öfter eine Party, deshalb wusste die Crew genau Bescheid, was praktisch war. Keine zehn Minuten später trudelte Kian ein.

Kapitel 19

Jake

Beide trugen wir eine hellbeigefarbene Hose. Ich ein weißes Polohemd und er ein schwarzes. Wir nahmen uns in den Arm.

»Ey Bruder, alles Liebe zum Geburtstag!«

Ich drückte ihn. »Das wünsche ich dir ebenfalls. Und alles Glück der Welt mit deiner Vicky.«

Er klopfte mir auf die Schulter. »Ich danke dir. Oh, das sieht ja alles wieder vorzüglich aus!« Kian zeigte auf die kleinen Häppchen, die auf dem Tisch hergerichtet wurden. Wir hatten genug zu essen. Von Partyschnecken, über Oliven, reichlich Gemüsesticks, verschiedene Dips bis zum geliebten Bannockbrot war alles dabei. Wie erwartet fehlte auch der Fisch nicht.

Kian deutete auf den Steg. »Da kommen die ersten Gäste.«

Ich drehte mich um und sah Oliver mit seiner Freundin Ella. Die beiden hatten sich bei der Arbeit kennengelernt.

Vor zwei Jahren war ich ihm beim Golfen begegnet und seitdem waren wir mehr oder weniger befreundet. Wir drückten uns und sie übergaben mir eine kleine, runde Schachtel.

»Ich danke euch.« Auf einem Tisch für die Geschenke stellte ich es ab.

In dem Moment klingelte mein Handy. Mum. »Happy Birthday to you, happy Birthday to you, happy Birthday, lieber Jake, happy Birthday to you. Ich wünsche dir alles alles Gute zu deinem Geburtstag, mein Schatz. Vor dreißig Jahren hast du mich zum glücklichsten Menschen gemacht. Himmel, wo ist die Zeit geblieben?«

Dass Sie immer so emotional werden musste bei meinen Geburtstagen.

»Danke. Und ja, die Zeit verfliegt wirklich.«

»Feierst du wieder mit Kian auf deiner Yacht?«, fragte sie.

»Ja, es kommen auch gerade Gäste.«

»Okay. Dann wünsche ich viel Spaß und sag Kian auch von mir alles Gute.«

»Mache ich, Mum, und danke nochmal«, antwortete ich und legte auf.

Zwanzig Minuten später war die Yacht voll mit unseren Gästen, aber es fehlte jede Spur von Hailey und Vicky. Ich zog Kian beiseite. »Kommen die beiden doch nicht?«

»Doch. Auf jeden Fall hat sie nicht abgesagt.«

»Hey Jake. Alles, alles Liebe zum Geburtstag.«

Ich drehte mich um und sah Grace ins Gesicht. Sie war eine ehemalige Schulfreundin von mir. Ihre langen blonden Haare gingen bis zu ihrem Hintern und sie war genauso ein Zwerg wie Hailey, nur nicht so reizvoll wie sie. Für meinen Geschmack war sie aber immer zu kräftig geschminkt. Ihr Vater hatte ebenfalls eine Menge Geld und sie war nur eine geborene Tochter. Sie drückte mich fest an sich.

»Kian meinte, du kannst nicht.«

Ihr Mundwinkel zog sich hoch. »Ich kann doch die beste Party des Jahres nicht verpassen. Dein Geschenk habe ich dir auf den Geschenketisch gelegt.«

Mein Blick schweifte zu ihr runter, sie trug ein wahnsinnig kurzes Kleid, das jeden Blick auf ihre Brüste lenkte.

»Oh, danke. Da gucke ich später mal nach. Sonst alles gut bei dir?«

Sie nickte freudig. »Ich hoffe bei dir auch?«

Flüchtig streichelte ich ihren Arm. »Bei mir ist immer alles gut, das weißt du doch.«

Plötzlich sah ich Hailey bei Kian stehen und ein Grinsen legte sich auf meine Lippen. Yes, sie war da.

»Entschuldige mich bitte«, verabschiedete ich mich von Grace und ging zu Hailey. Ihr dunkelblaues, enges Kleid mit den schwarzen Pumps dazu stand ihr unfassbar gut.

Vorsichtig fasste ich an ihre Schulter. »Hey«, sagte ich.

Sie drehte ihren Kopf zu mir und ich sah in ihr bildhübsches Gesicht, was von ihren Locken zur Hälfte verdeckt war.

»Hi.«

»Schön, dass du da bist. Wieso bist du nicht zu mir gekommen? Hast du mich da vorne nicht gesehen?«

»Doch. Aber du warst gerade so tief im Gespräch mit der netten Dame, da wollte ich nicht stören.«

Ich hob eine Augenbraue hoch.

»Happy Birthday, Jake.« Sie überreichte mir eine kleine schwarze Schachtel und einen Bilderrahmen, auf dem vorne eine Schleife klebte.

Ein Lächeln trat auf meine Lippen. »Dankeschön, aber du hättest mir nichts schenken müssen.« Ich löste die Schleife und sah einen gezeichneten Lamborghini.

Wow. Eine Zeichnung von ihr? Krass, wie malte man so genial? Danach öffnete ich die Schachtel. Darin lag ein kleiner Schlüsselanhänger mit einem goldenen Boxhandschuh und dem Spruch *Never give up*.

Wie goldig war das denn?

»Ah, hier bist du. Also die Lachs-Häppchen sind der absolute Hammer.«

Kapitel 20

Hailey

Es war die Frau, mit der er sich eben schon unterhalten hatte. Mein Blick schweifte von unten nach oben. Ihr Schmuck verriet, dass sie nicht von schlechten Eltern kam. Sie musterte mich genauso und warf einen Blick auf mein Geschenk, was er immer noch in der Hand hielt. Jetzt war es mir verdammt unangenehm, weil es nicht mal ansatzweise die Preisklasse war, die er sonst bekam.

»Oh, was hast du da Schönes? Was ist das?«

Jake packte es wieder in die Schachtel. Danke.

»Ist das ein Schlüsselanhänger? Wer schenkt denn bitte sowas zum Geburtstag? Was willst du mit so etwas?«, sagte sie belustigt und ich zuppelte nervös an meinem Kleid. Holt mich hier bitte jemand raus? Er bejahte es und lächelte. Am liebsten hätte ich den beschissenen Anhänger über Bord geschmissen und mich gleich mit.

»Du hast mein Geschenk noch nicht geöffnet. Komm«, sagte sie und zog ihn an der Hand. Und schon war er weg und ich stand wie eine Doofe da. Wieso war ich dort hingegangen?

»Ah, du bist ja ebenfalls hier.« Die Stimme kannte ich. Bevor ich mich umdrehte, war mir bewusst, wer es war. Fettarsch. Die hatte mir ja noch gefehlt.

»Was macht bitte seine Putze auf seinem Geburtstag?«

»Und was macht bitte seine Kollegin, die er nur fickt, auf seinem Geburtstag?«

Sichtbar schockiert war sie über meine Aussage, sodass sie sich fast an ihrem Glas Prosecco verschluckte. Schade, dass es nicht passierte.

»Na ja, du passt hier auf jeden Fall null hin, falls es dir noch niemand gesagt hat.«

Wie viel steckte ich heute noch ein? Ich wusste selber, dass ich hier null hinpasste. Wieso hörte ich immer auf Vicky? Die dümmste Idee aller Zeiten.

Ich ließ sie stehen und lief zu dem Stand mit Essen und stöberte, was es so Leckeres gab.

»Und, was Leckeres gefunden? Du musst die Partyschnecken probieren.«

Ich zuckte zusammen, weil ich mit Kian nicht gerechnet hatte. »Happy Birthday erst mal«, sagte ich und drückte ihn an mich.

»Ich danke dir.«

»Und ja, die sehen wirklich sehr gut aus.« Sogleich mopste ich mir eine und biss rein. »Mh, die schmeckt vorzüglich. Danke für diesen Tipp.« Und zwinkerte ihm zu, um mir nicht anmerken zu lassen, wie gekränkt ich mich fühlte.

»Wo ist Jake?«

Ich nickte nur in seine Richtung. Kian drehte den Kopf zu ihm, sah ihn mit der Blonden und atmete einmal tief durch. »Er hat sich aber gefreut, dass du kommst.«

»Sieht man«, sagte ich monoton und versuchte, ein Lachen über die Lippen zu bringen.

Er bemerkte es und tätschelte meine Schulter. »Komm mit zu Vicky.«

Ich winkte ab. »Quatsch. Ich nasch mich jetzt hier mal durch.«

»Mh. Okay. Wenn du uns suchst, wir sind ganz vorne bei der Minibar. Und zu ihm ...« Er sah erneut zu Jake. »Manchmal muss man ihn nicht verstehen. Ich tue es selber nicht immer.«

Kian war auf jeden Fall der nettere von beiden. Vicky hatte wirklich Glück.

»Alles gut.«

Er nahm seinen vollen Teller und spazierte wieder zurück zu seiner Freundin. Und ich überlegte, ob ich nicht nach Hause verschwinde.

Keine drei Minuten später stand Vicky neben mir. Er hatte sie wohl zu mir geschickt. »Was ist los?«

»Was los ist? Hier sind nur Reiche und überall werde ich schräg angeguckt oder bekomme dumme Kommentare.«

»Wer sagt denn hier was? Wo ist eigentlich verdammt nochmal Jake?«

Ich zeigte mit dem Finger auf ihn.

»Komm mit zu uns.« Sie zog mich am Arm und schon saß ich bei Kian und noch einem anderen jungen Mann.

Er hatte blonde, zu einem Zopf gebundene lange Haare, trug ein dunkelblaues Hemd und saß lässig mit dem Rücken zu mir auf einem Barhocker. »Hi«, sagte ich und er drehte sich um.

»Hey.«

Seine Augen weiteten sich. »Hailey, du bist es ja. Hab gar nicht mit dir gerechnet.«

»Elliot. Wie witzig, ich auch nicht mit dir.«

Er stand auf und wir nehmen uns kurz in den Arm. »Freut mich, dich wiederzusehen. Du bist immer noch so hübsch wie vor fünf Jahren«, flirtete er mit mir und grinste über beide Ohren.

Dass ich hier einen Bekannten meines Ex treffe, hätte ich im Leben nicht gedacht.

»Wie geht es dir? Bist du immer noch fleißige Floristin? Oder Ärztin, wie gefühlt alle hier auf dieser Yacht?«, fragte er und grinste.

»Ja, ich arbeite immer noch mit dem Grünzeug, wie du es immer genannt hast.«

Er lachte.

»Und du bist jetzt Radiologe?«, scherzte ich.

»Ja, bin ich tatsächlich.«

»Ehrlich? Hast du es wirklich durchgezogen? Respekt.«

»Ja, ich habe mal auf meinen Dad gehört und mich auf den Hintern gesetzt. Jetzt bin ich stolz auf mich.«

Ich klatschte in die Hände. »Das kannst du auch sein. Wie kommt es, dass du hier bist? Bist du mit beiden befreundet?«

»Ha ha. Ne. Ich bin nur wegen Kian hier.«

Ich strich mir eine Strähne aus dem Gesicht. »Kommst du mit Jake nicht so klar?«

»Ne, für mich ist er ein arroganter Idiot, mehr nicht. Und wegen wem bist du hier?«

Was sollte ich denn jetzt am besten sagen? Wenn ich Jake als Grund nenne, denkt er höchstwahrscheinlich, dass ich nicht mehr alle Latten am Zaun hätte.

»Ach, meine besten Freundin ist mit Kian zusammen und sie hat mich einfach mitgeschleppt«, erklärte ich und zeigte auf die Turteltauben, die mittlerweile auf die Liegen gewechselt waren.

»Auch gut. Und hast du mal was von Milow gehört? Habt ihr noch Kontakt?«

»Wir hatten uns letztens getroffen.«

Bevor er antwortete, erzählte ich weiter und zuckte mit den Schultern. »Warum ich das gemacht habe, weiß ich selber nicht.«

»Manchmal muss man sich nicht verstehen. Ich habe aber auch nicht mehr so den Kontakt mit ihm. Man gratuliert sich zum Geburtstag oder wünscht sich ein frohes neues Jahr und das wars.«

Elliot und Milow spielten damals im selben Fußballverein, daher kannte ich ihn und fand ihn auf Anhieb nett. Da er enorm viel mit seinem Studium zu tun hatte, brach irgendwann der Kontakt ab.

Er zog seine Mundwinkel hoch. »Aber freut mich echt, dich wiederzusehen. Vielleicht treffen wir uns mal so, wenn du Lust und Zeit hast.«

Ich nickte. »Klar, gerne.«

»Habe jetzt auch nicht mehr die kleine Wohnung wie damals«, sagte er und schob mir ein Glas mit irgendeinem teuren Champagner rüber. »Darauf müssen wir jetzt erstmal anstoßen, dass wir uns nach Jahren wieder auf einer Yacht begegnet sind.«

Ich bejahte und nahm das Glas in die Hand. »Cheers.«

»Cheers. Warst du schon mal auf so einer Yacht?«

Ich schüttelte den Kopf und trank einen Schluck. Mann, war der lecker. Er schmeckte nach frischen Erdbeeren.

»Du bist jetzt 25, oder, wenn ich richtig gerechnet hab?«

»Ja genau. Und du 32?«

»Knapp daneben. Seit zwei Monaten 33. Wollen wir uns was zu essen holen? Oder hast du schon was gegessen?«

»Können wir gerne. Ich hatte eben nur eine Partyschnecke probiert.«

Ich stand vom Barhocker auf und wir bewegten uns zum Buffet.

»Magst du Kaviar?«, fragte Elliot und hielt mir ein kleines Stück Baguette mit Kaviar schon vor den Mund. »Mach auf!«

Ich öffnete den Mund und verkniff mir das Lachen, weil das Bild, was wir gerade abgaben, höchstwahrscheinlich lustig aussah. »Mh«, gab ich von mir.

»Schmeckt gut?«, fragte er und packte den Teller mit ein paar Happen voll.

Mein Blick schweifte durch die Menge. Weit und breit kein Jake zu sehen. Wieso zur Hölle sollte ich hierherkommen?

»Wollen wir wieder zurück?«

Ich nickte und folgte Elliot wieder zurück zu unserem Platz, wo Kian und Vicky immer noch engumschlungen auf der Liege lagen. Wenigstens hatte ich ihn getroffen.

»Ich nehme an, du hast keinen Freund, oder?«, fragte Elliot, als wir uns auf unsere Barhocker setzten.

»Nein. Und du?«

»Ich bin auch Single, aber das können wir ja ändern«, scherzte er.

Kapitel 21

Hailey

»Spinner«, sagte ich und boxte ihn leicht in die Seite.
»Spaß muss doch mal sein.«

»Stimmt. Was machst du so in deiner Freizeit? Gehst du immer noch jeden Tag joggen? Oder hast du wieder mit Fußball angefangen?« Er steckte mir eine Olive in den Mund.

»Nee, ich spiele keinen Fußball mehr. Habe vor einem Jahr mit Tennis angefangen.«

»Tennis? Stöhnst du auch bei jedem Aufschlag so nervig?«, fragte ich und brach in Gelächter aus, weil ich das bei der Sportart immer so affig fand.

»Nein, das tue ich aber woanders.« »Stopp. Das will ich gar nicht wissen.«

Beinah verschluckte er sich an seinen Fischhappen. Ich lachte erneut auf.

»Ach, und wegen vorhin, das hab ich dir übrigens nicht abgekauft. Wege wem bist du wirklich hier? Los, hau es raus. Wegen Jake oder Kian?«

»Wegen mir!«

Abrupt drehte ich mich um. Und da stand der verschollen geglaubte Jake hinter mir.

Ich sah wieder zu Elliot. »Hauptsächlich wegen meiner besten Freundin.«

»Kommst du mal bitte mit?« Seine Hand umfasste meinen Arm. Ich zog sie ab. »Ich bin gerade in einem Gespräch. Sorry, Jake.«

Sein Blick wurde ernster.

»Noch ein Glas Champagner, Hailey?«

Jakes Blick schweifte zu Elliot.

»Ja, bitte. Der ist echt gut«, sagte ich.

Jake sah von Elliot zu mir, drehte sich dann um und entfernte sich von uns in Richtung Buffet.

»Das hat ihm, glaube ich, nicht gepasst, dass ich mit dir rede.«

Ich zuckte mit den Schultern. »Mir passt auch vieles nicht. Aber ja, du hast recht, ich bin wegen ihm hier.«

»Das wusste ich. Ich kenne schon deinen Männergeschmack.«

Ich verdrehte die Augen. Ja, Jake sah Milow relativ ähnlich.

»Männer sind einfach kacke.«

»Frauen aber auch. Er beobachtet uns immer noch«, sagte er.

Ich drehte mich mit Schwung auf dem Barhocker.

»Geht es nicht noch auffälliger, Hailey?«

Wieder mit Schwung drehte ich mich zurück zu Elliot und lachte.

»Wann darf ich dich denn mal zum Essen einladen?«

»Hast du doch schon«, scherzte ich und hielt ihm die Gemüsesticks vor die Nase.

Er hob eine Augenbraue.

»Schreib meine Nummer auf«, sagte ich.

Sogleich reichte er mir sein Handy und ich tippte meine Nummer ein. Langsam merkte ich, wie mir das zweite Glas Champagner in den Kopf stieg.

Er nahm sein Handy wieder an sich und sofort klingelte meins. Gut, jetzt hatte ich ebenfalls seine Nummer.

»Ich glaube, ich hole mir nochmal diese Schnecken. Soll ich dir welche mitbringen?«, fragte ich und hüpfte vom Hocker. Uh, alles bewegte sich um mich herum. Ich hatte Schwierigkeiten beim Gehen und hielt mich an der Theke fest.

»Uh ... das zweite Glas war wohl zu viel.«

Elliot schmunzelte. »Soll ich lieber das Essen holen?«

Ich winkte ab und versuchte, mein Gleichgewicht zu halten. Jake war wieder weit und breit nicht zu sehen, gut. Ich musste mich sowieso auf mich selber konzentrieren, um nicht zu stürzen. Die Musik dröhnte in meinen Ohren. Am Buffet angekommen schnappte ich mir zwei Partyschnecken und versuchte, so cool es ging, zurückzugehen.

Den Teller legte ich zwischen uns auf die Theke und hüpfte wieder auf den Hocker.

»Ich bin mal schnell für kleine Jungs. Du kannst ruhig schon essen.« Und schon war Elliot weg.

Ich zückte mein Handy, sah eine Nachricht von Mr. Lambo und öffnete sie.

(Er): Na, alles klar bei dir?

Ich antwortete ihm nicht und nippte erneut an dem Glas. Plötzlich umfasste eine Hand mein Glas und nahm es mir vom Mund.

»Kannst du es jetzt mal sein lassen?«

Es war Jake.

»Sag mal, gehts noch?« Ich riss ihm das Glas aus der Hand und nahm demonstrativ einen Schluck vor seinen Augen.

»Komm jetzt mit!« Er packte meinen Arm und zog mich in eine Ecke, wo wir ungestört waren.

»Wie viel willst du noch trinken? Hast du nicht langsam genug?«

Ich schlug ihm gegen den Oberkörper. »Was hast du für ein Problem, wenn ich trinke? Du bietest Alkohol an. Also darf ich ihn doch trinken, oder? Jeder Mensch ist hier fast betrunken«, blaffte ich ihn an und zeigte mit dem Finger durch die Runde.

»Die anderen sind mir scheißegal.«

»Mein Gott. Ich trinke mich schon nicht bis zur Ohnmacht.«

»Hailey! Lass es!«

»Was willst du von mir? Du willst unbedingt, dass ich hierherkomme und dann ...«

»Das wollte ich auch. Aber du redest hier Stunden mit dem Scheißkerl.«

»Und du mit deiner reichen Schlampe!«, schrie ich ihn an und wollte gehen.

Er hielt mich an der Hand fest. »Bleib jetzt hier, verdammt nochmal. Was will der Kerl von dir?«

»Fick deine Weiber da. Und mein Geschenk kannst du ruhig in den Müll schmeißen.«

»Hailey.«

Ich schaute ihm tief in die Augen. »Lass. Mich. Los. Jake!«

Er hörte.

Ich taumelte wieder zur Theke, aber Elliot war immer noch nicht vom Klo zurück. Ich sah mich um. Oder war er schon gegangen? Wollte er mich jetzt verarschen? Ich suchte ihn auf der ganzen beschissenen Yacht.

»Wo ist Elliot?«, erkundigte ich mich bei Kian, der mit Vicky auf einer Liege saß.

»Er musste leider schon los.«

»Oh, okay«, sagte ich. Die beiden Turteltauben ließ ich wieder allein und setzte mich am Bug der Yacht auf eine Bank und schaute aufs Wasser. Ja, ich war enttäuscht, dass er wortlos gegangen war.

Na ja, Hailey, du warst auch weg, als er auf der Toilette war. Gott sei Dank hatten wir unsere Nummern ausgetauscht.

Ich zückte mein Handy und antwortete Mr. Lambo:

(Sie): Nein. Ich bin extrem enttäuscht. Ich hoffe, bei dir ist aber alles gut.

Nach und nach verabschiedeten sich die Gäste und die Yacht wurde leerer und leerer. Mittlerweile war die Musik auch leiser. Ich schlenderte über die Yacht und suchte nach Vicky. Kian und sie standen schon am Anlegesteg und meine Freundin winkte mir zu. Erleichtert ging ich auf sie zu.

»Hailey?«

Wer rief meinen Namen? Jake? Irritiert blieb ich stehen und drehte mich um.

»Was ist?«, fragte ich genervt.

»Können wir reden?«

Mein Blick schweifte wieder zu Vicky und Kian. Meine Freundin nickte und gab mir zu verstehen, dass ich mit ihm reden sollte.

Wieso sollte ich mit dem Arschloch, das gleichzeitig mein Chef war, reden, obwohl der mich den ganzen Abend und fast die ganze Nacht kaum beachtet hatte? Mein Kopf ratterte.

Am liebsten würde ich ihm eine klatschen. Na ja, etwas Gutes hatte der Abend. Ich hatte Elliot wiedergesehen.

Keine fünf Minuten später war ich mit Jake alleine auf der Yacht. Auf der riesigen Sitzlounge nahm ich Platz und ließ ihn erstmal reden.

»Es tut mir leid.«

»Was jetzt genau? Dass du mich wie Scheiße behandelt hast? Dass du mich, nachdem du mein Geschenk ausgepackt hast, einfach stehengelassen hast? Oder dass du dich bei Elliot wie der letzte Depp verhalten hast?«

»Alles. Ich wollte das alles nicht. Nur, dann kam Grace und dann…«

»Ja, Fettarsch, ich weiß. Ich habe sie gesehen.«

Jake lachte. »Du nennst Chloe Fettarsch?«

Ich spielte mit dem Knopf meiner Tasche und gab ihm darauf keine Antwort.

»Ich habe mich über dein Geschenk gefreut.«

»Du sollst nicht lügen. Du hast so viele teure Geschenke bekommen und dann hast du einen Schlüsselanhänger gekriegt«, sagte ich und schaute ihm ins Gesicht.

»Na und?«

»Weißt du, Jake, was das für ein beschissenes Gefühl für mich war? Ihr reichen Leute hier und jeder guckte mich komisch an und dann lässt du mich hier noch allein? Hätte ich Elliot nicht wiedergesehen, hätte ich die ganze Zeit alleine wie doof rumgesessen. Du hast mich echt enttäuscht. Ich werde jetzt gehen.« In meinem Hals spürte ich einen Kloß, der sich langsam ausbreitet.

Ich stand auf und Jake sprang ebenfalls wie von der Tarantel gestochen auf und hielt mich fest. »Bitte, geh nicht. Wie kann ich es wiedergutmachen?«

Ich konnte Jake nicht anschauen und lenkte meinen Blick deshalb zum Hafen.

»Das schönste Geschenk, was ich bekommen habe, war, dass du da warst.«

»Dass ich da war, ja? Und wo warst du?«, schrie ich ihn an.

»Mensch, jeder hat mich vollgequatscht. Jeder wollte was von mir. Immer wenn ich zu dir wollte, kam wieder irgendjemand.«

»Na ja, ich hatte wenigstens Elliot wiedergesehen und mit ihm einen netten Abend.«

»Klasse. Was hast du denn ständig mit ihm? Und wieso wiedergesehen? Kennst du ihn?«

Ich nahm wieder Platz. »Ja, ich kenne ihn von meinem Ex-Freund. Was hast du gegen ihn?«

»Ach, das ist einfach ein Arschloch in meinen Augen.«

Er saß mir wieder gegenüber.

Ich rollte mit den Augen. »Na ja, mal sehen, wie das Treffen mit ihm wird.«

»Ihr wollt euch treffen?«

»Wir haben die Nummern ausgetauscht.« Innerlich kochte er, glaube ich. »Und er schiebt auch nicht so einen Stress, wenn man mal Alkohol trinkt.«

Sein Blick durchbohrte mich fast. »Ich hasse Alkohol einfach.«

»Warum?«

Kapitel 22

Jake

Wieso fragte diese Frau so viel? Ich atmete einmal tief ein und aus. Mir fiel es immer noch schwer, darüber zu sprechen.

»Weil ich meinen besten Freund dadurch verloren habe!«

»Oh.«

Sie ließ sich nach hinten fallen. »Das tut mir leid. Ich dachte, Kian ist dein be...«

»Eigentlich waren wir immer eine Dreier-Clique. Kian, Nolan und ich. Wie Brüder waren wir. Ich war aber mit Nolan noch etwas länger befreundet als Kian mit ihm. Vor drei Jahren waren wir zusammen im Urlaub und haben viel Party gemacht. Und ja, da hatte ich auch noch mehr Alkohol getrunken.«

Sie rückte näher an mich heran und streichelte mir über den Rücken.

»Auf jeden Fall wollten wir von der Party zurück zum Hotel. Er war allein mit dem Auto gefahren und Kian und ich sind in einem anderen unterwegs gewesen.«

Ich schluckte. Dieses Bild sah ich immer noch vor Augen, es war wie eingebrannt.

»Er hatte ein bisschen viel Alkohol getrunken, war trotzdem ins Auto gestiegen, fuhr etwas schneller als erlaubt und überschlug sich kurze Zeit später in einer Kurve mehrmals. Nolan starb noch am Unfallort an seinen inneren Verletzungen.«

»Oh Gott. Das tut mir wirklich unfassbar leid, Jake! Hast du den Unfall gesehen?«

»Ja, wir waren hinter ihm. Wir haben alles gesehen. Es war wie im Film.«

Ihre Hand legte sich auf meine.

»Und deshalb, hasse ich es, wenn jemand Alkohol trinkt.«

»Aber Chloe hat doch ...«

Ich schaute ihr ins Gesicht. »Wenn jemand, der mir wichtig ist, Alkohol trinkt«, betonte ich.

Jake? Was gibst du gerade von dir preis? Sie ist nur deine Putzfrau oder etwa nicht?

Deutlich erschrocken war sie über meine Offenheit und wusste nicht so recht, was sie antworten sollte.

»Hast du schon mal auf einer Yacht geschlafen?«, versuchte ich das Thema zu wechseln.

Ich wusste eh, dass sie nein sagen würde. Tatsächlich schüttelte sie den Kopf.

»Willst du?«, fragte ich schlagartig.

Hailey schaute sich um. »Hier draußen unter freiem Himmel?«

Ich grinste sie an. »Wenn du willst, auch hier. Ich habe unten aber auch eine Kabine.«

»Du willst mit mir schlafen?«

Ich belächelte ihre Frage.»Äh ... also, hier auf der Yacht«, fügte sie hinzu.

»Ich würde mit dir schlafen, ja. Und ja, auch auf meiner Yacht«, antwortete ich schelmisch.

Die Röte stieg ihr ins Gesicht. »Du musst natürlich nicht.«

Überfordert schien sie mit der Situation zu sein.

»Magst du die Kabine mal sehen?«, fragte ich deshalb.

Hailey stand auf. »Zeig sie mir.«

Wir nahmen die Stufen nach unten und ich öffnete die Kabinentür. Ein großes schwarzes Bett mit einem weißen Himmelchen erwartete uns. Ein Flachbildschirm hing an der Wand gegenüber vom Himmelbett und eine Kommode mit einer kleinen Topfpflanze schmückte das ganze Zimmer etwas. Auf dem Boden lag ein heller Teppich. Nebenan gab es ein Badezimmer. In meine Kabine hatte ich noch nie eine Frau gelassen. Noch nie in dieses Bett. War wohl eine Premiere.

»Wow. Das sieht schön aus«, platze es aus ihr heraus und ihre Blicke schweiften umher.

»DU siehst schön aus, Hailey.«

Sie schaute an sich herunter und dann wieder mir ins Gesicht. »Ich weiß nicht, ob das so eine gu...« Sie stoppte ihren Satz.

Ein paar Schritte trat ich auf sie zu, sodass ich direkt vor ihr stand. Meine Finger legte ich an ihr Kinn, damit sie mich ansah. »... ob das so eine gute Idee ist? Was machen wir denn?« Leise hauchte ich an ihren Hals und strich mit meiner Hand durch ihre Haare.

»Stimmt. Wir machen ja eigentlich nichts«, flüsterte sie und legte ihren Kopf in den Nacken.

»Eben, wir machen nichts.«

Ich drückte ihren zarten Körper gegen die kalte Fensterscheibe, die uns von der Kabine trennte.

Mit einem Ruck sprang sie hoch, schlang ihre Beine um meine Hüften und ihre Arme klammerten sich um meinen Hals.

Ich platzierte meine Hände unter ihrem Kleid an ihrem Hintern, um sie festzuhalten. Regelrecht steckte sie mir ihre Zunge in den Hals, was zugegeben verdammt erotisch für mich war. Während sie ihre Hände in den Haaren an meinen Hinterkopf vergrub, knetete ich leicht ihren Hintern.

Ich trug sie in die Kabine und setzte sie auf der Kommode ab. Das Licht von draußen schimmerte etwas rein, sodass ich in ihre braunen Augen schauen konnte. Ein freches Grinsen lag auf ihren Lippen. Wie konnte eine Frau so hübsch sein? Und was hatte bitte diese Frau, dass sie mich, egal was sie trieb, so dermaßen verrückt machte?

»Ist irgendetwas?«

»Nein, ich frage mich nur, wie schön eine Frau sein kann«, sagte ich und streichelte ihr sanft über die Wange.

»Spinner. Gleich rutsch ich auf der Schleimspur aus«, flüsterte sie grinsend und ich spüre ihre weichen Lippen am Hals.

»Ich sage immer die Wahrheit«, verteidigte ich meine Aussage selbstsicher.

»Du bist heißer, wenn du mal leise bist«, hauchte sie gegen meine Lippen, knöpfte mir langsam das Hemd auf und ließ es zu Boden fallen.

»Und du bist oberkörperfrei sicherlich noch viel heißer«, erklärte ich und zog sie an der Hüfte näher an mich heran, sodass ich zwischen ihren Oberschenkeln stand.

»Und was ist nun mit dir?«, flüsterte ich ihr ins Ohr und ließ die Hände über ihren Rücken zum Reißverschluss ihres Kleides wandern.

Langsam zog ich ihn nach unten, während sie meinen Hals küsste und ich ihre Hände auf meinen Oberarmen spürte.

Sie trieb mich in den Wahnsinn. Ich nahm sie hoch, sodass das Kleid zu Boden fiel. Knutschend trug ich sie zum Bett und ließ sie vorsichtig herunter. Da lag sie. Auf meinem Bett. Nur in roter Spitzenunterwäsche. Meine Hose platzte fast bei diesem Anblick.

Ich befreite mich von meiner Hose und krabbelte ebenfalls auf das Bett. Haileys Hände wanderten vorn zu ihrem BH, um ihn zu öffnen. Seit wann öffnete man diese Dinger vorn? Hätte ich das eher gewusst, hätte sie auf der verdammten Kommode schon keinen mehr getragen. Mein Mund verzog sich zu einem Lächeln, als sie obenrum nackt vor mir lag. Mit der Hand fuhr ich zu ihrem Hinterkopf und vergrub sie in ihrem langen Haar.

Sie zog mich näher zu sich heran und ich presste meine Lippen auf ihre. Mit Leichtigkeit zog ich ihr das letzte Stückchen Stoff vom Körper und war schon sehr erregt. Ihre Hände tasteten an meinen Boxershorts und wollten sie ausziehen. Dabei half ich ihr und ließ sie nicht aus den Augen. Meine Küsse gingen auf Wanderschaft, über den Hals runter zum Bauch und zu ihrer Mitte. Ich küsste ihre Innenschenkel und legte einen Finger auf ihre Perle und massierte sie sanft.

»Entspann dich«, hauchte ich ihr entgegen und fuhr mit dem Finger langsam in sie hinein.

»Oh Gott.« Sie stöhnte und ich merkte, wie es mich immer mehr erregte. Ich beugte mich wieder zu ihr nach oben. »Du sprichst meinen Namen falsch aus. Du kannst mich ruhig Jake nennen.« ,flüsterte ich, küsste sie zärtlich auf den Mund, während ich mit einem weiteren Finger eindrang und ihn immer schneller bewegte. Ihre Hände berührten meinen Nacken und ich merkte, wie sie ihr Becken ebenfalls schneller bewegte. Ich spürte, wie sie sich zusammenzog, ihre Beine zitterten, und sie stöhnte heftig gegen meinen Hals.

Ich streckte die Hand in das Nachtschränkchen, holte ein Kondom raus und stülpte es mir über. Ihr Blick schweifte nach unten zu meinem erregten Glied und sie biss sich auf ihre Unterlippe.

Erneut fuhr ich mit dem Finger über ihren Bauch zu ihrem Venushügel und ließ zwei Finger hineingleiten, danach kniete ich mich zu ihr runter und bereitete ihr Lust mit meiner Zunge. Hailey krallte sich in das Bettlaken und wölbte ihren Oberkörper etwas nach oben. »O Jake«, keuchte sie.

Meine Zungentechnik beschleunigte ich und bevor sie das zweite Mal zum Orgasmus kam, hörte ich auf und beugte mich zu ihr.

»Was machst du?«, fragte sie verwundert.

»Ich will dich jetzt spüren.«

Langsam glitt ich in sie hinein. Sie zog die Luft ein. Ihre Hände krallten sich in meinen Rücken und ich bewegte mich leicht. Mein Atmen wurde unkontrollierbar und ich keuchte. Hailey drückte ihr Becken gegen mich und wir bewegen uns immer schneller. Wild küsste ich sie und merkte, dass ich kurz vor dem Höhepunkt stand.

Der Druck steigerte sich bis ins Unermessliche, genau wie bei ihr. »Oh mein Gott« stöhnte sie, als sie kam. Kurz danach kam auch ich.

»Wie gut, dass echt nichts lief zwischen uns«, bemerkte sie und zog sich die Bettdecke über ihren nackten, perfekten Körper.

»Jetzt brauchst du ihn auch nicht mehr verstecken, ich habe bereits alles gesehen.« Ich schenkte ihr ein Lächeln.

Jetzt lag sie neben mir, eingekuschelt in die Decke, und kraulte mir über den Arm. Wie war es jetzt bitte so schnell gekommen, dass ich mit ihr schlief? Sie war eigentlich nur meine Putzfrau! Aber sie machte mich so verrückt. Ich konnte die Finger von ihr nicht lassen. Oh Gott, dann würde es bald Kian von Vicky erfahren. Wow.

Langsam schaute ich zu ihr und sah, wie sie im Land der Träume war. Nachdem ich ihr einen Kuss auf die Stirn gegeben hatte, kuschelte ich mich unter die Decke und schlief ein.

Ein paar Stunden später wurde ich vom Klingeln meines Handys geweckt. Ich versuchte, die Augen aufzubekommen, und ging leise ran. »Ja?«

»Hast du noch geschlafen?«

Es war Grace. Was wollte die jetzt von mir?

»Ja. Was gibts denn?«, fragte ich und drehte meinen Kopf zu Hailey, die nicht mehr da lag. Ich erschrak und war sofort hellwach. Wo war sie? Wo war ihr Kleid? Ihre Klamotten lagen nicht mehr da.

»Grace. Ich kann jetzt nicht. Sorry. Muss was klären.« Damit wimmelte ich sie ab und legte abrupt auf.

Meine Bettdecke schmiss ich zur Seite, zog mich flott an und lief raus ans Deck der Yacht. Ihre Tasche war auch nicht mehr da. Sie war gegangen. Das war doch nicht ihr scheiß Ernst.

Sofort zückte ich mein Handy und rief sie an. Es dauerte nicht lang, bis sie ranging.

»Ja?«

»Wo bist du? Wann bist du gegangen?«

»Zuhause, wo soll ich sonst sein?«

»Aber warum? Wieso bist du so schnell abgehauen?«

»Na ja, macht man das nicht so? Wenn der eine aufwacht ist der andere weg? Ich wollte dir zuvorkommen.«

Ja, stimmt. Sie hatte recht. Ich war immer derjenige, der nach dem Sex abhaute, weil ich keinen Nerv auf Kuscheln hatte. Aber bei ihr hätte ich mich gefreut. Mit ihr schön zu frühstücken. Ich war erschrocken über ihre Aussage. Hatte sie es doch bereut und war deshalb so schnell gegangen? Oder wollte sie nur Sex?

»Ja, das stimmt wohl. Na ja, wir sehen uns«, sagte ich verwirrt und legte auf.

Kapitel 23

Hailey

Stimmt wohl? Gut, dass ich rechtzeitig gegangen war. Obwohl ich gern die Zeit mit ihm verbracht hätte. Plötzlich blinkte mein Handy auf. Eine Nachricht von Mr. Lambo.

(Er): Oh. Wieso bist du enttäuscht?

(Ich): Ach, er hatte seinen Geburtstag gefeiert und mich links liegen lassen.

(Er): Aber vielleicht wollte er das gar nicht und es tut ihm leid?

(Ich): Ja, hat er auch gesagt. Ich darf ihn nicht zu gut finden.

(Er): Wieso nicht? Denkst du, es würde zwischen euch nicht passen?

(Ich): Nein, niemals. Er hat zu viele Frauen.

(Er): Und das weißt du?

(Ich): Was sollte ein Millionär mit einer Floristin wollen?

(Er): Denkst du, ein reicher Mann würde nur eine reiche Frau nehmen?

Ich dachte über den Satz nach. Aber es war doch schon immer so, dass reich zu reich geht. Oder etwa nicht?

(Ich): Meistens ist das so, ja

schrieb ich als Antwort, ging offline und konzentrierte mich weiter auf das Bild in meinem Tablet. Dieses Mal zeichnete ich eine Yacht. Seine.

Es lenkte mich immer vom Alltagsstress ab. Von Vicky hörte ich das restliche Wochenende nichts mehr. Scheinbar war sie mit Kian beschäftigt, dachte ich mir und grinste bei dem Gedanken.

Es war wieder Montag und ich saß in meinem Auto vor seiner Villa. Irgendwie war ich nervös, Jake gleich zu treffen. Ehrlich gesagt wusste ich nicht, wie ich ihn jetzt begrüßen sollte. Ich schnappte mir meine kleine Tasche und machte mich auf den Weg zu ihm. Kurz bevor ich klingelte, öffnete sich die Tür und die blonde Tussi vom Geburtstag stand einen Meter von mir entfernt vor mir. Wieso war sie hier? Okay, so schnell hatte er wieder eine andere unter sich. Oder auf sich. Wie auch immer.

»Oh, du hier?«, sagte sie.

»Tja, so schnell sieht man sich wieder. Entschuldige mich bitte.« Ich schlängelte mich an ihr vorbei.

»Äh, darfst du überhaupt rein?«

Ich stoppte und drehte mich zu ihr.

Plötzlich hörte ich Schritte hinter mir. »Ja, darf sie«, meinte Jake und kam auf uns zu.

Ich lief zur Küche und knallte meine Tasche auf den Tisch. Wenige Sekunden später hörte ich, dass er sich von ihr verabschiedete. Kurz darauf stellte er sich an die Arbeitsplatte neben mir.

»Du bist heute aber früh da.«

Mein Blick schweifte zur Uhr. »Zehn Minuten früher. Sorry. Sollte ich sie nicht sehen oder was ist jetzt genau dein Problem?«

Sein Schwanz war gerade in der Schlampe gewesen, was wollte er bitte von mir? Er sollte mich jetzt in Ruhe putzen lassen und mir mein Geld geben.

Er kam auf mich zu. »Sie hat nur ...«

Ich hielt die Hände nach oben und stoppte ihn. »Es interessiert mich nicht, Jake. Du hast mich vor zwei Tagen gevögelt und jetzt hattest du halt wieder eine andere. Glückwunsch.«

Er fasste an mein Kinn, sodass ich ihn anschauen musste.

»Sie hat nur einen Schlagzähler abgeholt. Nicht mehr und nicht weniger.«

»Deshalb rennst du hier auch wieder oberkörperfrei rum?«

Ich berührte seine Hand, drückte sie weg und meine Augen waren immer noch auf seine gerichtet. »Außerdem interessiert es mich nicht, wie bereits gesagt.«

»Dein Blick sagt aber was anderes.«

Aus seiner Hosentasche zückte er das Handy und scrollte in seinen Kontakten. Er klickte auf Grace.

»Was machst du?«, fragte ich panisch.

»Du fragst sie jetzt, was sie hier wollte, dann wird sie dir das Gleiche sagen.«

Das Smartphone riss ich ihm aus der Hand und legte auf. »Gehts noch? Ich glaube dir schon.«

Jake drückte mich mit dem Rücken gegen die Arbeitsplatte. »Sicher? Es lief nichts, verdammt nochmal. Und warum ich oberkörperfrei bin? Weil ich im Gym trainiert habe, als sie plötzlich an meiner Haustür stand.«

Ich merkte seine Hand im Nacken. Er schaute mir tief in die Augen. Kommt er mir jetzt näher, verliere ich meine Selbstbeherrschung.

Meine Hände wanderten zu seinem Oberkörper und ich drückte ihn langsam weg.

»Ich bin doch hier, um zu arbeiten. Schon vergessen?«

Er grinste. »Ja, bei dir vergesse ich so einiges.«

Und wieder war die Tomate am Start.

»Na ja, ich bin dann mal oben am Trainieren. Und wenn du das Verlangen nach mir haben solltest, kannst du gerne hochkommen.«

»Leck mich, Jake.«

»Sag es noch einmal und ich tue dir den Gefallen liebend gern.«

Ich rollte mit den Augen und fing mit der Arbeit an.

Zehn Minuten später klingelte mein Handy. Vicky.

»Hey Vicky. Kannst du es auch schon nicht mehr abwarten?«, fragte ich und grinste wie ein Honigkuchenpferd. Später würden wir ins Playland, den Vergnügungspark Vancouvers gehen.

»Maus. Ich fühl mich nicht gut. Ich muss dir leider absagen, sonst kotze ich dir noch vor die Füße, bevor wir im Autoscooter sitzen. Wir holen das aber nach, okay?«

Von einer Minute auf die andere kippte die Laune.

»Oh, schade, hatte mich schon aufs Playland gefreut. Aber klar. Mach dir keinen Kopf. Werd' schnell wieder gesund. Soll ich dir irgendwas bringen?«

»Nein. Brauchst du nicht. Kian kommt gleich vorbei. Aber das Brunchen steht erstmal noch. Es sei denn, mir gehts dann immer noch schlecht.«

»Okay. Gute Besserung«, sagte ich etwas enttäuscht und legte auf.

Als ich fertig war, packte ich das Putzmaterial in den Schrank und rief nach oben zu Jake: »Ich bin dann weg. Schönen Abend noch.«

In derselben Sekunde kam er die Treppe runter in seiner dunkelgrauen Stoffhose und einem weißen Poloshirt. Scheinbar wollte er weg. »Willst du dich noch umziehen?«

»Für was?«, fragte ich und runzelte skeptisch die Stirn.

»Wirst du dann sehen.« Er lief an mir vorbei und ich blieb wie angewurzelt auf der Treppenstufe stehen. »Kommst du?«

»Jake? Was machen wir denn?«

»Musst du eigentlich immer so viel fragen?«

Ich verschränkte die Arme und warf ihm einen Blick zu.

»Man, ich bekam das Telefonat eben mit, hab dir angehört, wie traurig du wurdest. Also fahren wir beide jetzt dorthin.«

»Du und Playland?«

Er hielt die Haustür auf. »Kommst du jetzt von alleine oder muss ich dich zum Auto tragen?«

Lächelnd schnappte ich meine Tasche und ging an ihm vorbei.

»Warst du schon mal im Playland?«, fragte ich, als ich mich anschnallte. Ich freute mich übertrieben, dass wir dorthin fuhren.

»Früher ja. Aber jetzt ist man ja erwachsen.«

Ruckartig wandte ich den Kopf zu ihm, kniff die Augen zusammen und boxte gegen seinen Oberarm. »Ey.«

Wir lachten. Auf meinem Handy kaufte ich die Tickets, um uns die lange Schlange an der Kasse zu ersparen.

Dann ließ ich es in meinen Schoß fallen.

»Warum machst du das?«

»Was meinst du? Ich mache doch nichts. Nur dir eine Freude. Hoffentlich«, sagte er.

Den Kopf lehnte ich gegen die Fensterscheibe und schenkte ihm ein Lächeln. »Ja, das machst du!«

Als wir den Eingang passierten, quiekte ich wie ein kleines Kind.

»Fährst du jedes Fahrgeschäft?«, erkundigte er sich und guckte in Richtung der großen Holzachterbahn.

»Na ja, eigentlich gehe ich nur auf Jahrmärkte wegen der Atmosphäre und dem Essen. Vor allem die Karamelläpfel.«

Er konnte sich das Lachen nicht verkneifen. »Das ist jetzt nicht wahr. Ich dachte, du gehst hier in jedes Fahrgeschäft und ich halte dir später die Haare, wenn du dich übergeben musst.«

Verschämt schüttelte ich den Kopf. »Ins Riesenrad würde ich reingehen.«

»Da bin ich dabei. Andere Sachen sind nicht mehr so meins.«

Am ersten Stand, dem BeaverTails, hielten wir einen Moment. Es war der kanadische Favorit. Die langgezogenen, ovalen Fladen werden kurz in heißem Öl ausgebacken und dann mit allerlei Toppings belegt. Die beliebteste und ursprünglichste Variante war, die Beavertails in Zimt und Zucker zu wenden.

»Oh, magst du die auch? Ich liebe es mit Schokocreme und Banane«, sagte ich und schaute mich weiter um.

»Was hätten Sie gern?«

Bevor ich antworten konnte, kam Jake mir zuvor.

»Einmal Schoko mit Banane und einmal mit Ahornsirup und Cookies.« Er legte sein großzügiges Geld auf den Tresen.

Mein Blick schweifte zu ihm. »Jake, hör auf, ständig alles zu bezahlen.«

»Und du akzeptiere einfach, dass du, wenn du mit mir unterwegs bist, nichts bezahlst«, sagte er ernst und drückte mir die Pappschale mit der Leckerei in die Hand.

Ich biss hinein. »Mhh, so lecker. Hier, probiere mal.« Ich hielt sie ihm hin.

Er nahm ein Stück. »Ja, ist ganz okay.«

Ich wusste, er verarscht mich, und haute leicht gegen seinen Brustkorb.

»Ich weiß aber, was noch viel besser schmeckt.«

Das hatte er jetzt nicht allen Ernstes gesagt?

»Ich rede von dem hier.« Er hielt sein Beavertail hoch und zwinkerte mir zu.

Kurze Zeit später standen wir schon an der nächsten Bude, wo es Zuckerwatte gab.

»Danke, dass du mit mir hergefahren bist.« Ich stopfte mir ein Stück von der Watte in den Mund.

»Hör auf, dich ständig zu bedanken.«

Ich belächelte seine Worte. »Wollen wir dann gleich damit fahren?«, fragte ich und zeigte auf das Riesenrad.

Er drehte sich um. »Können wir. Ich hole aber noch was Kleines zu trinken.«

Und schon war er weg.

Kapitel 24

Jake

Wieso war sie verdammt nochmal so niedlich? Ich lief an den einen Stand, wo nicht nur Getränke verkauft wurden, sondern ebenfalls Popcorn, scharfe Gummibären und Karamelläpfel, die man verzieren lassen konnte.

»Ich hätte gerne einen Karamellapfel in Rot mit einem weißen Herz drauf, und eine Limonade.« Das Geld legte ich passend hin. Es dauerte nicht lange, bis die Verkäuferin mir die beiden Sachen in die Hand drückte und ich mich wieder auf den Weg zu Hailey machte.

»Was hast du denn da alles gekauft? Wie viel willst du denn trinken?«, fragte Hailey belustigt und warf einen Blick auf die Tüte in meiner Hand.

Ich lachte, ließ es aber unkommentiert. Wir spazierten zum Riesenrad und stellten uns in der Schlange an.

»Kennst du die?«, flüsterte mir Hailey zu und zeigte mit dem Finger unauffällig auf die Frau mit braunen Locken, die am Burgerladen stand. »Sie schaut dich die ganze Zeit an.«

War sie etwa eifersüchtig? Ich könnte sie ja etwas ärgern, kam mir der Gedanke. Kurz sah ich zu der Dame und dann wieder zu Lee. »Mit der hatte ich mal was. Aber habe sie dann abblitzen lassen.«

Abrupt drehte sie ihren Kopf zu mir. »Ehrlich?«

Da lachte ich schon los. Sie rollte die Augen und boxte gegen meinen Oberarm. »Obwohl, zuzutrauen würde ich es dir.«

»Ich nehme auch nicht alle, die nicht bei drei auf dem Baum sitzen.«

Fünf Minuten später saßen wir endlich in der Gondel und fuhren langsam nach oben. Ich beobachtete, wie sie sich eine Strähne hinters Ohr klemmte, beugte mich zu ihr und stützte mich auf meinen Oberschenkeln ab.

»Ich habe was für dich.«

Fragend schaute sie mich an.

Ich kramte den Karamellapfel aus der Tüte und übergab ihn ihr.

»Oh, lecker«, sagte sie leise und drehte den Apfel in ihrer Hand. »Mit einem Herzchen. Wie süß ist das denn?«, quiekte sie vor sich hin und grinste über beide Ohren. »Dankeschön. Hast du dir keinen geholt?«

Kopfschüttelnd verneinte ich. »Die sind mir zu süß.«

»Ach, stehst du nicht auf süß?«

»Ich kann dir zuhause gern zeigen, auf was ich stehe.«

Hailey sah verschämt zu den Bäumen. »Hast du eigentlich noch schöne Geschenke zum Geburtstag bekommen?«

Scheinbar wollte sie das Thema wechseln.

»Joa, schon. Aber deins war das schönste.«

»Was hast du von Fettarsch bekommen?«

Erneut lachte ich bei dem Wort. »Wieso eigentlich Fettarsch?«

»Hast du ihren Hintern nicht mal angeschaut?« Noch bevor ich antwortete, redete sie schon weiter. »Ah, ne. Du fasst ihn ja immer nur an. Obwohl ...«

»Du magst sie nicht, oder?«

»Ach doch, klar«, winkte sie ab. »Ist doch eine Süße. Du kannst froh sein, dass sie an deinem Geburtstag nicht über Bord geflogen ist.«

Irgendwie war es niedlich, wenn sie wütend wurde.

»Habt ihr überhaupt miteinander gesprochen?«

»Gesprochen? Na ja, nicht wirklich. Sie fragte, was ich denn auf deiner Yacht zu suchen hätte als deine Putzfrau und dass ich doch gar nicht dahin passe.«

Und jetzt sah ich in ihren Augen dieses Verletzte.

»Hailey. Das hatte ich gar nicht mitbekommen. Das tut mir unfassbar leid.«

»Du warst halt mit deiner Blondine beschäftigt. Alles gut.«

Ich nahm ihre Hand und streichelte sie vorsichtig.

»Wieso hast du es mir nicht gesagt?«

Sie hielt ihren Kopf schräg. »Denkst du, ich kann mich nicht wehren und muss dich zur Hilfe holen?« In dem Moment zog sie ihre Hand weg.

»Nein, das nicht. Aber ich hätte Chloe gefragt, was das soll. Es ist doch meine Sache, wen ich einlade.«

»Wie gesagt, es ist alles gut. Sie hatte ja recht mit dem, was sie gesagt hat. Ich passe null zu dir.«

Fragend sah ich sie an.

»Also ich passe nicht in dein Leben. Ach, vergiss es einfach.«

Ich wusste, worauf sie hinauswollte. Sie schrieb es mir ja schon im Chat. Sie denkt, ich würde nur eine Reiche nehmen. Davon mal ab, würde ich keine Frau mehr so in mein Leben lassen.

Zwei Stunden später saßen wir wieder im Auto. »Hat es dir gefallen?«, erkundigte ich mich bei ihr und schnallte mich an.

»Du sprichst sie nicht darauf an!«

Ich runzelte die Stirn. »Wen meinst du?«

»Wackelarsch.«

»Ich denke, sie heißt Fettarsch?«, fragte ich.«Ich habe viele Namen für sie. Das sind die nettesten.«

»Doch, ich werde sie fragen, was das sollte.«

Sie griff meinen Oberarm. »Jake!«

Ich beugte mich zu ihr und schaute ihr tief in die Augen.

»War Spaß. Ich spreche sie nicht darauf an. Keine Angst.«

Sie drehte ihren Kopf wieder nach vorn. Ich startete den Motor und fuhr los.

»Bist du morgen beim Brunchen dabei?«

»Ja, ich denke schon. Du nicht?«

Sie nickte. »Doch.«

Die ganze Fahrt sprachen wir nicht wirklich miteinander, sie dachte über etwas nach.

Ich bog in meine Straße ein.

»Hä? Fahren wir zu dir?«

»Na, dein Auto steht doch noch bei mir. Oder sollte ich es zu dir teleportieren?«

Sie lachte. »Oh, stimmt ja. Vergessen.«

»Willst du noch mit reinkommen?«, fragte ich und parkte meinen Wagen unter dem Carport.

Sie warf einen Blick auf die Uhr. »Es ist schon spät. Und wir sind ja auch morgen mit den beiden Turteltauben verabredet.«

»Du kannst auch bei mir schlafen, dann musst du jetzt nicht im Dunkeln nach Hause fahren.«

Ihre Augen weiteten sich. »Bei mir. Nicht mit mir schlafen. Obwohl ich dagegen auch nichts hätte.« Zustimmend nickte sie, schnappte sich ihre Tasche und stolzierte zur Haustür.

»Hast du Lust zu baden?«, fragte ich, als sie sich auf die Couch setzte.

»Wo?«

»Such es dir aus. Entweder im Pool, Jacuzzi oder in der Badewanne. Aber da wird es vermutlich eng mit uns beiden werden.«

Sie schaute an sich runter. »Ich habe gar keine Badesachen.«

»Ich kann dir ein T-Shirt von mir geben, du kannst aber auch gerne nackt baden. Hätte ich nichts dagegen.«

Hailey kam auf mich zu und hielt vor mir.

»Du siehst mich erstmal nicht mehr nackt.« Sie versuchte, es auf jeden Fall ernst rüberzubringen. Scheinbar war sie immer noch wegen Grace genervt und glaubte mir nicht.

»Bist du immer noch der Meinung, dass ich Gr...«

Sie stoppte den Satz mit ihrem zarten Zeigefinger auf meinen Lippen. »Du kannst von mir aus alle Frauen der Welt vögeln, es ist mir egal.«

»Glaubst du dir das eigentlich selber?«

»Lass uns jetzt schwimmen gehen«, beschloss sie und lief an mir vorbei.

»Ich hol dir ein T-Shirt.« Ich verschwand kurz nach oben, bis es plötzlich an der Tür klingelte. Verwundert schaute ich auf die Uhr. Kurz vor zehn. Hatte ich eine Verabredung vergessen? Wer zur Hölle ist das denn jetzt?

Ich schnappte ein T-Shirt von mir und flitze die Treppe runter. Hailey stand am Türrahmen des Wohnzimmers, warf mir einen Blick zu, ich drückte ihr das Oberteil in die Hand und lief zur Haustür.

»Sollte ich vielleicht doch nach Hause gehen?«, fragte Hailey, bevor ich die Tür einen kleinen Spaltbreit öffnete.

»Hey, sorry, dass ich etwas später komme, aber die Straßen zu dir sind einfach Horror«, entschuldigte sich Chloe und warf ihre langen Haare nach hinten.

»Äh? Waren wir verabredet?«

Chloe drückte die Tür weiter auf. »Hast du getrunken? Ja klar waren wir verabredet. Komme ich denn unpas...«

Sie schaute an mir vorbei und dann in mein Gesicht. Die Blicke von Hailey spürte ich schon im Rücken. Wie konnte ich denn das Treffen mit Chloe vergessen? Wow, Jake. Du bist so ein Vollidiot.

Hailey lachte nur laut auf. In was für eine Situation war ich bitte hineingeraten?

»Soll ich denn wieder gehen, Jake?«

Ich drehte mich zu Hailey um und sah dann wieder in Chloes Gesicht.

»Quatsch. Ich gehe. Du kannst bleiben, Chloe«, sagte Lee und legte ihre Tasche über ihre Schulter.

Nein, Mann. Wieso will sie denn jetzt gehen? Ja, Jake, mach deinen verdammten Mund auf und sag, dass Chloe gehen soll. Meine Kollegin lachte. »War heute Nacht Putzen angesagt oder was?«

Ich ließ Hailey gar nicht aus den Augen und hielt sie am Arm fest, als sie sich zwischen Chloe und mir hindurchschlängeln wollte.

»Wir sehen uns morgen ok?«, fragte ich sie.

Sie schaute zu mir rauf und ihre Augen funkelten. »Denk jetzt nicht darüber nach, wann du mich das nächste Mal siehst, sondern genieß die Zeit mit diesem Flittchen hier«, sagte sie und zwinkerte mir zu.

»Bitte was? Wie hast du mich genannt?«

Kapitel 25

Hailey

Ich drehte mich zu Chloe. »Ich denke, du hast es schon richtig verstanden, du stehst ja gerade mal einen Meter von mir weg. Und für mich bist du nichts anderes. Du erhoffst dir, dass er sich vielleicht irgendwann für dich entscheidet und du seine Freundin werden könntest, wenn du die Beine für ihn breit machst. Aber glaub mir ...« In dem Moment spürte ich seine Hand an meiner Schulter.

»Hailey, ich glaube, das reicht jetzt.«

Ich schlug seine Hand weg.

»Hast du gehört, was sie gesagt hat, Jake?«

»Hast du gehört, was sie gesagt hat, Jake? Bla bla bla«, äffte ich Chloe nach und verdrehte die Augen. »Ja, mein Gott, hat er. Und jetzt? Ich habe nur gesagt, was ich von dir halte.«

»Und ich denke von dir ...«

»Das interessiert niemanden, was du denkst. Lass dich von ihm vögeln, obwohl er heute Morgen mit seinem Schwanz noch in einer anderen steckte. Aber ist doch kein Problem, nehme ich an, oder?«

Ich klopfte ihm auf die Schulter. »Viel Spaß euch beiden!!« Mit schnellen Schritten nahm ich die Stufen und rannte fast schon über den gepflasterten Weg bis zu meinem Auto. Als ich die Autotür öffnete, spürte ich wieder eine Hand an meiner Schulter, die mich zum Anhalten zwang.

»Was sollte das eben?«

War das sein Ernst? »Lass mich jetzt in Ruhe«, blaffte ich ihn an. Doch dann drehte ich mich um, weil ich mit den Tränen kämpfte und mein Kloß im Hals immer größer wurde. Ich wusste nicht mal, wieso ich traurig war. Vielleicht, weil ich mich auf einen schönen Abend gefreut hatte? Vielleicht, weil ich ihm wieder näherkommen wollte, und höchstwahrscheinlich, weil ich ihn verdammt nochmal nicht schlecht fand und Fettarsch jetzt wieder alles kaputt machte? Ja, scheinbar.

Ich setzte mich ins Auto und schaute zu ihm hoch. Gott sei Dank war es schon dunkel, sodass er mein Gesicht hoffentlich nicht sah.

Jake lehnte sich mit einem Arm gegen den Autorahmen und fuhr sich durch seine Haare. »Es tut mir leid.«

»Was tut dir denn jetzt leid? Dass du gerade wieder in der Situation warst, in der du dich quasi entscheiden musstest?«

»Dass ich das Treffen mit ihr vergessen hatte und dass du jetzt da warst und ...«

Den Schlüssel steckte ich ins Zündschloss und startete den Motor. »Ich hätte einfach nach der Arbeit nach Hause fahren und nicht mit dir auf den Jahrmarkt gehen sollen.«

Aus der Tasche kramte ich mein Portmonee, nahm einen Fünfzigerschein raus und drückte ihm das in die Hand.

»Was ist das? Was soll ich damit?«

»Für den Jahrmarkt.«

»Was soll das jetzt? Ich habe dich eingeladen. Ich brauche dein Geld nicht.«

»Behalt es! Oder schenk es deiner Chloe.«

Er steckte es ein und ich merkte, wie schwer es ihm fiel, es anzunehmen.

»Aber der Abend war doch schön, oder nicht? Oder bereust du es jetzt?«

»Ja.«

»Was ja?«

»Ja, ich bereue es.«

»Aber Hailey ...«

Ich schnallte mich an und sah erneut zu ihm hoch. »Ich will jetzt nach Hause. Außerdem wartet Chloe auf dich.«

Plötzlich warf er die Autotür zu und verschwand zu seiner Villa. Verdammtes Arschloch, schrie ich in Gedanken, ließ meine Playlist anlaufen und fuhr über einen Umweg nach Hause. Sollte ich mich doch mal mit Mr. Lambo treffen? Oder mit Elliot?

Als ich endlich zuhause und geduscht war, hüpfte ich ins Bett und ließ meinen Frust beim Chatkumpel aus. Leider war er nicht online.

(Ich): Hey du :-) Heute habe ich wieder gemerkt, dass er mich nur verletzen will. Erst machte er mir eine Überraschung und lief mit mir auf den Jahrmarkt, wo ich happy war. Und kaum waren wir bei ihm, klingelte es und seine Bumsbiene stand vor der Tür.

Wieso war er nicht online, wenn man ihn einmal brauchte? Ich scrollte durch die anderen Männerprofile und wischte einen nach dem anderen Mann zur Seite.

Als ob man hier jemals einen vernünftigen Mann kennenlernen würde. Nichtsahnend ploppte das Chatfenster von Mr. Lambo auf.

(Er): Oh, das tut mir leid. Aber bist du dir sicher, dass er sie jetzt knallt? Vielleicht hat er sie nach Hause geschickt?

Was war er heute für ein Witzbold?

(Ich): Natürlich tut er das. Ha ha. Er schickt sie niemals nach Hause. Wieso denn auch?

(Er): Vielleicht hatte er keine Lust mehr auf sie und war mit den Gedanken bei dir? Denk nicht immer allzu schlecht von ihm.

(Ich): Man könnte meinen, ihr kennt euch und du nimmst ihn in Schutz. Ha ha.

(Er): Du kleine Spinnerin. Wann siehst du ihn denn wieder?

(Ich): Morgen. Leider. Will ihn gar nicht sehen.

(Er): Redet morgen nochmal miteinander. Reden hilft. Also oft.

(Ich): Na ja, ich gehe dann mal schlafen. Gute Nacht.

Ich beendete die App, stöpselte mein Handy ans Ladegerät und schlief wenige Minuten später ein.

Am nächsten Morgen wurde ich vom Straßenverkehr geweckt und warf einen Blick auf das Handy. Viertel nach zehn. Ich erschrak. Fuck. Wieso hatte der Wecker nicht geklingelt? Eventuell hätte ich ihn mir auch stellen sollen und schlug mir leicht gegen die Stirn. Plötzlich kam eine Nachricht von Vicky.

Hey Maus.

Kommst du heute nicht? Wir warten auf dich.

Zügig schrieb ich zurück und richtete mich in Blitzgeschwindigkeit. Ich schlüpfte in ein hellrosa Kleid und band die Haare schnell zum Zopf, dazu zog ich die weißen Ballerinas an und flitzte runter zum Auto. Das liebte ich am Sommer.

Auf dem Parkplatz vor dem Café sah ich Vickys und Jakes Auto. Okay. Er war ernsthaft da. Wieso blieb er mit seinem Hintern nicht zuhause? Von mir aus auch mit seiner Chloe. Unerwartet vibrierte das Handy und eine Nachricht von einer fremden Nummer leuchtete auf.

Hey Hailey,

sorry, dass ich dir jetzt erst schreibe, aber ich wollte dich nicht sofort nach dem Geburtstag belästigen, ha ha. Hast du heute schon was vor? Oder hast du Lust, dich heute mit mir zu treffen?

Elliot.

Mein Mund verzog sich zu einem Lächeln und ich tippte ins Handy:

Hey Elliot.

Ja heute Nachmittag habe ich Zeit. Wo treffen wir uns?

Vicky winkte mir zu, als ich das Café betrat. »Na endlich«, schrie sie fast durch den ganzen Laden. Ja, manchmal war sie schon etwas peinlich.

»Hey. Sorry, Leute. Ich habe vergessen den Wecker zu stellen«, begrüßte ich alle, als ich am Tisch stand.

»Und dann hast uns beinah verpennt«, sagte Kian.

Ich lachte. »Quatsch. Nein.«

»Wir haben auf dich gewartet«, hörte ich Jake sagen.

Mein Blick schweifte zu ihm. »Wäre nicht nötig gewesen«, sagte ich so kalt wie möglich.

Neben meiner Freundin nahm ich Platz, weil Kian und Jake nebeneinandersaßen.

Schlagartig sprang Vicky vom Stuhl auf. »So, jetzt muss ich aber zum Buffet. Habe lang genug gewartet. Mein Magen knurrt schon die ganze Zeit.«

Kian folgte ihr mit seinem leeren Teller.

»Bist du noch sauer?«

Ich schaute Jake ins Gesicht. »Weshalb sollte ich sauer gewesen sein?«

Seine Hand berührte leicht meinen Oberschenkel.

»Fass mich nicht an!«

»Vor paar Tagen hast du nicht genug von mir bekommen, und jetzt darf ich dich nicht mal mehr berühren?«

»Tja. So schnell ändert es sich.«

»Hailey, bitte. Es tut mir leid. Ich habe mich doch gestern schon entschuldigt.«

»Und ich habe dir gesagt, es ist alles cool zwischen uns.«

Er runzelte die Stirn. »Wirklich? Wann wollen wir mal wieder golfen gehen?«

Die Bedienung räumte in unserer Nähe einen Tisch ab. Als sie aufsah, winkte ich sie heran und bestellte mir ein Glas Orangensaft. Nachdem die nette Dame wieder fort war, stand ich mit meinem Teller auf.

»Du checkst es nicht oder?«, sagte ich.

Jake schaute mich an, sagte aber nichts.

Kopfschüttelnd ließ ich ihn allein und lief zum Buffet.

»Was hast du denn da Leckeres?«, fragte ich Vicky.

»Bratkartoffeln, Spiegeleier und Zwiebeln. Die schmecken so gut. Hier, probier.« Und schon stopfte sie mir eine Bratkartoffel in den Mund.

»Mh«, machte ich und schaufelte mir den Teller voll.

»Was ist das denn zwischen euch?«, flüsterte mir Vicky ins Ohr.

Ich zuckte mit den Schultern.

»Ihr wart gestern auf dem Jahrmarkt, hat er erzählt.«

Meinen Teller belegte ich mit weiteren Leckereien, bevor ich mich zu ihr drehte. »Ja, weil du Otto abgesagt hast. Und er mir eine Überraschung ma... Ach egal. Es ist nichts zwischen uns. Was soll denn auch sein?«

Sie steckte sich eine Weintraube in den Mund.

»Außer dass wir im Bett gelandet sind, ist nichts.«

Fast verschluckte sie sich an der Traube. Ich schlug ihr mehrmals auf den Rücken. »Gehts wieder?«

Sie nickte. »Wie? Was hast du gerade gesagt? Ihr habt gevögelt? Du hast gar nichts erzählt. Wie war es? Und seit wann bist du so, dass du ...«

Mit meinem Finger auf ihrem Mund stoppte ich sie, sonst würde sie drei Tage später immer noch Fragen stellen.

»Du bist ja die ganze Zeit mit Kian zusammen und da will ich nicht stören.«

Mein Blick senkte sich wieder zum Buffet.

»War es schön? Wie ist es denn so mit einem Millionär? Erzähl.« Vicky ließ sich nicht stoppen. Sie lachte und ich rollte mit den Augen.

»Oder bereust du es, mit ihm geschlafen zu haben?«

»Ehrlich gesagt, ja.«

Jemand räuspert sich neben uns.

»Könnte ich auch mal da ran?« Seine Stimme. Jake war es. Wieso stand er denn jetzt neben mir? Shit. Ich drehte mich zu ihm.

»Ja, klar.« Mit einem Blick in sein Gesicht checkte ich ab, ob er es gehört hatte. Er musste es gehört haben, schließlich stand er direkt neben uns.

»Na, ich gehe schon mal zurück«, sagte meine Freundin,

Er legte sich belgische Waffeln mit frischen Früchten auf den Teller. »Wieso sagst du das, Hailey?«

»Was meinst du?«

»Tu nicht so. Dann sag mir doch mal ins Gesicht ...« Er durchbohrte mich regelrecht mit seinem Blick. »... was du alles mit mir bereust.«

Wieso stand ich überhaupt noch hier? Beweg doch deinen Hintern zum Platz.

»Du kannst es zwar leugnen, aber wir wissen beide, dass du mehr für mich empfindest, als du zugeben willst.«

Bitte? Was bildete er sich überhaupt ein? Was dachte er eigentlich, wer er ist? *Hailey, aber er hat schon irgendwo recht. Gib ihm bloß jetzt nicht recht. Sag jetzt irgendetwas. Hirn arbeite.* Diese Situation wurde nur noch unangenehmer und ich spürte schon meine warmen Wangen.

»Das Einzige, was ich gerade empfinde ist … Hunger«, sagte ich, nahm mir eine Serviette und ging zum Tisch.

»Das können wir doch öfter machen oder etwa nicht?«, fragte Kian in die Runde und schnitt sich ein Stück von seinem Spiegelei ab. Vicky und ich schauten uns nur an und verstanden uns blind.

»Ja, super Idee gewesen«, nuschelte Jake vor sich hin.

»Wollen wir danach noch irgendwo gemeinsam hin? Vielleicht alle zu viert zum Jahrmarkt?«

»Sorry, ne«, sagte ich und schüttelte den Kopf. »Ich habe später noch eine Verabredung.«

Jake drehte sich ruckartig zu mir.

»Dann vielleicht wann anders«, schlug Kian vor.

Nickend stimmte ich ihm zu und sah Jakes Blick im Augenwinkel. Wenn er wüsste, dass ich mich mit Elliot treffen, würde sein Puls garantiert in die Höhe steigen. Ich sah ihn an und steckte mir eine Blaubeere in den Mund.

»Und die süße Chloe war gestern noch bei dir?«, warf Kian in die Runde und schaute Jake dabei an.

Mir stockte der Atem, weil ich auf seine Antwort gespannt war. Sein Blick verriet, wie überrascht er über die Frage war.

»Kian? Wer ist Chloe?«, fragte Vicky und nahm einen Schluck von ihrem Kaffee.

»Genau, Jake. Wer ist denn Chloe?«, wiederholte ich die Frage und durchbohrte ihn mit meinem Blick.

»Eine verdammt heiße Kollegen ist das«, platzte es aus ihm heraus und er lehnte sich zurück.

Alles klar.

»Echt? Eine Kollegin von euch? Wieso hast du das noch nicht erzählt, Kian?«

Er legte seine Gabel neben den Teller und berührte Vickys Hand. »Baby? Sie ist eine Kollegin, aber mehr auch nicht. Also nicht für mich.«

»Genau, für dich nicht«, bemerkte ich und schaute erneut zu Jake. »Du hast sie auch schon gesehen«, sagte ich zu Vicky.

»Ich?«, fragte sie verwundert.

Mit der Serviette tupfte ich mir den Mund ab. »Ja, auf dem Geburtstag war die Schlampe auch.«

»Was wollte sie denn nun gestern Abend bei dir, Jake?«, fragte Kian weiter.

Das Lachen verkniff ich mir. »Was sie bei ihm wollte? Sie wollte seinen Schw...«

Auf einmal rempelte mich Vicky von der Seite an und zeigte eine Kopfbewegung zur Bedienung, die nur wenige Meter von uns entfernt stand.

»Darf ich Ihnen noch etwas zu trinken bringen?«

»Ich hätte gern noch eine Apfelschorle. Danke«, antwortete Kian als Einziger und schon dampfte die Frau wieder ab.

»So, wo waren wir stehen geblieben? Was wolltest du sagen, Hailey?«, erkundigte sich Kian.

»Was will eine Frau, die abends zu dem größten Fuckboy der Stadt fährt?«, fragte ich und gestikulierte wild mit den Händen.

Jake ließ sein Messer fallen und schlug mit der Faust auf den Tisch. »Und was ist, wenn der größte Fuckboy der Stadt keinen Bock auf sie hatte?«

»Wieso hat er sie dann nicht weggeschickt, nachdem er eigentlich mit einer anderen Frau schwimmen wollte? Hm? Warum nicht? Erzähl es uns doch mal.« Meine Ellenbogen stemmte ich auf den Tisch und stützte meinen Kopf mit den Händen ab. »Genau, weil er dann doch gewaltigen Druck in seiner Hose verspürte und ihn ablassen wollte. Gib es doch zu.«

Vicky räuspert sich. »Ich glaube, ich gehe mal kurz eine rauchen. Kian, kommst du mit?«

Schon zog sie ihn am Arm vom Stuhl. »Komm mit.«

Er stand auf und sie verließen das Café.

»Ich hatte nichts mit der Alten. Glaub mir doch mal.«

»Es interessiert mich nicht mehr«, sagte ich und zuckte mit den Schultern.

»Das sagst du jedes verfickte Mal. Es interessiert dich viel mehr, als du es eigentlich haben willst.«

Genervt rollte ich mit den Augen und stocherte mit der Gabel durch die Bratkartoffeln, die mittlerweile kalt waren.
»Glaubst du dir das eigentlich alles selber?«

»Jake? Was willst du von mir?«

»Wieso hast du vorhin zu Vicky gesagt, dass du es mit mir bereust?«

»Weil es so ist.«

»Das Shoppen? Das Golfen? Auf dem Jahrmarkt? Die gemeinsame Nacht? Was? Was bereust du mit mir?«

»Dass ich überhaupt bei dir angefangen habe zu arbeiten.«

Er sah mich an, sagte aber nichts, genauso wenig wie ich. Wir schwiegen, bis die anderen beiden wieder da waren. Vielleicht hatte er die Wahrheit gesagt? Ob er sie ehrlich nach Hause geschickt hat? Aber wieso hatte er sie nicht vor meinen Augen abserviert?

»Also willst du jetzt bei mir kündigen? Hatte ich das jetzt richtig verstanden?«, platze es aus ihm heraus, während Vicky und Kian am Flirten waren.

Kapitel 26

Jake

Ihr bezauberndes Gesicht stand still. Ihr zuckersüßer Mund schwieg. Und ich hoffte auf eine positive Antwort. Aber ehrlich gesagt war es mir egal, was sie antworten würde. Ich ließe sie eh nicht gehen, ich würde alles veranlassen, damit sie bei mir bleibt.

»Ich überlege es mir noch und sage dir dann Bescheid.«

Okay, es war bis jetzt kein *Nein.*

»Dein *gebe dir dann Bescheid* kenne ich ja schon.« Ein schüchternes Lächeln trat auf ihre Lippen.

»Oh Gott, da will ich auch mal hin«, quietschte Vicky los und zeigte auf das Leinwandbild, das neben unserem Tisch an der Wand hing. Die Niagarafälle bei Sonnenuntergang.

»Das würde ich mir auch gerne mal in echt anschauen. Es muss gigantisch sein, wie das Wasser in die Tiefe stürzt«, fügte Hailey hinzu und kramte ihr Handy aus der Handtasche. Sie tippte etwas ein, was ich von hier aus nicht erkannte.

»Das wäre doch mal ein tolles Hotel, direkt an den Wasserfällen«, sagte sie und hielt ihr Smartphone in die Runde.

Vicky zog das Handy dichter an ihr Gesicht. »Hast du mal den Preis für eine Nacht gesehen?«, fragte sie und drehte das Display wieder zu Hailey.

Deren Augen weiteten sich. »Oh.«

»Wie heißt das Hotel?«, erkundigte ich mich und beugte mich etwas über den Tisch.

Sie wischte es zur Seite. »Unwichtig. Ist eh zu teuer für uns.«

Na ja, für euch. Aber nicht für mich. Vielleicht plane ich mit Hailey einen Ausflug zu den Niagarafällen als Überraschung? Ich grübelte über die Idee nach, während die anderen sich über Gott und die Welt unterhielten.

Plötzlich vibrierte mein Handy. Eine Nachricht von Meghan. Ich öffnete sie.

Hey Bruderherz,

denk dran, dass du dir in dreiundzwanzig Tagen nichts vornimmt, da feiere ich meinen Geburtstag, nicht, dass du dann wieder nicht kannst wie letztes Jahr. :-)

Lieb dich

Meg

Nicht dass ich dann wieder nicht kann wie letztes Jahr? War das ihr Ernst? Warum war ich wohl nicht hingefahren? Ich hatte keinen Nerv unseren Dad zu treffen. Das war der einzige Grund gewesen. Und das wusste sie genau.

Ich tippte:

Hi. Wenn Dad da nicht auftaucht, komme ich vorbei.

Dann legte ich das Handy wieder auf den Tisch und bemerkte Haileys Blick. »Meine Schwester schrieb mir eben.«

»Ich habe doch gar nichts gesagt.«

»Nein, aber an sonst wen gedacht.«

Ihre Wangen ähnelten der Farbe des Sonnenuntergangs auf dem Bild. »Du hast noch nie wirklich von ihr erzählt«, sagte sie und spielte mit ihrem Strohhalm.

»Ich wüsste nicht, was ich da groß erzählen sollte. Sie feiert in ein paar Tagen ihren fünfundzwanzigsten Geburtstag und hat mich gefragt, ob ich dieses Jahr komme.«

»Gehst du nicht gerne auf Geburtstage?«

»Wenn da eine bestimmte Person auftaucht, wäre es keine gute Idee.«

»Du meinst deinen Dad?«

Sie hatte es sich gemerkt. Ich nickte nur, aber sagte nichts weiter dazu.

»Wie kann man seinen eigenen Vater nicht mögen?«, fragte sie und fasste sich an die Stirn.

Wenn du wüsstest, dann würdest du mich verstehen.

»Tja, ist halt bei mir so.«

»Was hat er bitte gemacht? Erzähl es mir doch.«

»Sooo Leute, wir machen jetzt einen Abflug. Bleibt ihr noch?«, mischte sich Kian ein und legte seinen Arm um meine Schultern.

Hailey schaute mich an und ich schüttelte den Kopf.

»Ne, ich muss noch was erledigen.«

»Ich fahre auch nach Hause«, sagte sie und steckte sich die letzte Gurkenscheibe in den Mund.

Ich winkte die Bedienung zu uns an den Tisch. »Wir möchten zahlen.«

»Gerne. Zahlen Sie getrennt oder zusammen?«, fragte sie und zückte das Kartenlesegerät aus ihrer Kellnertasche.

»Zusammen«, sagte ich, holte meinen Clip aus der Hosentasche und bezahlte.

»Danke Bruder, nächstes Mal bin ich dran«, sagte Kian und haute mir leicht auf die Schulter.

»Dankeschön«, sagten die Mädels im Chor.

»Kein Ding.«

Gemeinsam liefen wir aus dem Café und verabschiedeten uns an den Autos voneinander. »Sehen wir uns Montag?«, wollte ich mich nochmal bei Hailey absichern, ob sie mir übermorgen die Kündigung unter die Nase halten würde.

»Ja, ich komme Montag schon putzen. Keine Angst, du verlierst deine Reinigungskraft schon nicht.«

»Für mich bist du schon lange nicht mehr nur eine Frau, die bei mir putzt«, nuschelte ich. »Für mich bist du schon langsam mehr.«

»Hm? Bitte? Habe es nicht verstanden«, sagte sie und öffnete gleichzeitig ihre Autotür.

»Schon gut. Okay, dann bis Montag.«

Sie schenkte mir ein Lächeln und zog die Tür zu.

Ich bewegte mich zum Auto und fuhr nach Hause. Auf der Fahrt dachte ich über diese Frau nach. Ich musste mit ihr einen Ausflug zu den Niagarafällen organisieren. Aber was wäre, wenn sie gar keine Lust hat? Oder sie keinen Urlaub bekäme?

Ich knallte den Rückwärtsgang rein, fuhr wieder vom Hof und düste nochmal schnell zum Blumenladen. Es dauerte keine zehn Minuten und ich parkte vor dem Geschäft. Haileys Kollegin stand mit einer Kundin draußen, hielt einen Rosenstrauß in der Hand und ging mit ihr zurück in den Laden. Auf einmal piepste mein Smartphone. Eine Nachricht von Lee. Ich öffnete sie.

Hey duuu :-)

Das Treffen war ok. Wir hatten uns normal unterhalten.

Ich runzelte die Stirn. Normal? Na ja, überwiegend hatten wir uns angefaucht.

Aber jetzt meinte er vorhin, er hätte was zu erledigen. Er trifft sich mit Sicherheit mit der Alten. Soll er machen. Ich habe ja ebenfalls eine Verabredung.

Stimmt, diese Verabredung, die sie schon im Café erwähnt hatte. Trifft sie sich mit einem Kerl? Oder mit ihrer Mum?

Und wir können uns ja doch mal treffen, was meinst du? Auf ein Eis? Scheinbar bist du ja doch ein netter und kein Serienmörder. Ha ha

Serienmörder nicht aber der Mann, bei dem du für das Putzen Geld bekommst. Der Mann, den du schon ziemlich gut findest, und der Mann, der einfach nicht die Eier in der Hose hat, um dir zu sagen, dass du mit ihm die ganze Zeit schon über eine Datingplattform schreibst und der sich als jemand anderes ausgibt.

Zügig schrieb ich zurück.

Hey :-)

Denk nicht immer so schlecht von uns Männern. Manchmal ist es dann doch anders, als man denkt.

Was hast du denn für eine Verabredung? Noch einen weiteren Kerl in Aussicht? :-)

Und mit treffen ist es im Moment etwas ungünstig, habe einiges zu erledigen.

Ich steckte das Handy wieder in die Hosentasche, stieg aus dem Auto und lief in den Blumenladen. Die Türklingel ertönte.

»Moment bitte«, hörte ich nur eine Stimme aus dem Nebenzimmer. Ich schaute mich um und wartete geduldig.

»So, hier bin ich«, sagte die nette Dame und kam hervor. »Sie habe ich doch schon mal gesehen.«

»Möglich.« Ich schenkte ihr ein Lächeln.

»Was hätten Sie gerne?«

»Vierzig rote Rosen mit etwas Grünzeug.«

Sie zählte die Blumen ab und stolzierte zum Tresen, legte sie vor sich ab und band die Stängel zusammen.

Ich wunderte mich, wieso sie so wenige Rosen hatte. »Das sind aber keine vierzig«, wand ich ein.

Sie sah mich an.

»Vierzig, nicht vierzehn«, betonte ich die Zahl erneut.

Haileys Kollegin verschwand kurz und holte die restlichen Rosen hervor. »Sorry, hatte es falsch verstanden«, sagte sie und fing mit dem Strauß an.

»Kann passieren.«

»Da wird sich die Glückliche bei so einem Strauß aber freuen.«

»Ich hoffe doch.« Im Laden schaute ich mich weiter um und entdeckte im Regal Kärtchen mit verschiedenen Motiven und Aufschriften. Eine rote Karte mit einem kleinen weißen Herz nahm ich heraus und legte sie auf den Tresen. »Wäre es möglich, dass Hailey ab Montag drei Tage Urlaub bekommt?«

»Ahh«, sagte sie und legte ihre Hand an die Stirn.

»Stimmt, daher kenne ich Sie. Ich schaue gleich mal.«

Ich strich mit der Hand durch meine Haare.

»Ja, kann sie haben«, sagte sie und band weiter den Strauß. »Habe ich irgendwas verpasst? Hatte sie Geburtstag?«

Ich schüttelte den Kopf »Nein, nein.«

Bei dem Lächeln, das sich gerade in ihrem Gesicht ausbreitete, würde ich liebend gern ihre Gedanken lesen.

»So, das macht dann hundertfünfzig Dollar.«

Einen Zweihundertdollarschein legte ich auf den Tresen, griff nach dem Blumenstrauß und der Karte. Sie nahm das Geld entgegen und tippte den Betrag in die Kasse ein.

»Das passt dann schon. Vielen Dank.«

»Oh, Dankeschön«, sagte sie, bevor ich den Laden verließ.

Auf dem Weg zu Hailey dachte ich darüber nach, ob es jetzt überhaupt eine gute Idee war, zu ihr zufahren. Vielleicht war sie nicht mehr zuhause?

Nach gefühlten Stunden kam ich endlich bei ihr an. Samstags waren die Straßen immer überfüllt. Ich parkte auf der gegenüberliegenden Straßenseite, kramte einen Kugelschreiber aus dem Handschuhfach, schrieb einen kleinen Text in die Karte und stieg aus dem Auto. *Was treibst du hier, Jake? Wann hast du das letzte Mal einer Frau einen Rosenstrauß nach Hause gebracht?*

Ich schnappte mir den Strauß und die Karte vom Beifahrersitz und bewegte meinen Hintern zu ihr. Dank Nachbarkindern, die auf dem Hof Fußball spielten, stand die Haustür offen und ich sparte mir das Klingeln.

Im dritten Stock klopfte ich an ihrer Wohnungstür. Gut, dass jetzt niemand meinen Puls bemerke. Gefühlt sprang mein Herz jeden Moment aus meiner Brust. Es dauerte nicht lange und sie öffnete die Tür.

»Hey, ging ja doch …« Sie stoppte und sah mich verwirrt an. »Jake? Was machst du denn hier?«

Okay, scheinbar erwartete sie jemand anderen. Ich sah auf den Strauß und dann wieder in ihr Gesicht. Sie hatte sich umgezogen, bemerkte ich, als ich an ihr herunterschaute. Ihre wundervollen Haare waren gelockt. Hinreißend sah sie aus.

»Ich habe was für dich.« Ich hielt ihr den Strauß unter die Nase.

»Wow, danke. Wie schön ist der bitte?« Sie streckte ihre Hand aus.

»Er ist verdammt schwer.«

Sie verzog kurz den Mund und hielt sich dann die Hand davor.

»Hast du eine Vase?«, fragte ich und lief an ihr vorbei.

»Ja, in der Küche. Gleich da hinten rechts. Aber du warst ja schon mal bei mir.«

Ich drehte mich zu ihr um. »Ja, ich kenne deine Küche. Deine Arbeitsplatte auch ziemlich gut.«

Kapitel 27

Hailey

Bei seinem Satz schmunzelte ich und folgte ihm in die Küche. Dort kramte ich eine größere Vase aus der Vitrine heraus und befüllte sie mit Wasser. In Gedanken war ich gleichzeitig bei Elliot, der höchstwahrscheinlich in weniger als zehn Minuten bei mir aufkreuzte, um mich abzuholen.

»Aber wieso der Blumenstrauß?«, fragte ich Jake und befreite die Rosen aus dem bunten Papier und stellte sie in die Vase.

»Ich wollte mich bei dir entschuldigen, Hailey.«

Ich sah auf die Uhr, die an der Wand hing, was er wohl bemerkte. »Musst du aber nicht. Alles gut.«

»Wo gehst du denn jetzt eigentlich so schick hin?«

»Ich habe noch eine Verabredung, sagte ich doch vorhin schon.«

»Okay, dann gehe ich mal. Wollte dir nur den Strauß vorbeibringen und mich entschuldigen«, sagte er und lief wieder Richtung Tür.

»Bis Montag«, rief ich ihm hinterher, bevor die Wohnungstür ins Schloss fiel.

Ob er genervt war? Oder sogar enttäuscht über meine Reaktion? Aber was hatte er denn bitte von mir erwartet? Dass ich ihm um den Hals falle und alles andere vergesse? Oder dass ich ein schlechtes Gewissen hatte, weil ich mich mit Elliot treffe? Ja, das hatte ich.

Ich schnupperte an den Blumen. Diesen Duft von Rosen liebte ich. Überraschend vibrierte mein Handy. Eine Nachricht von Elliot.

Ich bin in 2min da.

Ich zog eine beigefarbene Strickjacke über das schwarze Top und zog weiße Turnschuhe an. Sie passten perfekt zur dunklen Jeans. Diese Kombi liebte ich. Zwei Spritzer vom Parfüm, dann schnappte ich eine kleine Umhängetasche und stoppte vor meiner Kommode. Neben dem goldenen Blumentopf lag eine rote Karte. Ich nahm und öffnete sie.

Hey Hailey.

Mir tut es wirklich leid, wie das mit Chloe abgelaufen ist. So läuft es generell immer mit ihr. Sie kommt zu den unpassenden Momenten. Ich hoffe, wir treffen uns nochmal. Würde mich echt freuen.

Jake

Ein Lächeln legte sich auf meine Lippen. Ich klappte die Karte zu und lief nach unten. Weit und breit war kein Elliot in Sicht. Aus der Hosentasche holte ich mein Handy und öffnete die App. Zwei Nachrichten von Mr. Fake.

Ich schrieb zurück:

Na ja, aber meistens denke ich richtig bei den Männern.

Ich treffe mich gleich mit einem Arzt, den kenne ich aber schon von früher und habe ihn auf dem Geburtstag letztens wiedergetroffen. Wird mit Sicherheit lustig, das Treffen.

Und okay, ja, dann wird es halt nichts mit einem Date. :-p

Was machst du am Wochenende?

Nachdem ich es weggeschickt hatte, hupte ein Auto. Da stand Elliot mit seinem schwarzen Mercedes und grinste mich durch die Frontscheibe an. Ich lief zur Beifahrertür und öffnete sie. »Hey.«

»Na du, steig ein.«

Neben ihm ließ ich mich auf den Sitz fallen und legte die Tasche auf den Schoß.

»Du siehst gut aus. Aber weiße Schuhe? Sicher?«, fragte er.

Ich sah zu seinen schwarzen Schuhen. »Äh ... was hast du denn vor?«

»Siehst du dann. Sag mal, hast du schon mal einen Bären gesehen?«, fragte er und startete den Motor.

Verwirrt schaute ich ihn an. »Ja, im Zoo.«

Er prustete los. »Ich hab nicht vom Zoo gesprochen.«

»Nein. Du etwa?«

»Nein, aber vielleicht sehen wir ja Schwarzbären. Ich wollte mit dir nach Vancouver Island fahren.«

»Oh, wie cool. Ich war da vor zwanzig Jahren mal. Milow und ich wollten da auch mal hinfahren, aber daraus wurde leider nichts.«

»Na ja, dann mach ich es jetzt mit dir.«

Ich schmunzelte.

»Also, dir die Insel zeigen. Und vielleicht sogar Bären.«

»Warst du schon mal dort?«

Er nickte. »Ich bin da öfters, ja. Wenn ich nicht gerade am Arbeiten bin.«

»Macht dir die Arbeit Spaß?«

»Na ja, langweilig wird es nicht.«

»Arbeitest du in einer Praxis oder im Krankenhaus?«

»In einer Uniklinik«, sagte er und reihte das Auto in einer Schlange ein.

»Äh, Elliot? Fahren wir mit einer Fähre rüber?«

»Sieht so aus, oder? Ich hoffe, du bist nicht seekrank?«

»Quatsch. Ich kann das gut ab«, sagte ich und schüttelte den Kopf. »Wie lange fahren wir?«

Er schaute auf seine silberne Armbanduhr, die ich bis jetzt noch gar nicht bemerkt hatte. »Circa zwei Stunden. Oder hast du nicht viel Zeit?«

»Doch, klar, alles gut. Seit wann hast du eigentlich längere Haare?«, fragte ich und zuppelte an seinem Zopf.

»Das fragst du aber früh.« Er lachte. »Vor ein paar Jahren hatte ich Lust darauf und dachte mir, einfach mal wachsen lassen. Magst du das nicht?«

Ich zuckte mit den Schultern. »Mh.«

»Du hast ja eh deinen Jake.«

In mir regte sich das schlechte Gewissen.

Im selben Moment fuhr er los und wir waren endlich auf der Fähre. Uns wies ein Herr vom Personal mit einer knallgelben Weste in eine Spur ein. Elliot parkte seinen Wagen in einer Reihe und wir gingen die Treppe hoch, da man aus Sicherheitsgründen nicht im Auto sitzenbleiben durfte.

Oben angekommen gab es ausreichend Sitzplätze sowie einen Außenbereich, in dem wir uns den Wind um die Nase wehen lassen konnten.

»Wollen wir uns rausstellen oder drinnen bleiben?«, fragte er.

»Entscheide du.«

»Hailey, du entscheidest.«

Ich öffnete die Glastür nach draußen. »Na dann komm, du Arzt.«

Elliot lachte und folgte mir. Wir setzten uns auf eine Bank und schauten auf das Wasser.

»Vielleicht sehen wir Wale oder Delfine«, meinte er.

»Ich kenne mein Glück und wir sehen kein einziges Tier.«

Plötzlich vibrierte sein Handy. »Entschuldigte.« Er nahm den Anruf entgegen und ich trat an die Reling, um nach irgendetwas im Wasser Ausschau zu halten, aber da war nichts.

Also holte ich mein Handy aus der Tasche und öffnete die App. Keine Mitteilung von Mr. Lambo. Ich stalkte seinen Status. Vor zwei Minuten war er online. Wieso antwortete er nicht? Oder war die Nachricht nicht rausgegangen? Ich klickte auf unseren Chat, um nachzusehen. Er hatte sie gelesen. Arsch.

»So, da bin ich wieder.« Elliot stand neben mir.

»Super«, sagte ich und steckte das Handy zurück in die Tasche.

»Und hast du schon einen Wal gesehen?«

»Leider nicht.«

»Weiß er das eigentlich, dass wir heute zusammen sind?«

»Wen meinst du?«

»Jake.«

Ruckartig drehte ich meinen Kopf zu ihm. »Nein, wieso sollte er es auch wissen?«

»Weiß ich nicht. Du magst ihn doch schon ziemlich. Gib es zu.«

Meine Augen konzentrierten sich auf das Wasser. »Ich glaube, da war eben eine Flunke von einem Wal.«

»Und ich glaube, du willst mich gerade veräppeln, um vom Thema abzulenken.«

Beschämt lachte ich. »Könnte möglich sein.«

»Woher kennst du ihn überhaupt?«

Was antwortete ich ihm bitte darauf? Elliot würde doch mit Sicherheit denken, ich hätte sie nicht mehr alle, wenn ich ihm jetzt die Wahrheit sagte.

»Lange Geschichte.«

»Nicht schlimm. Wir sind ja noch ein bisschen zusammen unterwegs. Ich habe Zeit.«

»Ach Elliot.«

»Nein, schon gut. Du musst es ja nicht sagen.«

»Wenn du es genau wissen willst, ich arbeite bei ihm.«

»Wie? Was machst du denn?«

»Ich putze bei ihm zuhause.«

Er lachte. Lachte er mich aus?

Ich trat zurück und ließ mich auf die Bank plumpsen.

»Meinst du das ernst?«

Ich hob die Hände. »Denkst du, ich denke mir das aus?«, fragte ich. »Nein, es ist die Wahrheit. Zuerst hatte ich meinen Zweitjob im Autohaus und dann kam er um die Ecke und hat mir das angeboten.«

»Und er bezahlt dich auch wirklich?«

Ich nickte.

»Nicht dass er irgendwann noch was anderes von dir will.«

Ich schlug ihm mit Wucht auf den Oberschenkel. »Ey! Auch wenn du ihn nicht magst, ist er kein Arschloch.«

»Ich hoffe es für ihn.«

»Du musst schon nicht auf mich aufpassen.«

Er schmunzelte. »Macht ihr auch privat etwas? Oder bist du echt nur seine ...« Er stoppte seinen Satz.

»Wir hatten mal ein Date. Da meine beste Freundin aber mit Kian zusammen ist, und er, wie du weißt, der beste Kumpel von Jake ist, waren wir schon ab und zu mal zu viert unterwegs.«

Er nickte verständnisvoll.

Die zweite Stunde verging beachtlich schnell, bis wir endlich auf der Insel ankamen. Wir fuhren mit dem Auto von der Fähre und erkundeten Tofino. Der Ort war der schönste der Insel und bekannt für lange Sandstrände und Walbeobachtung. An einem Strand hielt er an.

Kapitel 28

Jake

»Sie fickt regelrecht meinen Kopf«, stellte ich wütend fest und schmiss die Fernbedienung gegen die Wohnwand.

»Bro, was ist denn mit dir? Was bist du denn so sauer?«

»Sie triffst sich gerade mit dem Wichser.«

Und ich war so strohdumm und legte ihr eine nette Karte auf die Kommode, die sie mit großer Wahrscheinlichkeit nicht mal bemerkt hatte.

Kian runzelte die Stirn. »Jake! Seit zwei Minuten bin ich hier und ich habe keinen Plan von dem, was du redest. Sprich Klartext.«

»Hailey! Sie trifft sich gerade mit deinem tollen Kumpel.«

Kian hob seine Hände. »Welchem Kumpel?«

»Elliot!«

»Okay. Und was ist daran jetzt so schlimm?«

»Was will er von ihr?«

Kian zog sein Handy aus der Hosentasche und warf es neben mir auf die Couch. »Ruf an und frag ihn selber.«

Genervt sah ich ihn an.

»Woher soll ich wissen, was er von ihr will? Da hast du mein Handy. Ruf ihn an.«

Mir kam ein anderer Gedanke. »Du musst mir einen Gefallen tun.«

»Und der wäre?«

»Du kannst doch haken? Stimmts?«

Er lachte. Scheinbar erahnte er meinen Plan.

»Du brauchst gar nicht weiterreden. Vergiss es.«

»Mann. Du musst nur ein Handy haken, damit ich weiß, was zwischen den beiden abgeht.«

»Nein.«

»Ich bezahle dich auch.«

»Damit lockst du mich nicht«, bemerkte er und zwinkerte mir zu. »Woher weißt du das eigentlich, dass die beiden sich treffen? Hat sie es dir erzählt?«

»Hier.« Ich hielt ihm den geöffneten Chat mit Lee vor sein Gesicht.

Er riss es mir aus der Hand und las sich die Nachricht durch.

»Wieso schreibt sie so komisch? Und wieso sagt sie dir nicht den Namen?«

Ohne etwas zu sagen, sah ich ihn an. Erneut schaute er auf das Handy und zoomte das Profilbild größer. »Warte mal. Das ist doch das Bild, was du mir vor Wochen im Büro gezeigt hast. Ist Hailey die Frau, mit der du die ganze Zeit schon am Schreiben bist? Nein, oder? Sag mir, dass es nicht so ist, Jake.«

Ich ließ mich nach hinten fallen und strich mir durch die Haare. »Ich wusste es anfangs selber nicht.«

»Wann sagst du es ihr?«

Ich zuckte mit den Schultern.

»Wie abgefuckt bist du eigentlich?«

»Was mach ich denn jetzt so Schlimmes? Sie trifft sich doch gerade mit Elliot.«

»Ja und? Du hast doch auch noch Chloe. Außerdem willst du doch eh keine Freundin haben.«

»Will ich auch nicht. Trotzdem fuckt es mich tierisch ab.«

»Weißt du, was das für eine linke Nummer ist mit der App?«

»Kian! Ich wusste es am Anfang doch selber nicht. Ja und, jetzt weiß ich es halt. Aber sie muss es ja nicht wissen.«

»Was erhoffst du dir dadurch? Dass du Sachen erfährst, die du als Jake nicht erfahren würdest?«, fragte er und nahm erneut das Handy in die Hand, um meinen Profilnamen abzuchecken. »Mr. Lambo? Dein Ernst?« Er scrollte durch die Nachrichten. »Er feierte seinen Geburtstag und hat mich einfach links liegen gelassen.« Er sah mich ernst an, dann wieder aufs Display. »Ich darf ihn einfach nicht zu gut finden«, las er laut vor.

»Hör auf, Mann!«

»Hör du auf mit diesem falschen Spiel! Weißt du, was passiert, wenn das rauskommt? Sie schüttet dir ihr Herz aus und du ...« Er stoppte und sprang vom Sofa auf. »Ich gehe jetzt. Ich will nicht mit da reingezogen werden.«

»Seitdem du mit Vicky zusammen bist, hast du dich extrem verändert.«

»Ich habe mich nicht verändert. Nur du wirst immer schlimmer. Du spielst mit den Gefühlen einer Frau. Mit der besten Freundin meiner Freundin. Und da bin ich raus, sorry.«

»Kian, warte. Sagst du es Vicky?«

»Du sagst es Hailey«, sagte er und verließ meine Villa.

Ich nahm das Handy zur Hand und schrieb Lee zurück.

Na dann wünsche ich dir viel Spaß mit ihm. Was macht ihr so? Geht ihr essen?

Und ich werde nichts machen außer Sport.

Als ich es weglegte, vibrierte es erneut. Sie war online.

(Sie): Wir gehen bisschen spazieren und was essen :) Aber ich habe ein schlechtes Gewissen ihm gegenüber. Er war vorhin bei mir und hat mir einen riesigen Blumenstrauß gebracht. Und später hab ich sogar eine Karte von ihm entdeckt. War schon niedlich.

Wow. Dass sie ein schlechtes Gewissen plagt, hätte ich nicht gedacht, aber das freute mich umso mehr.

(Ich): Dann mag er dich wohl ;)

(Sie): Er mag einige Frauen. Und mich? Na ja, kann schon sein, ja. Ich kann ihm aber nicht vertrauen und dann bringt das Ganze nichts.

Verdammt nochmal, ja, ich mag dich, Hailey. Wieso merkst du das denn nicht?

(Ich): Aber versuch es doch mal?

(Sie): Ich bin erstmal wieder off. Machs gut.

(Ich): Vielleicht musst du ihn nur besser kennenlernen. :)

Kian hatte recht. Ich ritt mich hier immer mehr in die Scheiße. Wenn das früher oder später aufflöge, würde sie kein Wort mehr mit mir reden. Wen quatsche ich jetzt mit meinen Problemen voll? Mum. Sie verstand mich immer.

Ich stand von der Couch auf, schnappte den Autoschlüssel und lief zum Auto. Unterwegs zu meiner Mum war ich mit den Gedanken die ganze Zeit bei Hailey. Ob sie Elliot irgendwann zu gut finden könnte? Ich dachte an meine Villa, meinen Lamborghini. »Als ob er mir überhaupt das Wasser reichen könnte. Sie könnte so ein gutes Leben bei mir haben«, sagte ich zu mir selber.

Nach zehn Minuten kam ich endlich bei meiner Mum an. Ich parkte hinter ihrem schwarzen Pick-up und entdeckte sie am Fenster. Sie winkte mir wie eine Verrückte zu. Den Lamborghini hörte man gut, sodass ich nicht mal überraschenderweise auftauchen konnte. Ich stieg aus dem Wagen.

Sie stand mit ihrer grünen Küchenschürze und einem Grinsen im Gesicht in der Haustür. »Jake. Wie schön. Mit dir habe ich ja gar nicht gerechnet.«

Ich nahm sie fest in den Arm.

»Hey Mum. Hast du dir die Haare abgeschnitten?«

»Ja, ich war gestern beim Friseur.« Sie drehte sich auf der Stelle und fuhr sich mit der Hand durch die Haare. »Ich hatte keine Lust mehr auf lange Haare. Deshalb trage ich jetzt einen Bob.«

»Du siehst toll aus.«

»Ach, danke. Das geht runter wie Öl. Aber komm jetzt erstmal rein«, sagte sie und ging nach drinnen. Ich folgte ihr in die Küche.

»Magst du was trinken?«

An dem runden Esstisch nahm ich Platz und nickte ihr zu. »Ja, bitte.«

Sie schüttete Orangenlimo ins Glas und setzte sich mir gegenüber. Ich nahm einen Schluck und schaute mich um. »Ist das Bild neu?« An der Wand hing ein großes Leinwandbild mit einer Bärenfamilie drauf. Meine Mum liebte diese Tiere und da sie Fotografin war, fotografierte sie für ihr Leben gern Bären in der freien Wildbahn.

Sie schüttelte den Kopf. »Nein, ist nicht neu. Ich war dabei, das Abendessen zuzubereiten. Später kommt noch der Nachbar vorbei.«

»Ich kann auch gleich wieder gehen, wenn es unpassend ist. War ja jetzt wirklich sehr spontan.«

»Quatsch, nein. Du kannst mitessen, wenn du noch nichts gegessen hast.«

»Nein, danke. Hast du eine Idee, was ich Meghan schenken könnte?«

»Einen Gutschein vom Tattoostudio?«

»Schon wieder? Sie hat doch schon gefühlt zweihundert Tattoos auf ihrer Haut. Hat sie überhaupt noch eine freie Stelle am Körper?«

»Das reicht nicht mal.«

Wir lachten.

»Gehst du dieses Jahr hin? Oder soll ich dein Geschenk mitnehmen?«, fragte sie und spielt mit dem Kugelschreiber, der auf dem Tisch lag.

»Meg meinte, dass Dad nicht kommt.«

Sie senkte den Blick auf den Tisch.

»Mum! Oder weißt du was anderes?«

»Keine Ahnung, Jake. Du weißt, dass ich keinen Kontakt mehr zu ihm habe. Die Einzige, die Kontakt mit ihm hat, ist deine Schwester.«

»Ich hoffe für sie, dass er nicht da ist, wenn ich wirklich fahren sollte. Sonst kann ich für nichts garantieren.«

»Ich weiß. Aber er ist immerhin noch dein Dad.«

»Leider.««Bringst du eine Begleitung mit?«

Ihre direkte Frage wunderte mich. »Weiß ich noch nicht«

»Uh. Gibt es da aber eine Frau in deinem Leben?«

»Ja, da gibt es eine. Sie arbeitet bei mir.«

»Bitte?«

»Sie putzt bei mir zuhause.«

Mum lehnte sich zurück und verschränkt die Arme. »Seit wann hast du eine Putzfee bei dir? Ich habe ja nicht mal eine«, bemerkte sie und lachte dabei.

»Seitdem ich Sie das erste Mal im Autohaus traf und ich einen Grund brauchte, um sie bei mir zu haben, damit wir uns kennenlernen können.«

»Schlau, schlau. Wie sieht sie denn aus? Hast du ein Foto?«

»Nein. Nur eins von hinten. Man sieht ihr Gesicht also nicht.«

Sie runzelte die Stirn. »Wieso lässt man sich so fotografieren?«

Ich erzählte ihr die ganze Geschichte mit Hailey.

Sie atmete einmal tief ein und aus. »Dass du großen Blödsinn anstellst, weißt du hoffentlich selber«, sagte sie und legte mein Handy wieder auf den Tisch.

»Ja. Aber ich kann ihr das mit dem Chat jetzt noch nicht sagen.«

Mit dem Zeigefinger zeigte sie auf das Handy. »Wenn du ihr Vertrauen am Anfang schon kaputtmachst, ist das keine Basis für eine gute Beziehung. Wovor hast du denn Angst, wenn du es ihr jetzt sagst?«

Ich zuckte mit den Schultern. »Keine Ahnung. Dass sie sich von mir verarscht fühlt und sie ...«

Sie unterbrach mich und stand auf. »Ach? Und denkst du nicht, wenn es jetzt noch weiter und weiter geht, dass es nicht noch viel schlimmer wird?«

»Wie soll ich mich denn jetzt fühlen? Sie ist gerade mit einem anderen Kerl unterwegs.«

Meine Mum bereitete weiter das Essen zu. »Na und, Jake? Du warst doch noch nie so eifersüchtig.«

»Ich weiß, Mum. Ich weiß. Aria hat mich damals einfach zerstört. Komplett.«

Sie drehte sich zu mir um, während sie Mett zu einer Boulette rollte. »Das weiß ich. Aber sie ist nicht Aria. Und du darfst nicht immer denken, dass jede Frau, die du kennenlernst, so ist wie deine Ex.«

Ich vergrub mein Gesicht in den Händen. »Ich werde niemals mehr einer Frau vertrauen können.«

»Sie dir auch bald nicht mehr, wenn du so weitermachst. Und dann bereust du vielleicht, es nicht rechtzeitig aufgeklärt zu haben.«

»Ach, ich habe mir das Gespräch mit dir anders vorgestellt«, sagte ich enttäuscht und lachte dabei.

»Wie hast du es dir denn vorgestellt?«

Ich stand auf und schaute über ihre Schulter in die Pfanne. »Nicht so direkt.«

Der Zwerg sah zu mir hoch. »Du weißt, dass ich immer direkt bin. Und ich meine es doch nur gut. Wenn du sie wirklich magst, dann darfst du nicht so einen Mist veranstalten.

Du musst mit offenen Karten spielen. Das geht sonst nach hinten los. Glaub mir. Mütter haben immer recht. Bring sie mit zum Geburtstag, ich will Hailey kennenlernen.«

Kapitel 29

Hailey

»Ich glaube es immer noch nicht, dass wir wirklich Schwarzbären gesehen haben. Und auch so dicht. Wahnsinn.« Noch immer schwärmte ich von unserem Ausflug und durchstöberte die Speisekarte.

»Ja, damit hätte ich auch nicht gerechnet. Also hat es sich doch gelohnt.«

Ich schaute über den Kartenrand. »Auf jeden Fall. Weißt du schon, was du isst?«

»Ich nehme den gegrillten Tintenfisch. Und du?«

»Die gegrillten Garnelen.«

»Mh, lecker. Wollen wir noch eine Vorspeise?«

Ich nickte. »Panierte Zucchinis hört sich gut an.«

»Okay. Und ich nehme noch zwei Dips mit etwas Baguette.«

Wir warteten nicht lange, bis die Bedienung unsere Bestellung aufnahm. Sie tippte alles ein, was Elliot aufzählte, und lief in die Küche.

»Echt ein schönes Gourmetrestaurant«, bemerkte ich und schaute durch das bodentiefe Fenster, wodurch man einen ausgezeichneten Blick auf das Wasser hatte.

»Das Essen schmeckt auch köstlich.«

»Wann fahren wir eigentlich mit der Fähre zurück?«, fragte ich und tippte dabei auf mein Smartphone, um die Uhrzeit zu checken.

Er griff zu seinem Handy und lachte schlagartig laut auf. »Morgen.«

»Bitte?«

Elliot schmunzelte. »Ja, morgen. Heute fährt keine mehr. Wir haben wohl zu lange getrödelt.«

»Na super. Wo schlafen wir?«

»Wir sind nicht auf dem Mars. Hier gibt es auch Hotels.«

»Spinner. Dann such mal ein schönes raus.«

Er tippte etwas ins Handy. »Was sagst du dazu?«, fragte er und hielt es mir unter die Nase.

»Das sieht doch ganz nett aus.«

»Eine oder zwei Zimmer?«

Ich überlegte.

»Vorsicht«, sagte die Bedienung, als sie die Vorspeisen auf den Tisch stellte.

»Was soll ich jetzt auswählen? Eins oder zwei?«

»Nimm ein Zimmer. Sparen wir Geld«, beschloss ich und pikste mit der Gabel in eine Zucchini.

»Daran soll es nicht liegen. Du entscheidest. Aber bevor Mr. Arroga…«

»Elliot! Buche eins.«

»Okay. Kommst du dann wenigstens zu meiner Beerdigung, wenn Jake das rausbekommt?«

Ich verschluckte mich fast an der Zucchini. »Du bist so doof.«

»Ab und zu«, sagte er und steckte sich ein Stückchen Baguette mit Paprika-Dip in den Mund. Ein paar Sekunden später sagte er: »So, ich hab jetzt ein Zimmer gebucht.«

»Wie soll er das überhaupt mitbekommen?«

»Ganz ehrlich? Ihm traue ich so einiges zu. Sogar, dass er einen Detektiv auf dich ansetzt.«

»Übertreib doch nicht. Außerdem sind Privatdetektive teuer«, sagte ich und biss in eine der Garnelen, die in der Zwischenzeit serviert worden waren und verdammte lecker schmeckte.

Er hob eine Augenbraue.

»Okay. Vergiss den letzten Satz«, sagte ich.

Natürlich war das nicht zu teuer für Jake.

Nachdem wir aufgegessen hatten und er auch für mich bezahlt hatte, spazierten wir zum Hotel, das nur wenige Meter entfernt lag.

»Dankeschön für das Essen. Ich habe, glaube ich, noch nie so leckere Garnelen gegessen.«

»Schleim nicht, Hailey«

Ich erhob meine Hände. »Okay, okay. Ich höre schon auf.«

Wir schlenderten durch die große Drehtür in die Lobby.

»Mr. Harvey. Ich habe ein Zimmer gebucht.«

Die Dame an der Rezeption nickte uns zu. »Einen Moment bitte.« Sie schaute auf ihren Bildschirm. »Ah, die Love Lounge. Ich hole den Schlüssel.«

»Die was?«, flüsterte ich ihm zu. »Was zur Hölle hast du gebucht?«

Sie wedelte mit dem Schlüssel in der Hand und kam auf uns zu. »Zimmer 18.«

»Sie müssen sich da verguckt haben. Ich habe keine Love Lounge gebucht.«

Erneut schaute sie in den Monitor. »Oh. Tatsache. Tut mir leid«, sagte sie beschämt und holte einen anderen Schlüssel aus dem Schrank. »So, Zimmer zehn. Das ist aber das richtige. Einen angenehmen Aufenthalt wünsche ich Ihnen.«

Wir bedankten uns und nahmen die Treppe nach oben.

»Elliot?«, sagte ich und blieb abrupt mitten in dem langen Flur stehen.

»Hailey?«

»Ich habe gar keine Klamotten mit. Mit was soll ich schlafen?«

»Nackt«, sagte er knapp und schloss die Tür auf.

»Idiot.« Lachend ging ich ins Zimmer und ließ mich auf das Bett fallen. Mein Blick fiel auf das bodentiefe Fenster, von wo man auf den Ozean schaute. Überall da draußen leuchteten die Laternen. Irgendwie romantisch.

Er setzte sich neben mich auf das Bett. »Tolle Aussicht.«

»Du hast ein schönes Zimmer rausgesucht.«

»Ich schlafe dann da«, sagte er und zeigte auf das Schlafsofa, was direkt am Fenster stand.

»Das Bett ist doch groß genug.«

Er lief ins Badezimmer. »Okay. Von mir aus können wir auch in einem Bett schlafen«, rief er mir zu und schloss die Tür hinter sich.

Ein Blick auf mein Handy verriet mir, dass Mr. Lambo online war. Warum musste ich denn jetzt grinsen?

(Ich): Ja, eventuell hast du recht. Aber er sagt ja auch immer wieder, dass er keine Frau an seiner Seite will.

(Er): Hmm ... erzähl mal lieber, wie war das Treffen mit dem Arzt?

(Ich): Es ist immer noch gut und so witzig.

(Er): Immer noch? Geht ihr immer noch spazieren?

(Ich): Wir sind jetzt im Hotel und schlafen hier eine Nacht.

(Er): Wie, ihr schlaft eine Nacht im Hotel? Wo schlaft ihr? Habt ihr ein Zimmer zusammen?

(Ich): Ja genau :-)
Mr. Lambo ist offline.

Wieso war er so plötzlich offline? Komisch, der Kerl.

»Und hast du dich jetzt entschieden? Wo soll ich schlafen?«, fragte Elliot, als er aus dem Badezimmer kam.

Ich klopfte neben mir auf die Bettdecke. »Hier. Du wirst mich schon nicht anfassen.«

»Selbst wenn du splitterfasernackt neben mir liegen würdest, würde ich nichts versuchen.«

»Hm.«

»Okay, versuchen vielleicht schon.«

Das Lachen verkniff ich mir und tänzelte an ihm vorbei.

»Nein. Das war Spaß. Ich bin ja kein Sechzehnjähriger Bubi mehr, der sich nicht unter Kontrolle hat.«

»Na Gott sei Dank«, sagte ich, zwinkerte ihm zu und verschwand im Bad.

Zügig stieg ich unter die Dusche und schäumte mich mit dem Duschgel, was an der Duschwand hing, ein und dachte an Jake. Sollte ich es ihm erzählen, wenn ich wieder zuhause bin? Na ja, wenn ich es Vicky sagte, dann dauerte es nicht lange und er erführe es durch Kian. Eigentlich war es egal. Er bekäme es so oder so mit. Aber eventuell war er dann mal eifersüchtig?

Nach dem Duschen zog ich wieder meine Unterwäsche an und das Top darüber. Langsam öffnete ich die Tür, um die Lage zu checken.

»Was machst du da? Hast du Angst?«, fragte Elliot belustigt, während er oberkörperfrei im Bett unter der Decke lag. Okay, damals hatte sein Oberkörper nicht so trainiert ausgesehen.

»Nein. Wieso sollte ich denn?«

»Ich weiß es nicht, deshalb frage ich dich. Vielleicht hast du ja doch bedenken, dass ich dir näherkommen könnte.«

Ich ging zu ihm, legte mich ins Bett und deckte mich schnell zu. »Oh. Haben wir nur eine Bettdecke?«

»Ne, hier liegen zwei.«

Verwirrt schaute ich auf die einzige Decke, unter der wir gemeinsam steckten.

Seine Mundwinkel zuckten amüsiert. »Ja, siehst du doch, das es nur eine ist.«

»Arsch«, sagte ich und ließ mich tiefer in die weichen Kissen sinken.

Kapitel 30

Jake

Endlich war dieses Wochenende vorbei und ich wusste, dass Hailey wieder zuhause war. Dass sie mit diesem Elliot eine Nacht, wo auch immer, verbracht hatte, kochte immer noch enorm in mir. Ob die beiden sich nähergekommen waren? Ob sie ihn schon toll fand? Ich wusste es nicht.

Mein Handy stöpselte ich vom Ladegerät ab und öffnete die App. Sie war die einzige Chance, mehr über das Treffen herauszufinden. Hailey war sogar online und hatte vor wenigen Minuten eine Story hochgeladen. Vermutlich die erste in ihrem Leben. Ich tippte auf das Storysymbol und das Bild ploppte auf. Meine Laune war von einer Sekunde auf die andere im Keller. Ein Foto von Hailey und ihrem Elliot.

Mit zwei Fingern zoomte ich es größer und schaute es mir genauer an. Vancouver Island stand auf einem kleinen Schild.

Dort waren die beiden? Mein Handy flog mit voller Wucht auf die Matratze, zwei Sekunden später gegen die Wand und dann zu Boden. Wütend sprang ich aus dem Bett und lief ins Bad, um mich frisch zu machen. Unter der kalten Dusche versuchte ich wieder runterzukommen. Ich musste mich gleich bei Hailey komplett normal verhalten, als wüsste ich von dem Ganzen nichts.

Als ich fertig geduscht war, zog ich mir eine graue Stoffhose an und darüber ein schwarzes Hemd. Zwei Spritzer Parfüm sprühte ich mir an den Hals. Aus dem Schrank holte ich meine Reisetasche und stopfte ein paar Klamotten hinein. Ein Blick auf die Uhr verriet mir, dass ich jetzt mal Gas geben musste, sonst würde sie gleich bei der Arbeit sein.

Auf dem Weg zu ihr versuchte ich den Gedanken mit Elliot aus dem Kopf zu werfen, um mich jetzt auf die nächsten drei Tage mit ihr zu freuen. Ich hoffte, sie war zuhause, und zwar allein. Hoffentlich begegnete mir nicht gleich eine unangenehme Überraschung. Als ich in ihre Straße einbog, sah ich schon vom Weiten ihr Auto. Ich fuhr auf ihren Hof und parkte ein.

In dem Moment öffnete sich die Haustür. Hailey stand mit ihrer Tasche im Türrahmen und warf mir einen fragenden Blick zu. Sie sah wie immer umwerfend aus in ihrer schwarzen Lederhose mit einem schwarzen Top, das ihre perfekten Brüste betonte, und einer grauen Strickjacke darüber. Ich stieg aus und lief auf sie zu.

»Ich muss jetzt leider zur Arbeit«, sagte sie und ging an mir vorbei.

»Du hast die nächsten drei Tage Urlaub.«

Sie blieb stehen und wandte sich zu mir um. »Äh, nein, das wüsste ich.«

»Es reicht, wenn ich es weiß. Los, pack deine Tasche.«

»Wozu denn?«

»Soll ich dich hochtragen? Oder schaffst du es alleine?«

»Mensch. Ich muss arbeiten.«

»Lee. Es ist alles geklärt mit deiner Chefin. Ich habe mit ihr gesprochen, glaub mir.«

»Lee? Seit wann nennst du mich denn so?«, fragte sie.

Jake, man, reiß dich zusammen! Lee heißt sie nur in dem Chat. Ich tat so, als hätte ich keinen Plan, und zuckte mit den Schultern. »Kam mir eben spontan in den Kopf.«

Sie kam auf mich zu und schaute mir ins Gesicht. »Jake, wenn du mich verarschst ...«

Tief sah ich ihr in die Augen. »Hm? Was ist dann?«, fragte ich mit rauer Stimme und kam ihrem Gesicht ziemlich nah.

»Dann ... dann bin ...«, stotterte sie.

Ich unterbrach sie. »Sauer?«

»Dann hau ich dir eine rein«, sagte sie wie aus der Pistole geschossen. Innerlich lachte ich über ihre Aussage. Mit ihrem Knackarsch lief sie vor mir die Treppe nach oben. »Wo geht es denn überhaupt hin?«, rief sie mir nach hinten zu.

Ich hatte einen unfassbar guten Blick auf ihren Hintern. Himmel, wie gerne ich ihn jetzt anfassen würde. »Es kann schon etwas frisch werden.«

Sie schloss ihre Wohnungstür auf und drehte sich zu mir. »Stimmt. Mit dir Eisbrocken ist es immer kalt«, sagte sie und bog gleich rechts in ihr Schlafzimmer ab. Ich folgte ihr und blieb an ihrem Kleiderschrank stehen. »Ach, war dir auch auf der Yacht kalt? Ich glaube nicht, oder? Ich bin nicht immer ein Eisbrocken. Das müsstest du doch schon gemerkt haben.«

Sie schaute zu mir hoch. »Ab und zu bist du schon ganz okay, ja. Aber oft bist du ein richtiges Ar...«, sie stoppte den Satz, steckte ihr Ladegerät in die Tasche und wollte an mir vorbei.

Vorsichtig fasste ich sie am Arm. »Ein was? Was wolltest du sagen?«, fragte ich und ließ sie wieder los.

Sie lief ins Bad. »Sag mal, hast du eigentlich schon mal einen Bären gesehen?«

Ich rollte mit den Augen, weil ich wusste, worauf sie hinauswollte. »Ne. Bären interessieren mich auch nicht wirklich.«

»Ach so. Ich habe am Wochenende welche gesehen. Und es war so schön, einfach …«

Sie erzählte und erzählte und ich riss mich zusammen, damit meine Laune nicht gleich unter dem Gefrierpunkt landete.

»Warst du schon mal auf Vancouver Island?«, fragte sie, als sie wieder an mir vorbeirauschte mit ihren Sachen.

»Ja, mehrmals. Ist nichts Spannendes dort.«

Himmel, wieso rieb sie mir das denn jetzt unter die Nase? Dass dieser Kerl aber auch zu diesem verfluchten Geburtstag eingeladen worden war und die sich ausgerechnet da wiedertreffen mussten.

»Ich fand es dort …«, fing Hailey erneut an.

»Jaa! Ich habe es verstanden. Du warst am Wochenende dort mit jemandem und …«

»Ja, mit Elliot, dem Arzt, der auch auf eurem Geburtstag war. Er hat mich abgeholt und dann sind wir mit einer Fähre rübergefahren …«

»Und abends ist die Fähre natürlich nicht mehr gefahren und ihr musstet da eine Nacht schlafen, stimmts?«

Sie lachte. »Ha ha. Ja, genau so war es.«

Ich lachte ebenfalls, ließ mir nichts anmerken, aber innerlich lief mein Fass schon fast über.

»Na ja, ist ja nun auch egal. Auf jeden Fall …«

»Habt ihr euch geküsst?«, platze es aus mir heraus und im selben Moment bereute ich es. *Jake, wieso hältst du nicht deinen Mund?*

Sie schloss den Reißverschluss an ihrer mittelgroßen Reisetasche und warf sie sich über die Schulter. Ich schaute sie an, weil ich immer noch auf eine Antwort wartete.

»Ich bin bereit. Wir können los.«

»Bekomme ich keine Antwort?«

Drei Schritte kam sie auf mich zu, blieb vor mir stehen und sah zu mir hoch. »Frage ich dich, ob du Chloe, Grace und wie sie alle heißen küsst? Beziehungsweise ob und wie du sie vögelst?«

Ich schluckte, weil ich nicht mit einer solchen Frage gerechnet hatte.

»Lass uns los«, sagte ich und wollte ihr die Tasche abnehmen.

»Danke, aber ich kann sie schon alleine tragen.«

Wir liefen die Treppen nach unten und das Gefühl in mir ließ sich nicht beschreiben. Wie gern ich sie über die App fragen würde, ob sie sich geküsst haben, was jetzt leider nicht ging.

Sie schnallte sich neben mir an. »Würde es denn was zwischen uns ändern, wenn Elliot und ich uns geküsst hätten?«, fragte sie.

»Nein, wieso? Du bist doch nur meine Reinigungskraft«, sagte ich monoton und fuhr vom Hof.

Wow. Jake. Eine sagenhafte Antwort hast du ihr gegeben. Wenn du nichts Nettes zu sagen hast, sag am besten nichts. Atme nur.

Sie nickte und sah wieder nach vorn auf die Straße.

»Also stört es dich nicht, dass wir uns geküsst haben?«

Bitte was? Das hatte sie jetzt nicht gesagt. »Also seid ihr euch doch nähergekommen?«, fragte ich schockiert und gleichzeitig wütend, aber für meine Verhältnisse war das noch gelassen.

»Nö.«

»Hä, was? Du meintest doch eben, ihr habt euch geküsst?«

»Ja, stimmt. Habe ich gesagt, war aber gelogen. Wenn ich ganz ehrlich bin, wollte ich nur deine Reaktion sehen.«

Puh. Gott sei Dank. Kurz einen Herzstillstand bekommen. Wollte sie mich eigentlich verarschen? Wieso wollte sie mich mit so einem Mist testen? Die Erleichterung überspielte ich und lachte nur dämlich.

»Und hast du dir meine Reaktion so vorgestellt?«

»Nein. Ich dachte es wäre dir ziemlich egal.«

Das ist es mir leider ganz und gar nicht mehr.

»Denkst du wirklich, ich würde das alles machen, wenn du mir so egal wärst? Warum sollte ich mit einer Frau shoppen gehen, golfen oder sie auf meine Yacht einladen? Wieso sollte ich mit ihr auf so einen verdammten Jahrmarkt fahren, der mich herzlich wenig interessiert?«

»Na ja, du willst deine Putzfrau einfach nicht verlieren.«

»Hailey ...«

»Ja?«

»Schon gut.«

Sie beugte sich nach vorn zu ihrer Tasche und holte ihr Handy heraus. Im Augenwinkel sah ich, dass sie irgendetwas tippte, aber nicht, was sie schrieb. »Kennst du auch die App Lovekiss?«

Mein Herz blieb schlagartig stehen. »Ja, kann sein, dass ich den Namen mal gehört habe. Wieso?«, fragte ich und schaute flüchtig auf ihr Handy. Sie hatte das Chatfenster mit mir geöffnet. »Schreibst du da mit jemandem?«

»Ach, ab und zu ja. Der eine Kerl ist ganz cool drauf«, sagte sie und tippte weiter.

Mein Blick schweifte wieder rüber zu ihrem Smartphone. Was zur Hölle schrieb sie mir denn da? Sie klickte auf *senden* und im selben Moment piepste mein Handy.

Hailey schaute mich an. »Du lügst!«

Was meinte sie denn jetzt? Hatte sie es jetzt gecheckt? Ich verzog keine Miene und guckte weiter auf die Straße.

»Du bist bestimmt dort angemeldet. Das ist so eine richtige App für dich«, erklärte sie. »Ich suche dich jetzt mal.«

Ich atmete einmal tief ein und aus. »Mach mal. Du findest mich aber nicht.«

Wie gut, dass ich mich in der App anders nannte. Wenn ich heute keinen Herzinfarkt bekäme, wäre das echt ein Wunder.

Kapitel 31

Hailey

»Ich glaube dir einfach mal«, sagte ich und öffnete erneut das Chatfenster von Mr. Lambo, klickte auf das oberkörperfreie Foto, zoomte heran und hielt es Jake hin. »Also das ist echt schon sexy«, gab ich zu.

»Ja, sieht ganz nett aus. Und mit dem schreibst du?«

»Ja. Aber der ist, glaube ich, noch schlimmer als du, was Frauen angeht.«

Er lachte.

»Was lachst du denn so doof?«

»Ach, weil es einfach witzig ist.«

Ich las nochmal meine gesendete Nachricht an ihn:

Hey du,

er hat mich eben überrascht und wir fahren für die nächsten drei Tage weg.

Ich bin mal gespannt, wohin es geht und wie er sich mir gegenüber verhält. Ich kann ihn ja mal heimlich fotografieren und dir schicken, dann siehst du ihn mal. Ha ha. Aber ich muss ehrlich sagen, ich habe Angst davor, mich richtig in ihn zu verlieben. Na ja, ich bin dann jetzt wieder offline. Er sitzt neben mir und schaut die ganze Zeit rüber.

Ich steckte mein Handy wieder zurück in die Tasche. »Wo fahren wir überhaupt hin?«

»Zum Flughafen.«

»Oh. Fliegen wir weg?«

»Ne. Wir zählen die Flieger, die landen«, sagte er. «Also fliegen mag ich an sich schon. Aber der Start und das Landen ist für mich das Schlimmste.«

»Was ist daran so schlimm?«

Ich zuckte mit den Schultern. »Wo geht es denn hin?«

»Sei nicht immer so neugierig.« Seine Hand berührte meinen Oberschenkel und drückte leicht zu. »Du wirst dich freuen, glaube mir.«

Ich schaute auf seine Hand, dann in sein Gesicht und genoss es auf eine Art und Weise.

Wir bogen in eine Straße ein und ich sah ein riesiges freies Gelände. Jake parkte auf einer Rasenfläche, neben uns war eine Landebahn.

»Wo sind wir hier?«

»Auf einem privaten Flugplatz.«

Verwundert schaute ich mich um. »Wo sind denn die Flugzeuge?«

»Die stehen da hinten«, sagte er und schnallte sich ab. »Bereit?«

»Das weiß ich noch nicht ganz«, neckte ich ihn. Ich stieg aus, während er schon unser Gepäck aus dem Kofferraum kramte.

Wir liefen an der größeren Halle vorbei. Dahinter stand ein weißer Jet mit sechs kleinen Fenstern. Ich räusperte mich. »Damit fliegen wir aber nicht, oder Jake?«

Wir näherten uns dem Jet. Zwei schwarz gekleidete Männer standen oben auf der ausgefahrenen Treppe und unterhielten sich, ein weiterer tippte etwas in ein Handy. Ich hatte das Gefühl, dass sie auf jemanden warteten.

»Man könnte meinen, dass ihr mich jetzt entführen wollt.«.

»Das würde ich anders anstellen.«

Abrupt blieb ich stehen und schaute ihn mit geweiteten Augen an.

»Was ich natürlich niemals machen würde. Obwohl dann könntest du dich mit keinem anderen Kerl mehr treffen.«

»Wieviel bezahlst du jetzt bitte für so einen Ausflug mit einem Privatjet?«

»Hey, da seid ihr ja endlich«, begrüßte uns der Mann, der unten stand, und schüttelte Jakes Hand.

»Sorry Richard. Du weißt ja: Frauen und Klamotten packen. Das dauert ein bisschen«, sagte Jake und streichelte meinen Rücken. Immer wenn er mich berührte, kribbelte es überall in mir.

Der Mann schaute mich an. »Kenne ich auch von meiner Frau.«

Mein Blick schweifte nach oben zur Treppe, wo die beiden Männer uns beobachteten und sich immer noch unterhielten. Ein bisschen komisch war mir schon bei der ganzen Sache hier.

Jake drückte Richard den Autoschlüssel in die Hand. »Stehe so wie immer.«.

»Alles klar. Dann viel Spaß euch beiden.«

Wir bedankten uns und gingen die Treppe nach oben, die Männer standen nicht mehr da. Ich lief hinter Jake und zog ihn an seinem Hemd.

»Wo willst du mit mir hin?«, fragte ich schon leicht panisch.

Er blieb vor der Tür stehen und drehte sich zu mir. »Hast du wirklich Angst?«

Ich schüttelte den Kopf und wollte es mir nicht anmerken lassen.

»Ich bin der Letzte, der dir irgendwas antun würde.«

»Würdest du es mir denn sagen, wenn es so wäre?«

»Nein.« Seine Tonlage war ernst. Für zwei Sekunden, danach lachte er. »Hailey, was sollte ich denn Schlimmes mit dir machen? Du bist jeden Tag bei mir zuhause, wenn ich so schlimm wäre, wie du glaubst, dann hätte ich doch schon viel früher etwas angestellt, oder etwa nicht?«

Ich atmete tief ein und aus, schaute ihn an und zeigte ihm mit meiner Hand, dass er weitergehen solle. Ein komisches Gefühl hatte ich zwar immer noch, aber er hatte recht.

»Du kannst schon Platz nehmen«, sagte Jake zu mir und ließ mich an sich vorbeiziehen, während er kurz mit den beiden Männern redete.

Ich kam aus dem Staunen nicht mehr heraus. So einen luxuriösen Innenraum hatte ich noch nie in einem Flugzeug gesehen. Gut, ich war auch noch nie privat geflogen. Der schwarze Bodenbelag passte ideal zu den sechs weißen Ledersitzen. Zwischen den Sitzplätzen waren Tische angebracht, die sich vollständig bündig mit der Seitenleiste öffnen und schließen ließ.

»Und hast du dich für einen Platz entschieden?«

Ich drehte mich um und da stand Jake hinter mir.

»Ja«, sagte ich und setzte mich auf einen Sitz an einem der Fenster. In dem Moment ging der Motor an und das ganze Flugzeug vibrierte.

Neben mir nahm Jake Platz und streichelte mein Bein. Jetzt rollten wir los.

»Guck einfach nicht raus, wenn du das nicht so magst.«

»Bringt mir auch nichts, wenn ich weiß, wir starten jetzt jeden Moment in die Höhe.«

»Du hast mich.«

Ich sah zu ihm.

»Ich bin deine Sicherheit, Hailey.«

Es war schon lieb, dass er versuchte, mich abzulenken. »Übrigens ist es wirklich ein Traum hier. Und sagst du mir jetzt, was du für diesen Ausflug mit einem Privatjet bezahlst?«

Er beugte sich zu mir, seine linke Hand berührte meinen Nacken und er zog mich näher zu sich. Unsere Gesichter waren nur Millimeter voneinander entfernt.

»Nichts«, sagte er leise und kam mir noch näher, bis sich endlich unsere Lippen trafen. Sie bewegten sich synchron und ich gewährte seiner Zunge Einlass. Es fühlte sich so verdammt gut an, dass ich am liebsten den Moment angehalten hätte. Er griff in meine Haare und seine Küsse wurden härter. Schlagartig hörte er auf. »Wir sollten jetzt hier lieber aufhören. Sonst haben wir ein Problem.«

Grinsend sah ich ihn an. »Och, wieso denn?«, fragte ich und meine Hand wanderte auf seinem Oberschenkel immer weiter nach oben bis zum Gürtel.

Er hielt mich fest. »Du würdest anders reden, wenn du wüsstest, was gerade in meinem Kopf abgeht.«

»Was geht denn da ab?«, flüsterte ich ihm ins Ohr und küsste ihn leicht an seinem Hals.

»Einiges«, brachte er nur heraus, lehnte sich mit dem Kopf an die Lehne und schaute mich dabei an.

»Kämpfst du eigentlich gerade mit dir selber?«, neckte ich ihn.

Kapitel 32

Jake

Ob ich mit mir selber kämpfte? Eindeutig tat ich das. In dem ganzen verdammten Jet würde ich sie jetzt am liebsten nehmen, so heftig reizte sie mich. Wie gut, dass Frauen nicht wissen, was wir manchmal für gottlose Sachen mit ihnen anstellen würden. Ich schüttelte den Kopf und zeigte ihr mit einer Handbewegung, dass sie nach draußen schauen solle.

»Die Wolken sehen immer so weich aus, findest du nicht auch? Und meintest du das eben ernst, dass du nichts hierfür bezahlst?«

»Ja, ich meine es ernst. Alles, was ich sage, ist mein Ernst. Der Privatjet gehört mir.«

Sie knallte ihre flache Hand gegen die Stirn. »Dass ich darauf nicht selbst gekommen bin.«

Tja, das fragte ich mich auch.

Sie strich eine Strähne hinter ihr Ohr. »Was hast du eigentlich nicht?«

Kurz überlegte ich. »Eine Frau an meiner Seite.«

Oh, wow. Was sagte ich da? Ich glaube, die dünne Luft bekam mir nicht.

»Aber du hast doch Chloe?«

Ich winkte ab. Was fing sie immer und immer wieder mit der an? Nur weil ich sie ein paar Mal bei mir zuhause gefickt hatte, hieß das doch nichts.

Sie schaute aus dem kleinen Fenster. »Empfindest du was für sie?«

Ich beugte mich zu ihr, legte meine Hand auf ihre Wange und zwang sie, mich anzusehen. »Für sie? Nein. Gar nichts. Null. Es ist immer nur eine schnelle Nummer für mich. Rein – raus - fertig.«

»Und unsere erste Nacht auf der Yacht? War das auch nur rein raus?«

Ich sah in ihren umwerfenden Augen die Angst, die sie vor meiner Antwort hatte. Natürlich war es keine schnelle Nummer gewesen. Ich empfand schon mehr für sie, als mir lieb war.

»Da war ich ehrlich gesagt schockiert, dass du so schnell am nächsten Tag weg warst.«

»War das für dich auch nur eine schn...«

Mit meinen Lippen auf ihren stoppte ich die Frage. Meine Hand vergrub sich wieder in ihrem Haar und zog leicht daran. Sie steckte mir ihre Zunge in den Hals und ich spürte ihre Hand unter meinem Hemd. Ich schaute ihr tief in die Augen und sie beendete das Ganze.

»Du machst mich echt wahnsinnig, weißt du das eigentlich?«

Sie grinste beschämt.

Liebevoll streichelte ich ihr über den Handrücken. »Und nein, für mich war das auf der Yacht keine schnelle Nummer.«

Nach drei Stunden kamen wir endlich im Fünf-Sterne-Hotel an, was ich schon von zuhause aus gebucht hatte. Unsere Suite bot einen Whirlpool und eine Sitzbank im Wohnbereich mit einem atemberaubenden Blick auf die Niagarafälle an.

Hailey stand an dem bodentiefen Fenster mit dem Rücken zu mir. »Ich kann es einfach immer noch nicht glauben, dass ich sie live sehe.«. Sie drehte sich zu mir um. »Danke! Es ist so eine schöne Überraschung, wirklich.«

Ein paar Schritte ging ich auf sie zu. »Na ich hoffe, es gefällt dir besser als die ollen Schwarzbären auf Vancouver Islands«, neckte ich sie.

Sie nahm mich in den Arm und gab mir einen Kuss auf den Mund. »Viel besser.«

Meine Hand fuhr zu ihrem Nacken, ich zog sie näher zu mir ran und küsste sie liebevoll auf den Mund. Kurz danach wanderten meine Hände zu ihrem Hintern.

»Wieso ziehst du eigentlich so eine enge Hose zur Arbeit an?«, fragte ich sie und kniff leicht in ihre Pobacken.

Ein Grinsen lag auf ihren Lippen. »Hatte danach eigentlich ein Treffen mit El…«

»Willst du eigentlich gerade wieder meine Reaktion testen?«, fragte ich und durchbohrte sie mit meinem Blick. Ich hoffte es für sie.

Ihre Hand fuhr durch meine Haare und sie zog mich zu sich, sodass nicht mal mehr eine Hand zwischen unsere Gesichter passte.

»Möglich«, flüsterte sie und küsste mich.

»Hör auf damit, Lee«, warnte ich sie und kniff ihr erneut in den Hintern.

»Wollen wir dann jetzt mal zu den Wasserfällen gehen, aber nimm deine Jacke mit, es ist da etwas frischer. Und danach was essen gehen?«

»Klingt nach einem guten Plan. Aber darf ich dich noch eine Sache fragen?«

Ich nickte, griff nach meiner dunklen Jacke mit dem

Triangolo-Logo, die ich schon aus der Tasche gekramt hatte, und war auf ihre unangenehme Frage gespannt.

»Empfindest du eigentlich etwas für mich, Jake?«

Bitte? Mit allen möglichen Fragen hatte ich gerechnet, aber nicht mit so einer. Die Frage hallte mindestens weitere zehn Male durch meinen Kopf und ich hatte keinen blassen Schimmer, was ich ihr darauf antworten sollte. Ich könnte es knallhart verneinen, aber dann würde ich sie vermutlich verletzen und die nächsten drei Tage wären Horror für uns. Oder ich sage ja, was tatsächlich ein wenig der Wahrheit entsprach, aber hätte somit eine Angriffsfläche. Verfluchter Mist. Dritte Option wäre ihr keine Antwort darauf zu geben und sie ahnungslos zu lassen.

»Na, was geht in deinem Kopf gerade ab?«, frage sie und zog sich ihre dickere Jacke an.

»Zu viel. Aber wieso willst du das überhaupt wissen? Ist das nicht eigentlich völlig egal?«

Ihr brauchte ich die Frage nicht zu stellen, weil ich die Antwort ja bereits durch den Chat kannte.

»Weißt du, Jake. Ich glaube, du hast einfach Angst davor, Angst dich einer Frau zu öffnen. Denn wenn du nichts, rein gar nichts für mich empfindest, dann würde dich die Sache mit Elliot nicht so krass stören.«

Ich schaute sie nur an und mit jedem Wort, was sie sagte, merkte ich, dass sie mit allem verdammt nochmal recht hatte. Ja, ich hatte Angst, mich wieder auf eine Frau einzulassen und ihr meine Gefühle zu zeigen. Wer welche zeigt, macht sich angreifbar, und darauf hatte ich absolut keinen Nerv. Und dass Hailey es so direkt ansprach, machte es nicht besser.

Am liebsten würde ich mich jetzt einfach aus dem einunddreißigsten Stock, wo wir uns aufhielten, schmeißen, um der ganzen Situation aus dem Weg zu gehen.

Ich ging zur Tür und öffnete sie. »Wollen wir los?«, versuchte ich das Thema zu beenden.

»Klar«, sagte sie, warf noch einmal einen Blick nach draußen und stolzierte an mir vorbei, stoppte aber, als sie im Türrahmen stand. »Du weißt aber, dass ich eben recht hatte.« Dann ging sie weiter.

Wir überquerten die Straße und schon waren wir bei der Aussichtsplattform, wo geschätzt dreihundert nervige Touristen standen und ihre Smartphones in die Luft hielten, um das perfekte Foto zu schießen.

»Na wow. Da hatte ich aber aus unserem Zimmer einen besseren Blick«, bemerkte Hailey.

Ich griff nach ihrer Hand, die sie in ihrer Jackentasche versteckt hatte, und zog sie hinter mir her. Wir schlängelten uns durch die Menschenmenge und – zack - standen wir ganz vorn am Geländer, wo man einen gigantischen Blick hatte.

»Wow«, brachte sie nur heraus und bekam ihren Mund gar nicht mehr zu.

»Das ist echt wow«, gab ich ihr recht und beobachtete die gewaltigen Wassermassen, die mit extremem Lärm von den Klippen stürzten.

Sie holte ihr Handy aus der Jackentasche und knipste unzählige Fotos.

»Na hoffentlich hast du genug Speicher«, scherzte ich und streichelte ihr über die Schulter.

»Komm mit auf das Foto«, wies sie mich an und hielt das Smartphone vor unsere Gesichter. Plötzlich spürte ich ihre weichen Lippen auf meiner Wange. Während sie mir einen Kuss gab, drückte sie auf den Auslöser.

»Ich hoffe, es war in Ordnung für dich, dass ich so ein Bild geschossen habe?«, frage sie vorsichtig.

Ich legte meine Hand in ihren Nacken, zog sie näher zu mir und küsste sie auf den Mund. »Ja, war es. Hör auf, dir immer über alles Gedanken zu machen. Okay?«

»Bei dir weiß man halt nicht so genau«, meinte Hailey und öffnete ihre Bildergalerie, um sich einen Überblick über ihre geschossenen Fotos zu verschaffen. Ich tippte auf das letzte, sodass es auf dem gesamten Bildschirm zu sehen war, und grinste. Ein Bild von uns beiden, als ich sie eben auf den Mund geküsst hatte.

»Oh. Bin wohl aus Versehen auf den Auslöser gekommen«, log sie offensichtlich.

Ich strich ihr eine Haarsträhne hinters Ohr.

»Könntet ihr Turteltauben euch woanders hinstellen, wenn ihr euren Speichel austauschen wollt? Sucht euch ein Zimmer!«, blaffte uns ein fremder Mann an.

»Bitte?«, fragte ich und hoffte für ihn, dass er über seine Wortwahl nachdachte.

»Ich will vielleicht Fotos schießen?«, sagte er und hielt eine Kamera in die Luft, die wie aus dem letzten Jahrhundert wirkte.

»Ja klar, tut uns leid«, entschuldigte sich Hailey und legte ihre Hand in meine. »Komm, ich habe ja jetzt genug Bilder.«

Mein Blick war immer noch auf den Kerl gerichtet.

»Arroganter, reicher Schnösel«, hörte ich den Mann sagen und blieb abrupt stehen.

»Was ist denn dein Problem?«

Kapitel 33

Hailey

»Jake. Lass ihn. Komm jetzt«, befahl ich ihm und zog erneut an seiner Hand, woraufhin er mir aus dieser Menschenmenge heraus folgte.

»Ich glaube, er hatte Bock auf Stress.«

»Da war er ja nicht der Einzige.«

Jake zog die Hand schlagartig zurück. »Was habe ich denn jetzt gemacht? Er hat uns doch dumm von der Seite vollgequatscht.«

Mit dem Zeigefinger auf seinen Lippen wollte ich ihn zum Schweigen bringen. »Reicht jetzt mit dem Kerl. Konzentrieren wir uns lieber auf uns«, flüsterte ich.

Plötzlich klingelte sein Handy. Er überlegte sichtlich, ob er es rausholt oder nicht.

»Geh ruhig ran«, nahm ich ihm die Entscheidung ab, hoffte aber insgeheim, dass ihm jetzt das Telefonat unwichtig wäre.

Wenige Sekunden später holte er das Telefon aus der Hosentasche und ich las nur den Anfangsbuchstaben des Namens. Sofort bereute ich, überhaupt dahingesehen zu haben. »Warte kurz, ja?«, entschuldigte er sich. Im selben Atemzug begrüßte er schon die Schnepfe am anderen Ende der Leitung. Überraschenderweise blieb er stehen und entfernte sich nicht wieder gefühlt drei Kilometer von mir, damit ich ja nichts mitbekäme, wann die beiden sich das nächste Mal fürs Vögeln treffen. Ich drehte mich um, sodass ich mit dem Rücken zu ihm stand, und beobachtete den Wasserfall.

Den Streit mit dem Fremden blendete ich aus und dachte über die Situation mit Jake nach. Ich war mir relativ sicher, dass er früher oder später mein Herz in tausend Teile zerreißen würde, aber trotzdem ließ ich mich darauf ein.

Weil Vicky zu mir gesagt hatte, ich solle sein Jobangebot annehmen, gab ich ihr indirekt die Schuld an meiner Situation. Nervigerweise meldete sich meine innere Stimme zu Wort. *Aber sagte Vicky dir, dass du mit ihm golfen oder auf den Jahrmarkt gehen sollst? Hat sie dir mit einer Silbe gesagt, dass du dich ihm nähern sollst? Das warst du. Ganz alleine du Hailey.* Ich merkte, dass ich mich in eine große Kacke manövriert hatte. Mit den Gefühlen war ich weiter, als ich es überhaupt wollte.

Ich drehte mich zu ihm zurück. Doch wo war er? Während ich innerlich mit mir selber gesprochen hatte, hatte ich nicht mitbekommen, dass sich Jake doch von mir entfernt hatte. War ja klar. Auf der Stelle suchte ich ihn und schaute wie eine Dumme umher, aber keine Spur von dem Kerl. Auf einmal bemerkte ich eine Hand an meiner Schulter.

»Da bist du ja wieder«, sagte ich erleichtert und drehte mich um. Doch das war nicht Jake, sondern der Mann von eben. »Entschuldigung, ich dachte, Sie sind jemand anderes.«

»Ne, Gott sei Dank bin ich nicht er.«

Meine Suche setzte ich weiter fort und ignorierte den Kameratypen.

»Ich wollte mich nur entschuldigen für eben. Nur ihr standet da echt ungünstig, als ich ein paar schöne Bilder schießen wollte.«

Ich winkte ab. »Alles gut.«

»Was will der denn jetzt schon wieder hier?«, hörte ich Jakes Stimme.

»Na ja, ich bin dann auch mal weg. Schönen Abend noch«, verabschiedete sich der Fremde, lief die Straße entlang und bog an einem Hotel ab.

»Was wollte der von dir?«, fragte Jake genervt und runzelte die Stirn.

»Wo warst du?«

»Hä? Du hast doch gesehen, dass ich telefoniert habe?«

»Ja klar. Aber wieso rennt man dann immer bis in den nächsten Ort, um zu telefonieren? Ich weiß doch, dass ihr nur telefoniert, wenn ihr Kitzler wieder juckt und sie deinen Schw...« Den Rest des Satzes schluckte ich wortlos runter.

Er lachte auf, aber ich blieb todernst.

»Ich habe ihr gesagt, dass ich im Moment keinen Bock habe.«

Im Moment?

»Du meintest wahrscheinlich die nächsten drei Tage. Geht ja auch nicht, weil du über dreitausend Kilometer weit weg bist.«

Er holte Luft, um irgendetwas zu sagen, aber ich fiel ihm ins Wort. »Du brauchst dich nicht rechtfertigen. Alles gut.«

Wie oft ich im Leben schon »Alles gut« gesagt hatte, obwohl es nicht mal ansatzweise so gewesen war.

Er nahm mein Gesicht zwischen seine Hände. »Lee ...«

Ich legte meine Hände auf seine und blockte das Ganze ab. »Es ist alles gut. Wie eben schon gesagt. Lass uns jetzt essen gehen, okay? Ich habe Hunger.«

Ein Nicken war alles, was ich als Antwort von ihm erhielt. Ja, zugegeben, er stocherte jetzt schon mit einem scharfen Messer in meinem Herzen herum. Zu gern hätte ich gewusst, was genau er bei dem Telefonat gesagt hatte, aber ich spielte jetzt nicht die eifersüchtige Olle.

»Wollen wir da oben essen?«, fragte er und zeigte auf den Skylon Tower, der nur wenige Meter von uns entfernt stand.

»Ja, können wir machen.«

Am Tower stiegen wir in den Fahrstuhl. Erstaunlicherweise waren wir die Einzigen. Wir lehnten uns mit dem Rücken gegen die Wand und hatten einen Wahnsinnsblick auf die verglaste Außenseite, während wir in fünfzig Sekunden knappe zweihundertvierzig Meter nach oben fuhren. Ein mulmiges Gefühl breitete sich in meinem Bauch aus, als wir endlich ausstiegen und uns umsahen.

»Payne«, sagte Jake an der Anmeldung des Restaurants. »Heute Morgen hatte ich telefonisch einen Fensterplatz reserviert.«

Die nette Dame nickte und lächelte. Mir entging nicht, dass sie ihn immer wieder ansah und von oben bis unten musterte. Ja, Jakes Erscheinungsbild war aber auch wow.

Sie nahm zwei Speisekarten vom Stapel neben sich und wies uns an einen Tisch.

»War das geplant, dass wir hier essen?«, fragte ich und stolzierte ihm hinterher.

Er drehte sich um. »Ich plane immer alles.«

Wir nahmen Platz und sie legte die Karten vor uns auf den Tisch.

»Ich glaube, sie hätte sich jetzt lieber gern mit dir an den Tisch gesetzt und würde dir nach dem Essen liebend gerne in die Suite folgen.« Ich sah ihr hinterher, als sie mit übertrieben wackelndem Hintern zur Küche stolzierte.

Er drehte sich zu ihr und danach zurück zu mir. »Die Bedienung?«

Ich nickte. »Die hat doch schon bei deinem Anblick getropft wie eine Tropfsteinhöhle.«

»Welche Frau tut das nicht bei mir?«, sagte er schelmisch.

Ich winkte ab. »Spinner.«

»Na ja, der Spinner hat dich schon mal nicht nur zum tropfen gebracht.«

»In so einem Restaurant, mit so einem Ausblick, war ich noch nie in meinem Leben«, versuchte ich abzulenken und schaute dabei aus dem Panoramafenster.

Er durchstöberte die Speisekarte. »Du warst ja auch noch nie hier.«

Während er sein Gericht auswählte, beobachtete ich ihn. Wie schön war dieser Mann eigentlich?

»Wirst du dich nochmal mit Chloe treffen?«, platzte es aus mir heraus, worüber ich selber erschrak.

Jake schaute mir direkt ins Gesicht. »Weiß ich nicht. Warum fragst du?«

Mir gelang ein Lächeln, denn ich wollte nicht, dass er meine Enttäuschung bemerkte.

»Und du? Triffst du dich nochmal mit Elliot?«

»Was sollte dagegensprechen?«, fragte ich und zuckte mit den Schultern.

»Du darfst dich also mit ihm treffen und bei Chloe machst du so eine Welle?«

»Bitte? Was für eine Welle?« Ich runzelte skeptisch die Stirn.

Er winkte ab und vertiefte sich wieder in die Karte. Sein Ernst?

Ich beugte mich ein wenig über den Tisch und flüsterte ihm zu: »Das kannst du nicht vergleichen.«

Genervt legte er die Karte aus der Hand und verschränkte die Arme. »Ja klar. Das ist jetzt wieder was anderes.«

»Ja, ist es. Du fickst sie. Ich tue nichts mit ihm. Außer mir verdammte Bären angucken«, sagte ich lautstark, sodass sich das Paar vom Nebentisch zu uns umdrehte. Peinlich. Mir stieg die Röte ins Gesicht.

»Willst du mir jetzt verbieten, wen ich ficken darf?«

Ich warf ihm einen genervten Blick zu und schüttelte den Kopf. »Vergiss es«, zischte ich und winkte die Bedienung zu uns.

Zwei Minuten später stand sie am Tisch, kramte ihr Gerät aus der kleinen Tasche, die ihr auf der Hüfte hing, und ihr Blick war, wie erwartet, auf Jake gerichtet. Himmel, regte mich diese Frau auf. Wie auffallend wollte sie sich denn noch verhalten?

»Haben Sie etwas gefunden?«, fragte sie mit hoher Tonlage.

»Also, ich nehme den Rotwein und die Nummer Zwölf. Das Gemüsemedley. Danke«, sagte ich.

Für einen Moment sah sie mich an und nickte. Dann tippte sie die Bestellung mit ihren gefühlt zehn Zentimeter langen Gelnägeln ein und wandte sich dann wieder Jake zu.

»Und bei Ihnen?«

Ich lehnte mich in meinen Sitz zurück und beobachtete die beiden. Jake schenkte ihr ein gezwungenes Lächeln, was mich innerlich freute. »Ich werde mal den Weißwein probieren. Oder was können Sie empfehlen?«

Sie warf ihre gelockten Haare zur Seite und stützte sich mit einer Hand an der Tischkante ab. »Ja, der schmeckt köstlich. Mit seinem zarten Geschmack ist der Weißwein Kanadas dank seiner Rebsorte Chardonnay einzigartig. Er hat einen ähnlichen Geschmack wie Melone und Honig«, erzählte sie und flirtete mit ihren Augen.

Ich überlegte, ob ich jetzt schon was sagen oder noch ein wenig warten sollte.

»Alles klar, dann nehme ich den Weißwein und einmal die Nummer acht.«

Sie nahm die Karten entgegen, zwinkerte ihm zu und dampfte wieder ab.

»Alles gut, Lee?«, fragte er verwundert.

»Merkst du das nicht?«

»Natürlich merke ich, dass sie mit ihrem Kopf am liebsten unter dem Tisch zwischen meinen Beinen verweilen möchte.«

»Du könntest echt so viele Frauen haben, Jake.«

»Und du einige Männer.«

»Ich will aber nur einen. Also, zumindest, wenn der Richtige irgendwann kommt.«

»Manchmal trifft man ihn auch einfach im Autohaus.«

»Spinner.«

In dem Moment servierte die nervige Bedienung die Getränke und gleich danach unser Abendessen.

»Hier sind Ihre sautierten zerschlagenen Auberginen mit frischem Gemüse und Mozzarella garniert. Dazu eine Kräutersoße.« Während sie das auswendig gelernte Gericht runterratterte, stellte sie den Teller vor mir ab.

»Und hier einmal das leckere Rinderfiletsteak für Sie mit Rotwein und Sauce béarnaise und dazu noch die köstlich angerösteten Zwiebeln.« Auch Jakes Teller stellte sie vor ihm ab und berührte dabei mit der anderen Hand leicht seine Schulter. »Dazu kann ich aber auch noch unsere Jakobsmuscheln anbieten. Sind Muscheln denn überhaupt was für Sie?« Sie sah Jake an, doch bevor der antworten konnte, tat ich es.

Kapitel 34

Hailey

»Da muss ich Sie leider enttäuschen, Lecken ist nicht so sein Ding«, sagte ich kalt und warf der Dame einen Blick zu, den sie hoffentlich verstand.

Ihre Wangen färbten sich rötlich. Vermutlich hatte sie es verstanden. »Okay. Lassen Sie es sich schmecken. Wenn sie noch irgendwas benötigen, lassen Sie es mich wissen«, sagte sie kackfreundlich und schenkte mir jetzt nach einer Stunde ihr erstes Lächeln. Als sie weg war, starrte mich Jake immer noch an.

»Was?«, fragte ich und hielt die Hände nach oben.

»Lecken ist nicht so sein Ding?«, wiederholte er meine Aussage und ich merkte an seiner Mimik, dass er sich das Lachen verkniff.

Ein amüsiertes Grinsen legte sich auf meine Lippen. Mit der Gabel pikste ich in eine Aubergine, wodurch der Dampf nach oben stieg.

»Aber ja, du hast teilweise recht. Bei Muscheln muss ich das echt nicht so haben, aber bei ...«, fing er an, schnitt sich ein Stück von seinem Filet ab und schaute mich an. »Aber bei dir ist das schon mein Ding«, bemerkte er.

Beschämt sah ich auf den Teller und ließ es dabei.

Wir aßen unser Essen und genossen den Blick auf die Wasserfälle. Mittlerweile war es schon dunkel und man sah die Lichter der Stadt.

»Wollen wir noch auf die Aussichtsplattform oder magst du schon zurück ins Zimmer?«

»Ja, komm«, sagte ich, stand auf und zog mir meine Jacke an.

Draußen angekommen, war es recht voll. Der Lärm der Wassermengen dröhnte, dennoch erschrak ich, als ein Feuerwerk losging.

Ich drehte meinen Kopf ruckartig zu Jake. »Ein Feuerwerk? Wusstest du das?«

»Ja. Das findet jeden Abend statt.«

»Wie toll. Ich mag sowas«, bemerkte ich und drehte mich wieder um.

Unerwartet spürte ich seine Hand an meiner Taille. »Und ich mag es, dir Überraschungen zu bereiten«, flüsterte er mir ins Ohr.

Niedlich konnte er ab und zu sein. Ganze zwanzig Minuten standen wir wie angewurzelt und schauten uns das spektakuläre Farbenspiel am Himmel an. Währenddessen breitete sich schon ein mulmiges Gefühl in meinem Bauch aus, als würden sich die Auberginen wieder verabschieden wollen. Ich fasste an meinen Bauch und krümmte mich vor Magenkrämpfen, die schlagartig auftraten.

»Hailey? Alles gut? Was ist los?«, fragte Jake besorgt und streichelte mir über den Rücken.

»Habe höllische Bauchkrämpfe. Wahrscheinlich hat die Olle irgendetwas in mein Essen getan«, scherzte ich, während ich mir überlegte, wie ich jetzt die paar Meter zum Hotel kommen würde.

»Lass uns gehen. Dann kannst du dich ins Bett legen.«

Als wir wieder drinnen waren, bezahlte er das Essen und wir liefen zügig zurück zum Hotel.

Fünf Minuten später kamen wir in der Suite an und ich sprintete zum Bad, riss die Tür auf, öffnete den Toilettendeckel und das teure Essen kam im hohen Bogen wieder raus und landete im Klo. Jake schloss netterweise die Badezimmertür, weil er garantiert ahnte, dass mir die Situation enorm peinlich war, womit er recht behielt. Mit einem Stück Toilettenpapier tupfte ich mir den Mund ab und öffnete wieder die Tür.

Ich lehnte mich gegen den Türrahmen und sah zu Jake, der am Fenster mit dem Handy in der Hand stand. Auf einmal piepste meins. Ich holte es aus der Hosentasche und sah eine Benachrichtigung von Mr. Lambo. Ein Grinsen legte sich auf meine Lippen, während ich die Nachricht öffnete.

Huhu Kleine,

Oh, das hört sich ja toll an. Wo seid ihr? Ich hoffe, du wirst mit ihm schöne Tage haben und denk an das, was ich dir schon mal gesagt habe. Manchmal meint er das eventuell nicht so, wie du es denkst. Männer zeigen oft keine Gefühle, obwohl sie vielleicht dasselbe fühlen wie du.

Mein Blick fiel auf seinen Onlinestatus. Vor einer Minute online. Schade. Ich tippte ins Handy:

Wir sind an den Niagarafällen und es ist so traumhaft. Einmalig. Das Hotel ist der Hammer, genau wie das Essen, was jetzt leider im hohen Bogen im Klo landete. Peinlich.

Und na ja, du sagst es immer so leicht. Aber wieso seid ihr Männer so? Warum steht ihr nicht zu euren Gefühlen? Werde ich nie verstehen.

Das schickte ich ab, lief zum Bett und legte das Handy auf den Nachtschrank.

»Geht es dir besser?«, erkundigte sich Jake.

»Na ja, ein wenig«, antwortete ich, zog meine Schuhe aus und legte mich aufs Bett.

Jake kam auf mich zu, setzte sich ans Fußende und streichelte über mein Bein. »Soll ich dir irgendetwas besorgen?«

Ich schaute zu ihm und schmunzelte, weil mein Hirn sich was anderes zusammenreimte, was er scheinbar bemerkte.

»Ich habe nicht gefragt, ob ich es dir besorgen soll. Aber glaub mir, das würde ich sofort. Das hätte ich heute Morgen am liebsten schon in deiner Wohnung. Aber dir geht es jetzt nicht gut, also solltest du dich ausruhen.«

»Tut mir leid, dass ich den Abend kaputt mache.«

»Hör auf dich zu entschuldigen, dafür kannst du doch nichts.« Mit diesen Worten nahm er mir das schlechte Gewissen ab, stand auf und befreite sich von seiner Kleidung. Meine Augen blieben auf seinem Körper kleben und ich ärgerte mich gerade selber, dass es mir so übel ging. Ich öffnete den Knopf meiner Hose, strampelte sie mit den Beinen zu Boden und knöpfte die Bluse auf. Wenige Sekunden später lag ich mit einem dunkelroten Höschen und engem Spaghettiträgertop neben ihm.

Jake streichelte meinen Oberschenkel und betrachtete mich von oben bis unten. »Das ist jetzt echt verdammt hart hier für mich.«

Ich schaute zu ihm. »Was genau ist jetzt hart? Die Situation für dich gerade oder ...«

»Gleich beides.«

Lachend bedeckte ich meinen Körper mit der Bettdecke. »Das wollen wir ja nicht«, neckte ich ihn, beugte mich zu ihm und küsste seine weichen Lippen. Er streichelte mich noch unter der Decke weiter und wir schliefen ein.

Am nächsten Morgen wachte ich durch die Sonnenstrahlen, die durch die Jalousien blitzen, vor Jake auf. Vorsichtig drehte ich mich zu ihm und beobachtete ihn, wie glücklich er beim Schlafen aussah. Ob er es denn jetzt auch war, mit mir hier zu sein? Ich glaubte sogar, dass dieser Mann, der eigentlich eine liebevolle Seite an sich hatte, innerlich aber sehr gebrochen war.

Sanft streichelte ich ihm über seine Wange, bis er wach wurde. Seine weichen Lippen zogen sich zu einem Lächeln und er beugte sich zu mir, um mich zu küssen.

»Guten Morgen. Wie lange bist du schon wach?«, murmelte er mit rauer Stimme.

»Guten Morgen. Lange genug, um dir beim Schlafen zuzugucken.«

Eine Strähne strich er mir hinters Ohr. »Geht es dir nun besser?«

Ich nickte. »Hast du gut geschlafen?«

»Ich habe seit langem nicht mehr so gut geschlafen. Und ich musste dieses Mal keine Angst haben, dass du morgens wieder direkt weg bist«, sagte er, zog mich zu sich und unsere Lippen berührten sich erneut. Wir schauten uns dabei so tief in die Augen, dass ich den Moment am liebsten anhalten wollte. Mittlerweile flatterten nicht nur Schmetterlinge im Bauch, sondern ein ganzer verdammter Zoo.

»So, ich werde jetzt mal schnell unter die Dusche springen«, sagte er und schlug die Decke weg.

»Ich wollte jetzt eigentlich auch.«

»Dann müssen wir wohl zusammen gehen, um Wasser zu sparen.«

Ich rollte auf ihn und stützte mich mit den Händen an seinem muskulösen Oberkörper ab. Seine Hände wanderten zu meinem Hintern, wo er fester drückte.

»Aber darfst du überhaupt mit deiner Reinigungskraft duschen gehen?«, fragte ich und bewegte die Hüften auf seinen.

Seine Hände umfassten erneut meinen Hintern und es dauerte nicht lange, bis wir aufstanden und er mit mir auf dem Arm ins Bad ging.

»Und wie ich das darf«, sagte er, während er wilde Küsse an meinem Hals und Dekolleté verteilte. »Du machst mich einfach wahnsinnig, egal was du machst«, murmelte er, als er mich im Badezimmer runterließ. Wir befreiten uns gegenseitig von den wenigen Klamotten, die wir trugen, während wir uns immer wilder küssten. Jake stellte die Duschbrause an und zog mich in die Kabine. Das Wasser tröpfelte auf meine Haut und es war arschkalt.

»Dir wird gleich warm.« Er hauchte mit seiner tiefen Stimme an meinem Hals, gleichzeitig drückte er mich gegen die Duschwand und küsste mich erneut auf den Mund.

Unsere Lippen bewegten sich im Takt. An der Taille hob er mich ein Stück hoch und ich schlang die Beine um ihn herum, zog seine Hüften näher zu mir. Endlich drang er in mich ein. Er schaute mich an und ich legte die Hände in seinen Nacken, um ihn zu küssen. Ich ließ ihm Einlass in meinen Mund, er erkundigte ihn und bewegte sich immer schneller in mir. Ich krallte die Finger in seine schwarzen Haare und zog leicht daran. Er stöhnte auf.

»Oh Jake.«

Es dauerte nicht lange, bis ich kam. Zitternd hing ich in seinem Arm, während er wenige Sekunden später ebenfalls zum Höhepunkt kam.

Vorsichtig ließ er mich wieder zu Boden sinken und hielt mich fest. In seinen Armen fühlte ich mich sicher und wünschte, ich könnte diesen Moment immer haben.

»Welches magst du haben?«, fragte er und zeigte auf die verschiedenen Duschgele.

Ich tippte auf das Rote mit weißen Blüten darauf.

Er griff nach dem Shampoo und fing an, sanft meine Kopfhaut einzuschäumen. »Wundert mich jetzt ehrlich gesagt nicht, meine kleine Floristin.«

Ich schloss dabei die Augen, weil es so guttat. Während er meinen Körper einschäumte, küsste er mich mehrmals und forderte mich auf, einen Schritt zur Seite zu gehen, damit er mir das Shampoo unter dem warmen Wasserstrahl ausspülen konnte.

»Ich bin froh, dass du mit mir hier bist«, flüsterte er und küsste mich auf den Mund.

Ich streichelte über seine Oberarme. »Und ich erst.«

Länger als nötig standen wir unter der heißen Dusche, aber wir genossen diesen intimen Moment.

Kapitel 35

Jake

Seit Langem waren es wieder wunderbare Tage. Und Hailey sagte mir mehrmals, dass sie diese schöne Zeit niemals vergessen werde. Der Helikopterflug über die Wasserfälle war ebenfalls aufregend gewesen.

»Soll ich dann heute Abend noch zu dir kommen?«, fragte sie, während wir auf dem Hof parkten.

Fragend schaute ich sie an.

»Na wegen dem Putzen.«

Dieses Geputze nahm sie wohl immer noch zu ernst. Dass es nur ein Vorwand war, um sie jeden Tag bei mir zu haben, hatte sie bis heute nicht gecheckt.

Kopfschüttelnd winkte ich ab. »Quatsch, nein.«

Überraschend leuchtete das Display meines Handys in der Halterung auf. Der Name meiner Schwester blinkte auf.

»Was machst du an dem Freitag in drei Wochen?«, fragte ich.

Hailey überlegte.

»Wie lange arbeitest du freitags immer?«

»Bis eins. Wieso?«

»Meine Schwester feiert ihren Geburtstag. Magst du mit mir dahinfahren?«

Ihre Augen weiteten sich. »Ich kenne Sie doch gar nicht.«

»Nicht schlimm. Ich manches Mal auch nicht.«

Sie lachte laut auf. »Du kannst doch nicht mit deiner Reinig...«

Liebevoll küsste ich sie auf den Mund. »Hör auf, das ständig zu sagen. Du bist nicht mehr nur die Frau, die bei mir für Geld sauber macht«, gab ich zu und war selbst erschrocken über die Offenheit. »Also begleitest du mich, ja?«

»Feiert sie groß? Wird deine ganze Familie dort sein?«

Ich zuckte mit den Schultern und ließ mich in den Autositz fallen. »Nein. Du brauchst keine Angst haben. Meine Mum wirst du mögen.«

»Ich überlege es mir noch und werde dir Bescheid geben.«

»Baby, bitte.«

»Hast du gerade

ernsthaft Baby gesagt?«

»Ich? Nein. Da musst du dich verhört haben.«

»Schade, dass ich es nicht mit dem Handy aufgenommen habe.«

Ich lachte, schnallte mich ab und stieg aus meinem Wagen. Hailey umarmte mich, als wir vor dem Kofferraum standen, und bedankte sich zum zehnten Mal heute.

»Wir sehen uns morgen, Baby«, flüsterte ich ihr ins Ohr.

Sie küsste mich zum Abschied. »Bis morgen.«

Als ich endlich zuhause ankam, räumte ich die Tasche aus und die Gedanken waren weiterhin bei dieser Frau. Ihr Duft steckte immer noch in meiner Nase.

Plötzlich piepste mein Handy. Eine neue Nachricht bei Lovekiss. Die Benachrichtigungen der anderen Frauen ignorierte ich seit Wochen. Mittlerweile hatte ich schon ein enormes mieses Gewissen, dass ich nicht die Eier besaß, Hailey die Wahrheit zu sagen. Aber sie wäre so sauer und enttäuscht auf mich. Verständlicherweise. Ich öffnete ihre Nachricht und spielte das Spielchen weiter.

Hey du,

ich bin seit paar Minuten wieder zuhause. Und ich weiß echt nicht, was ich sagen soll, außer dass ich Gefühle für ihn entwickelt habe.

Gefühle? Nein. Nein.

Und er hat mich vorhin gefragt, ob ich ihn zum Geburtstag seiner Schwester begleite. Dann lerne ich mal seine Eltern kennen.

Bitte? Hörte sie mir nicht richtig zu? Mum wirst du kennenlernen, ja, aber Dad mit Sicherheit nicht. Er wird nicht da sein. Also das hoffte ich auf jeden Fall für Meghan, sonst garantiere ich für nichts.

Ich weiß aber nicht, was ich machen soll. Ich mein, als wen stellt er mich denn bei denen vor?

Ich sah, dass Sie online war und schrieb sie direkt an.

(Ich): Als nette Bekanntschaft?

(Sie): Sag doch gleich Bumsbiene.

(Ich): Das bist du für ihn aber nicht.

(Sie): Und das weißt du? Kennst du ihn?

Ja, verdammte Scheiße, weil du mit mir schreibst. Wieder dachte ich darüber nach, dass das Glück während der letzten drei Tage auf meiner Seite gewesen war und dass das mit der App nicht auffliegen durfte.

(Ich): Merkst du denn nicht, dass er dich ebenfalls sehr mag?

(Sie): Doch. Manchmal gibt es Momente, wo er es mir echt zeigt. Und dann kommt wieder der arrogante Kotzbrocken in ihm hoch.

»Manchmal bin ich auch einfach nur überfordert mit einer Frau, die mir echt so langsam den Kopf verdreht«, sagte ich ins Handy, als würde sie es hören, und schlug mir dabei gegen die Stirn.

(Sie): Wie ich schon mal meinte, wenn ihr Männer Gefühle zeigen würdet, wäre alles leichter.

(Ich): Na ja, nein. Nicht immer.

(Sie): Warum nicht? Dann wüsste man, woran man ist.

(Ich): Wer Gefühle zeigt, bietet anderen Menschen eine Angriffsfläche und darauf hab ich keine Lust.

(Sie): Du?

Himmel, Jake. Hab deine verdammten Gedanken unter Kontrolle.

(Ich): Ja. Ich meine generell, darauf hat man(n) keine Lust. :-)

(Sie): Ach so. Ha ha. Ich war eben bisschen verwirrt.

Ja, nicht nur du.

(Ich): So, ich muss mal schlafen. Gute Nacht, Kleine.

(Sie): Oh, schade. Hast du im Moment immer noch zu tun oder können wir uns doch mal treffen? Am Anfang wolltest du mich unbedingt sehen und jetzt kannst du plötzlich nicht mehr.

Ja, da hatte ich keinen blassen Schimmer, wer du bist.

(Ich): Ja, leider. Wenn es wieder anders bei mir wird, dann sage ich dir Bescheid.

Schnell schloss ich die App, warf einen Blick auf Meghans Nachricht, wo drinnen stand, um wie viel Uhr es am Freitag losgehen würde.

Am darauffolgenden Tag saß ich rechtzeitig im Büro und genoss die Ruhe in diesem Autohaus. Oft fragte ich mich, wieso ich hier überhaupt arbeitete.

Aber ab und zu bereitete es mir Freude, wie glücklich die Kunden ihre neuen Autos empfingen. Mit einem Mal klopfte es an der Bürotür und Kian kam auf mich zu.

»Guten Morgen, na, wie waren die letzten drei Tage? Ich will alles wissen«, fragte er und ließ sich auf den Kundenstuhl, der vor dem Schreibtisch stand, fallen.

»Es war gut. Sehr sogar.«

»Wie? Es war gut? Was war gut? Das Essen? Der Flug? Das Bett? Die Niagarafälle? Der Ausblick aus dem Hotel? Lass dir doch nicht immer alles aus der Nase ziehen.«

Haargenau erzählte ich ihm alles, außer den intimen Moment in der Dusche. Das behielt ich für mich. Wie war es noch mal? Ein Gentleman genießt und schweigt? Da ich aber über alle anderen Frauen mit ihm über dieses Thema sprach, dachte er es sich garantiert.

Er erhob sich vom Stuhl. »Freut mich, dass ihr so schöne Tage hattet. So, mein erster Kunde ist gleich da. Wir hören uns.«

Bevor ich was sagte, verschwand er hinter der Trennwand und setzte sich in sein Büro.

Aus meiner Umhängetasche kramte ich das belegte Sandwich, was ich mir vorhin gekauft hatte, und biss genüsslich rein. Das Geilste, was man morgens essen konnte. Zumindest für mich. Ich tippte auf mein Smartphone, um mich zu vergewissern, dass ich keine Nachricht von Hailey übersah.

Während ich den PC hochfuhr, hörte ich das näherkommende Klackern von Hakenschuhe. Ich atmete einmal tief ein und wieder aus, weil ich darauf jetzt absolut keine Lust hatte.

»Guten Morgen. Kann ich kurz reinkommen?«, fragte mich Chloe und stand mit ihrem dunkelblauen Jumpsuit und ihren gelockten, blonden Haaren im Türrahmen. »Morgen. Setz dich«, sagte ich ernst und zeigte auf den Stuhl.

Sie nahm Platz und überschlug ihre Beine. »Oh, du isst ja gerade. Ich will dich aber nicht stören.«

Ich pulte die Tomate von dem Sandwich. Wie konnte man auf sowas abfahren? Verstand ich nicht. Vor allem auf einem Sandwich. Na ja, Geschmäcker sind halt verschieden.

»Was möchtest du denn?«, fragte ich und würdigte sie keines Blickes.

»Du hast mich letztens so abgewürgt am Telefon. Was habe ich denn Falsches gemacht?«

»Du hast nichts falsch gemacht. Nur im Moment habe ich etwas viel zu tun.«

Wieso sagst du ihr nicht die Wahrheit?

»Hat es mit der Ollen zu tun, die bei dir zuhause den Putzlappen schwingt?«

Das Sandwich legte ich beiseite und beugte mich über den Tisch. »Chloe. Also als Erstes ist es keine Olle, haben wir uns da verstanden? Zweitens sind du und ich in keiner Beziehung oder sonst irgendwas. Und drittens: Du wolltest Spaß und ich ebenfalls, also verstehe ich gerade dein Problem nicht.«

Sie schaute in Richtung Kians Büro und lehnte sich zurück. »Wenn man vom Teufel spricht.« Chloe verschränkte die Arme.

»Hm?«

»Steht die da nicht gerade bei Kian im Büro? Die kann sich anscheinend auch nicht zwischen euch entscheiden, was?«

Kapitel 36

Hailey

»Hat Vicky dich jetzt extra geschickt«, fragte Kian, während ich in seinem Büro auf dem Stuhl Platz nahm.

»Ja, du kennst sie doch«, sagte ich und legte seinen Schlüssel, den sie gestern aus Versehen eingesteckt hatte, auf den Schreibtisch. In Gedanken war ich aber bei Jake, der sich gerade mit Chloe in seinem Büro unterhielt, was mir direkt ins Auge gefallen war, als ich in Kians Büro eingetreten war. Na ja, sie hatten sich ja drei Tage lang nicht gesehen, da musste was aufgeholt werden.

»Sie ist gerade erst zu ihm ins Büro. Mach dir keinen Kopf.«

Scheinbar bemerkte er meine Bedenken, obwohl ich versuchte sie zu verdrängen.

Ich winkte ab und setzte ein Fake-Lächeln auf. »Ach Quatsch.«

Er beobachtete mich. »Wirklich, soll er machen, was er möchte. Verbieten kann ich ihm doch eh nichts.«

»Da hast du wohl recht«, hörte ich Jakes Stimme und zuckte zusammen, weil ich mit ihm nicht gerechnet hatte.

»Hi.«

»Ich habe wohl ein Deja-vu«, bemerkte Kian.

Jake schaute mich an. »Stimmt. So fing alles an.«

Nickend stand ich auf. »Also ich muss dann auch mal wieder los. Blumen verkaufen.«

Als ich das Büro verlassen wollte, hielt mich Jake am Arm fest. »Alles gut zwischen uns?«

»Klar. Wieso denn nicht?« Was erwartete er von mir? Dass ich die Eifersüchtige spiele? Innerlich kochte ich zwar dezent, aber ich hatte meine Gefühle gerade ausnahmsweise mal unter Kontrolle. Schwungvoll und mit geradem Rücken schritt ich wie eine Königin durch den Laden. Als ich die Tür nach draußen öffnete, rief Fettarsch meinen Namen. Abrupt blieb ich stehen und drehte mich zu ihr um. Lässig lehnte sie mit einem Arm an der Anmeldung.

»Kannst du dich nicht zwischen den beiden Männern entscheiden?«

»Chloe, was hast du für ein Problem mit mir?«, fragte ich. Ebenso selbstbewusst wie eben ging ich auf sie zu und baute mich vor ihr auf. Dann schaute ich ihr betont fest in die Augen.

Sie verschränkte ihre Arme, aber sagte nichts.

Ich lehnte mich ebenfalls gegen die Anmeldung und war froh, dass bis jetzt keine Kunden im Autohaus waren.

»Hat es dir die Sprache verschlagen?«

Mein Blick schweifte zu einem anderen Mitarbeiter, der in Jakes Büro verschwand. Danach sah ich erneut in Chloes Gesicht.

»Du quatscht mich ständig dumm von der Seite voll. Also, was ist dein Problem? Ich kann nichts dafür, dass sich Jake nicht Hals über Kopf in dich verliebt, auch wenn du dich überall gottlos von ihm vögeln lässt«, sagte ich mit ernster Stimme.

»Gehts noch?«

»Sprich mich nicht mehr an, wenn du mich siehst. Und spar dir deine unnötigen und respektlosen Sprüche mir gegenüber. Hast du mich verstanden?«

In ihrem Gesicht sah ich endlich Respekt vor mir. Gut so. Mein Adrenalinspiegel würde gleich den Höhepunkt erreichen, ich zitterte am ganzen Leib, und ich war froh, wenn ich jeden Moment das verdammte Autohaus verlassen konnte, trotzdem wartete ich auf ihre Antwort, um ihr wieder passend Kontra geben zu können.

»Ja, sorry«, sagte sie leise und hatte nicht mal den Mut, mich dabei anzusehen.

»Man soll nicht lügen, Chloe«, flüsterte ich und ließ sie wie einen begossenen Pudel stehen.

Die letzten Tage verliefen erstaunlicherweise gut zwischen Jake und mir. Ich musste mich aber zusammenreißen, dass ich ihm nicht wieder verfalle.

Chloe hatte ihm scheinbar das Gespräch im Autohaus zwischen ihr und mir verschwiegen, da Jake mich bis heute nicht darauf angesprochen hatte. Heute stand der Geburtstag seine Schwester an und ich hatte mich entschieden, ihn zu begleiten.

Keyla hatte mir spontan freigegeben, weshalb mich Jake von zuhause abholen sollte. Den halben Vormittag probierte ich verschiedene Kombinationen von Klamotten an. Mein halber Kleiderschrank lag mittlerweile auf dem Bett verteilt. Ich konnte ja nicht wie der letzte Trottel auftreten.

Meine Nervosität hielt sich aber bisher in Grenzen, was mich ehrlich gesagt wunderte. Unerwartet klingelte das Handy.

»Guten Morgen, liebste Lee«

»Guten Morgen, liebste Vicky. Wieso bist du morgens so gut gelaunt?«

Gut es war zehn Uhr, aber trotzdem.

Sie lachte nur in den Hörer.

»Ahhh oder war Kian über Nacht da?«

»Möglich.«

»Heute komme ich nicht in der Mittagspause zu dir.«

»Wie? Was ist mit meinem Bagel? Wer bringt ihn mir dann vorbei?«

»Ich fahre doch mit Jake zu dem Geburtstag«, erinnerte ich sie.

»Ah, stimmt. Bei seiner Schwester.«

»Du hast halt im Moment nur Kian im Kopf.«

»Und sein tolles Fußballspiel jeden verdammten Sonntag«, bemerkte sie genervt und kicherte in den Hörer.

»So ist das, wenn man einen Fußballer als Freund hat.«

Im Moment sahen wir uns weniger, was ich ihr aber überhaupt nicht übelnahm. Nach so vielen Pfeifen hatte sie endlich den perfekten Mann für sich getroffen.

»Freust du dich? Was ziehst du an?«

Sämtliche Kleider hatte ich angezogen und mich im großen Spiegel betrachtet. »Frag was Leichteres. Ich habe keine Ahnung.«

»Sind die da eigentlich alle reich?«

Mit einer Hand hielt ich mir den Mund zu, um nicht laut loszulachen, und zuckte dabei mit den Schultern. »Keine Ahnung. Ich hoffe nicht.«

»Dann lernst du seine Eltern kennen.«

Plötzlich klingelte es an der Tür.

»Ich muss auflegen. Irgendein Mensch will was von mir.«

»Ja klar. Melde dich später, wie es auf dem Geburtstag ablief«, hörte ich sie sagen, bevor ich auflegte und das Handy im hohen Bogen auf das Bett warf.

In Unterwäsche lief ich zur Haustür und öffnete sie nur mit einem kleinen Spalt.

Elliot.

»Hey. Komme ich unpassend?«

»Hey. Nein, Quatsch«, meinte ich, öffnete die Tür komplett und ließ ihn reinkommen. Model hätte er auch als Beruf werden können, dachte ich mir jedes Mal, wenn ich ihn sah. Sein ganzes Outfit passte immer zusammen. Alles war farblich abgestimmt.

Er schaute mich von oben bis unten an und runzelte die Stirn.

»Sicher? Ich kann auch wieder gehen«, sagte er und schmunzelte vor sich hin.

Ich winkte ab und lief an ihm vorbei ins Schlafzimmer. »Spinner. Du kannst mir gleich mal helfen.«

Seine Schritte ließen den Boden vibrieren. Im Spiegel sah ich, dass er im Türrahmen stehengeblieben war.

»Ey, wenn Jake jetzt vorbeikommen würde ...«

»Was ist dann?«, fragte ich und hielt meine Hände in die Luft. »Genau, nichts.«

Er versteckte seine Hände in den Hosentaschen.

»Wieso läufst du hier eigentlich halb nackt rum?«, fragte er und deutete auf das Bett voller Sachen. »Ich wollte dich eigentlich fragen, ob wir die neue Sushibar in der Stadt ausprobieren.«

Mein Blick fiel auf den Wecker. »Um kurz nach zehn? Sushi essen?«

»Du würdest doch am liebsten vierundzwanzig Stunden Sushi verdrücken«, scherzte er.

Ich zeigte ihm einen Daumen nach oben. »Da hast du allerdings recht.«

Er setzte sich auf die Bettkante. »Wo gehts denn überhaupt hin?«

»Ich bin heute zu einem Geburtstag eingeladen.«

»Mit ihm?«

Ich lächelte.

»Okay, eine Antwort ist nicht mehr nötig«, sagte er.

Ich stieg in ein dunkelrotes, enges Kleid mit Spaghettiträgern, lief zwei Schritte auf ihn zu, drehte mich auf der Stelle und hielt meine gelockten Haare hoch.

Er zog den Reißverschluss vorsichtig nach oben.

»Also, es ist schon mal ohne Probleme zugegangen«, neckte er. Nachdem ich ein paar Meter Abstand zwischen uns gebracht hatte, drehte ich mich wieder zu ihm um.

»Und was sagst du?«, fragte ich und schaute dabei in den Spiegel.

»Ja, sieht nett an dir aus.«

»Nett?«

»Du kannst es anziehen. So besser?«

Ich lehnte mich gegen den Kleiderschrank und verschränkte die Arme.

»Man. Du siehst in diesem Kleid rattenscharf aus und wenn du nicht Hailey wärst, würde ich dich jetzt höchstwahrscheinlich auf deinem Bett …«

»Ja, ja. Okay. Stopp. Ich habe es verstanden, Elli«, stoppte ich ihn.

»Elli?«, fragte er verdutzt.

»Ist doch nett, oder etwa nicht?«

Auf einmal vibrierte mein Handy und das Display leuchtete auf, was ich nur von weiter weg sah.

Das Kleid zog ich mir wieder aus, hängte es über den Kleiderbügel und zeigte auf das Handy. »Wer hat mir geschrieben?«

»Von Jake nur ein *Ok*«, teilte mir Elliot mit und schaute dann wieder zu mir, während ich in meine graue Jeans schlüpfte und ein schwarzes Oberteil überzog.

Als wir auf dem Weg zur neuen Sushibar im Auto saßen, fing er direkt mit dem Thema an, was ihm vermutlich schon die ganze Zeit auf der Zunge gelegen hatte.

»Im Moment läuft es recht gut zwischen euch, oder?« Er strich sich mit einer Hand lässig durch die Haare.

Ich wusste sofort, wen er meinte. »Erstaunlicherweise, ja.«

»Das freut mich für dich. Wirklich.«

»Ich weiß, dass du ihn nicht magst.«

»Daran ändert sich auch nichts, aber ich mag dich.«

»Ich dich auch, Elli«, gab ich zu und betonte seinen neuen Spitznamen extra.

»Du mit deinem Elli. Wo hast du das denn aufgegabelt?«

Ich zuckte mit den Schultern. »Ist mir spontan eingefallen.«

Zwei Stunden später saßen wir schon wieder mit vollem Magen in seinem Wagen und waren auf dem Weg in meine Wohnung.

»Oh Gott, es war so, so lecker. Eine gute Idee von dir«, sagte ich und strich mir über den Bauch.

»Oh ja, das war es wirklich. Wann holt er dich ab?«

»Um eins.«

»Um eins? Das ist in zwanzig Minuten. Soll ich dich dann woanders rauslassen, damit er uns nicht sieht und du keinen Stress bekommst?«

»Er wird dich schon nicht sehen. Alles gut.«

»Okay. Ich wollte nur sichergehen, nicht dass du später meinetwegen mit ihm Stress bekommst.«

So lieb, dass er mich nicht in Schwierigkeiten bringen wollte. »Wir sind nur Essen gegangen. Mehr nicht.«

»Das wir miteinander Kontakt haben, wird ihm aber schon zu viel sein.«

»Mir ist auch öfter was zu viel.«

Nach zehn Minuten kamen wir bei mir zuhause an. Ich schnappte meine Handtasche, die auf dem Rücksitz lag, schnallte mich ab und stieg aus dem Wagen. Er stieg ebenfalls aus, kam um das Auto herum und drückte mich fest. »War schön mit dir, auch wenn es zu kurz war.«

»Fand ich auch.«

»Viel Spaß auf dem Geburtstag, lass dich nicht ärgern. Und wenn irgendetwas ist, du hast ja meine Nummer.«

»Danke. Ich schreibe dir zwischendurch.«

Er tätschelte meine Schulter. »Musst du aber nicht. Genieß die Zeit mit ihm«, sagte er und lief wieder zur Fahrerseite.

Ich schenkte ihm ein Lächeln, flitzte zügig nach oben und hörte, wie Elliot mit dem Auto wegfuhr.

Kapitel 37

Hailey

Als ich oben ankam, schlüpfte ich in Windeseile in das ausgewählte Kleid. Meine gelockten Haare legte ich zurecht, knetete ein wenig Haarschaum rein und knipste die goldenen Stecker ins Ohr, passend zu der goldenen Kette, die ich um den Hals trug.
Zwei Spritzer vom Parfüm sprühte ich aufs Dekolleté und kramte die Schuhe aus der Schublade. Himmel, wie viele besaß ich denn?
Unerwartet piepste das Handy, was neben mir auf dem Boden lag. Ich warf einen Blick darauf. Eine Nachricht von Jake:

Ich bin da.

Wieso kam er nicht hoch? Ich stand auf und schaute aus dem Fenster. Er parkte so, dass ich direkt in seinen Schoß schaute. Irgendwas tippte er am Handy. Hoffentlich würde der Geburtstag seiner Schwester kein Reinfall werden.

Ich schlüpfte in schwarze Pumps mit einem goldenen Streifen an der Seite, schmiss mein Handy in die schwarze Clutch, hängte sie mir um die Schulter und flitzte nach unten.

Ich öffnete die Beifahrertür und nahm neben ihm Platz. »Hey. Wieso bist du nicht nach oben gekommen?«

»Hi. Musste noch was klären. Bereit?«

»Klar«, sagte ich und schnallte mich an. Jake fuhr los und schaute mich nicht mal an, was ich schon merkwürdig fand.

»Bist du schlecht gelaunt? Keine große Lust auf deine Schwester?«

»Hast du dich heute mit Elliot getroffen?«

Was antwortete ich jetzt am besten? Ich könnte es verneinen, aber wenn er mich schon so direkt fragte, hatte er ihn garantiert vom Hof fahren sehen.

»Ja, wir waren lecker Essen. In einer neuen Sushibar. Da müssen wir auch mal essen gehen.«

Er strich sich durch die Haare und nickte. »War das Treffen spontan?«

»Ja, Jake, es war spontan. Genauso spontan, wie wenn du Chloe auf deiner Couch durchvögelst.«

»Hör auf damit!«

»Dann hör du auf damit«, sagte ich leicht genervt, versuchte aber, mich schnell wieder zu beruhigen. »Was schenkst du deiner Schwester?«

»Einen Tattoo-Gutschein.«

»Hat sie schon welche?«, fragte ich interessiert.

»Die Frage ist, wo hat sie keine.« Okay, scheinbar riss er sich auch gerade zusammen. Eine Hand legte er auf meinen Oberschenkel und streichelte ihn. »Du siehst in dem Kleid wahnsinnig sexy aus. Hat dir das schon mal jemand gesagt?«

Ja, Elliot. Vor zirka zwei Stunden, aber das wäre jetzt die schlechteste Antwort, die ich geben könnte.

Ich schüttelte den Kopf und legte meine Hand auf seine.

»Müssen wir lange fahren?«

»Nein. Wieso? Was hast du vor?«, fragte er und schaute schelmisch zu mir rüber.

»Ich heiße ja nicht Jake, der solche komischen Ideen hat.«

»Bei so einem Kleid kann man nur auf solche Ideen kommen.«

Ich beugte mich zu ihm und schlug vorsichtig gegen seine Stirn. »Spinner, jetzt übertreib nicht.«

Jakes Hand lag immer noch auf meinem Oberschenkel. »Tue ich nicht.«

»Wieso hast du eigentlich keine Tattoos?«

»Wie kommst du denn jetzt darauf? Nur weil meine Schwester welche hat?«

Ich nickte.

»Ne, ist nicht so meins. Da gebe ich mein Geld lieber für was anderes aus. Und wieso hast du keine?«

»Ich hatte mal überlegt. Aber ich glaube, das passt nicht zu mir und außerdem spare ich jeden Dollar für meinen eigenen Blumenladen.«

»Davon hast du auch mehr als von so einem ollen Tattoo.«

»Und was hältst du von einem Partnertattoo? Mit deiner zukünftigen Frau?«

»Alles Bullshit! Nein, würde ich nie machen. Ich würde auch nie mehr einer Frau einen Antrag machen.«

»Nie mehr? Hast du einer Frau schon mal einen gemacht?«, fragte ich verwundert und sah ihn mit großen Augen an.

Konzentriert schaute er auf die Fahrbahn und ignorierte mich mit voller Absicht. Da ich die Stimmung jetzt nicht kippen wollte, hielt ich den Mund und sah ebenfalls auf die Straße.

Nach einer halben Stunde kamen wir endlich an und fuhren auf einen schön angelegten Hof. Mein Mund blieb offen stehen, ich schaute zu Jake.

»Was hat deine Schwester für ein krasses Haus oder eher Villa? Das ist doch auch nicht normal.«

Ich klebte förmlich mit der Nasenspitze an der Fensterscheibe. Ihre Villa hatte Ähnlichkeit mit Häusern in Vampirfilm. Sie war komplett schwarz, nur die Säulen neben der Eingangstür waren aus weißem Marmor.

»Ja, Meghan hat auch ein bisschen was von unserem Opa geerbt.«

»Schade, dass ich nicht deine Schwester bin«, scherze ich.

»Das ist gut so. Denn dann könnten wir einiges gar nicht miteinander machen, was wir bereits schon getan haben«, flüsterte er, beugte sich zu mir und küsste mich auf den Mund. Stimmte auch wieder.

»Ich bin nervös«, gab ich zu und hielt meine linke Hand auf den Brustkorb, um meinen Herzschlag zu spüren, der mir in den Ohren dröhnte.

»Warum? Wegen der paar Leute? Brauchst du nicht.« Er schnallte sich ab.

Ich schnallte mich ebenfalls ab, schnappte nach der Clutch und stieg aus.

Er nahm den Briefumschlag und meine Hand und wir liefen zur Haustür, wo rechts und links goldene Helium Luftballons in der Luft wedelten. Eine Zwei und eine Fünf.

»Hat sie eigentlich einen Freund?«

»Einen? Sie hat mehrere. Sie kann sich nicht festlegen.«

»Ah, da habt ihr ja doch was gemeinsam«, meinte ich und verkniff mir das Lachen.

Offensichtlich hatte ihn meine Antwort so sprachlos gemacht, dass er nur sagte: »Später, Baby. Warte ab.« Dann kniff er leicht in meinen Po.

In dem Moment öffnete sich die Tür und ein Mann stand uns gegenüber. Vom Alter hätte er sein Dad sein können. Lässig gekleidet war er mit einer dunkelbraunen Stoffhose und einem schwarzen Hemd, was in der Hose steckte.

»Jake! Mein Lieber, ich habe dich lange nicht mehr gesehen. Schön, dass du mal wieder hier bist.« Der Mann trat vor und umarmte Jake herzlich. Wer war das? Sein Vater mit Sicherheit nicht, denn da wäre die Begrüßung nicht so harmonisch verlaufen.

»Greg. Mich freut es auch«, erwiderte Jake und legte seinen Arm um meinen Rücken. »Das ist Hailey. Hailey, das ist mein Onkel Greg.«

Direkt umarmte er auch mich herzlich. »Freut mich, Hailey.«

Ein kleines Lächeln schenkte ich ihm. »Mich auch.«

»Na ja, dann geht mal rein. Ich bin erst mal eine dampfen«, sagte er und strich sich durch seine schwarzen, kurzen Haare.

»Lass es dir schmecken«, scherzte Jake und klopfte ihm auf die Schulter.

Jake nahm mich an die Hand und wir gingen durchs Haus. Die Inneneinrichtung war das komplette Gegenteil von meiner. Jede Farbe, die es auf der Welt gab, fand man in ihren Zimmern wieder. Crazy. Unzählige Luftschlangen und Ballons hingen an der Decke im Wohnzimmer und an jedem Türrahmen.

»Jaakeee«, schrie eine weibliche Stimme aus der Küche. Eine junge Frau mit Haarreifen, an dem eine goldene Fünfundzwanzig befestigt war, lief auf uns zu. Das goldene elegante Kleid sah umwerfend an ihr aus. Dazu hatte sie ihre pechschwarzen Haare zu einem Dutt hochgesteckt. Und überall waren ihre zahlreichen Tattoos zu sehen. Ich war immer noch damit beschäftigt, ihre Körperbemalungen zu zählen. Keine Chance.

Sie warf sich in Jakes Arme.

»Da freut sich aber jemand«, sagte ich leise und stand wie eine Doofe daneben.

»Ich habe niemals damit gerechnet, dass du wirklich kommst.«

»Okay, Meghi. Reicht jetzt. Happy Birthday.« Er gab ihr einen Kuss auf die Wange und drückte ihr den Briefumschlag in die Hand. »Von uns beiden. Das ist übrigens Hailey.«

Sie klatschte in die Hände wie ein fünfjähriges Kind. »Oh, deine Freundin?«, jubelte sie und schon lag sie in meinem Arm.

»Happy Birthday, Meghan.«

»Ich danke dir. Aber du kannst mich ruhig Meg nennen«, sagte sie. Danach drehte sie sich wieder zu ihrem Bruder.

»Du hast mir meine Frage nicht beantwortet«, sagte sie und grinste.

»Was ist mit Dylan? Rayn? Hm?«

Sie hob ihre Hände, als hätte sie irgendetwas verbrochen und jemand würde vor ihr mit einer Knarre stehen. »Okay. Ich höre ja schon auf zu fragen«, sagte sie und schaute zu mir. »Aber gut zusammen passen würdet ihr trotzdem«, bemerkte sie, streckte Jake die Zunge raus und schon verschwand sie in die Küche.

»Wunderbar, eine kleine Schwester zu haben.«

»Wie viele Tattoos hat sie?«, fragte ich ihn und schaute dabei raus in den Garten, wo etliche Gäste tanzten und feierten.

»Ich habe keine Ahnung, für meinen Geschmack eindeutig zu viele«, gab er zu, beugte sich zu mir runter und küsste mich auf den Mund. Meine Augen weiteten sich. »Wenn es jemand sieht.«

Er zuckte mit den Schultern und küsste mich erneut. »Dann ist es so.«

»Da ist ja endlich mein Lieblingssohn«, begrüßte seine Mutter uns, die von der Terrasse reinkam.

»Du hast nur einen Sohn, Mum«, hüstelte Jake belustigt. Ehrlich gesagt hatte ich mir seine Mutter größer vorgestellt, doch sie war genauso klein wie ich. Sie trug ebenfalls ein Kleid wie alle Frauen auf der Geburtstagsfeier. Ihr Bob stand ihr ausgezeichnet gut. Vor ein paar Jahren wollte Vicky mir immer einen verpassen. Sie meinte, es würde mir stehen. Ich glaube aber, dass sie nur an meinem Kopf üben wollte.

Sie umarmte ihren Sohn herzlich, gab ihm einen Schmatzer auf die Wange und wandte sich dann zu mir. »Und du bist Hailey, stimmts?«, fragte sie und drückte mich. »Schön. Ich freu mich, dass du hier bist. Ich bin Olivia.«

»Hallo Olivia. Danke. Ich freue mich auch.«

»Wo ist eigentlich Meghan schon wieder?«

Ich zeigte auf die Küche. »Sie ist dort.«

»Habt ihr schon was von den leckeren Nanaimo Bars probiert? Diese Schokoschnitten sind einfach hervorragend.«

»Und lass mich raten, Mum, du hast sie zubereitet?«

Ihr Mund verzog sich zu einem Lächeln.

»Dann werde ich sie gleich mal probieren«, sagte ich und zwinkerte ihr zu. Wir liefen alle gemeinsam in die Küche, wo Meghan die Muffins verzierte.

»Meine beiden Kinder mal zusammen auf einem Haufen, das habe ich auch nicht oft.« Ich hörte die Traurigkeit in dem Satz.

»Ja, weil dein toller Sohn ja nie irgendwo hinkommen möchte.«

»Ihr beide wisst ganz genau, wo mein Problem liegt und dass ich nie zu Feiern komme, wo er auftaucht.«

»Jake, ja. Aber es ist immerhin noch mein Geburtstag«, zischte Meghan.

»Ist er hier?«, fragte Jake schockiert.

Mein Magen drehte sich um und die Stimmung wurde innerhalb weniger Sekunden eiskalt. Ich wusste zwar immer noch nicht, was genau passiert war zwischen Jake und seinem Dad, aber es musste definitiv was Schlimmes sein.

»Ich bin mal kurz auf dem Klo«, sagte er ernst und verschwand aus der Küche.

Verwundert schaute ich die beiden an, aber hielt meinen Mund. Am liebsten wäre ich direkt nach Hause gefahren. Ein mulmiges Gefühl hatte ich im Bauch.

»Sind alle Muffins gefüllt?«, erkundigte sich Olivia bei ihrer Tochter.

»Ja Mum. Alle.«

»Sehr gut.«

»Hat er es dir mal erzählt?«, fragte seine Schwester mich, während ich aus dem Fenster schaute und Greg beobachtete, der immer noch an seiner Zigarette zog.

»Was genau meinst du?«

»Warum er so einen Streit mit unserem Dad hat.«

»Nein. Er will nie darüber reden.« In dem Moment kam sein Onkel in die Küche. Heimlich schnappte er sich einen Muffin und steckte ihn in den Mund. Ich beobachtete das Ganze und lächelte.

Greg signalisierte mir, dass ich leise sein solle, und ich nickte ihm zu. Olivia und Meghan beschäftigten sich mit dem Anrichten, sodass sie es gar nicht mitbekommen hatten. Sein Onkel war echt witzig. Er gesellte sich zu mir und lehnte sich mit dem Rücken gegen die Arbeitsplatte. »Und du bist eine Freundin von Meghan?«

Hä? War er verwirrt? Was hatte er draußen geraucht? Er sah mich doch mit Jake kommen. Verwundert guckte ich ihn an. »Nein, ich bin doch mit Jake hergekommen. Wir hatten uns doch schon an der Haustür begrüßt«, erklärte ich und musterte ihn von oben bis unten.

»Ich sehe dich jetzt zum ersten Mal. Du hast mich nicht begrüßt. Du verwechselst mich wohl mit meinem Zwillingsbruder Greg«, erklärte er und zeigte mit dem Finger zum Fenster.

Mein Blick schweifte nach draußen. Dort stand Jakes Onkel noch immer neben dem großen Blumenkübel.

»Ich bin William, Jakes Vater«, stellte er sich vor und hielt mir die Hand hin.

Ich schlug ein. »Hi. Ich bin Hailey.« Meine Mundwinkel zuckten amüsiert und ich strich mir eine Strähne aus dem Gesicht.

Der Blick schweifte wieder nach draußen, wo Greg immer noch stand, und schlug mir gegen die Stirn. »Ich habe es echt nicht geschnallt. Sorry.«

William trug ein fettes Grinsen im Gesicht und winkte ab. »Alles gut. Woher sollst du es auch wissen?«

»Stimmt.«

»Dad, du hast einen Muffin geklaut. Ich habe nachgezählt«, bemerkte Meghan.

»Würde ich nie machen, Geburtstagskind«, veräppelte er sie eiskalt und schon verschwand er aus der Küche.

Das war also sein Dad. Ich verstand gar nicht, was Jake für ein Problem mit ihm hatte. William war ein freundlicher Mann.

Innerlich lachte ich immer noch über mich, dass ich es nicht gecheckt hatte. Gut, sie hatten nicht exakt die gleichen Sachen an, aber die Farben der Kleidung waren ähnlich. Ich hoffe nur, es würde nicht eskalieren, wenn sich beide begegnen.

Fünf Minuten später kam Jake wieder zurück, stellte sich hinter mich und kraulte meinen Nacken. »War alles gut, während ich kurz weg war?«, flüsterte er mir ins Ohr. Ich nickte nur und umfasste seine Hände.

»Wer war gerade in der Küche?«, erkundigte er sich. Keiner antwortete. Es war jetzt eh nur noch eine tickende Zeitbombe, bis beide aufeinandertrafen.

»Kannst du bitte mal die Getränke aus dem Keller holen?«, fragte Meghan. Garantiert tat sie es mit Absicht, um ihn abzulenken. Er ließ meinen Nacken los, küsste mich flüchtig auf den Mund und tat seiner kleinen Schwester den Gefallen.

Seine Mum grinste mich an, scheinbar hatte sie den Kuss gesehen.

»So, die Teller, das Besteck und die Schälchen können jetzt nach draußen auf den Tisch.« Meghan schnappte sich zwei große Schalen und stolzierte nach draußen.

Ich stand auf.

»Ihr seht echt süß zusammen aus«, flüsterte seine Mutter mir zu.

Röte stieg mir ins Gesicht und ich schaute sie verschämt an. »Danke. Ich mag ihn echt, sehr sogar.«

Sie tätschelte meine Schulter. »Er dich auch, glaub mir«, verriet sie mir, griff nach dem Besteck und den Servietten und bewegte sich ebenfalls nach draußen auf die Terrasse. In dem Moment kam wieder sein Dad um die Ecke, und ich musste die ersten drei Sekunden genau gucken, wer mir jetzt gegenüberstand. Er bemerkte es. »William.«

»Danke.«

»Und du bist die neue Freundin von Jake?«

Nervös zuppelte ich am Kleid, weil ich nicht genau wusste, was ich darauf antworten sollte.

»Na ja, wie auch immer. Auf jeden Fall freue mich sehr für ihn, dass er wieder jemand Neues kenngelernt hat.« Er nahm mich in den Arm.

»WAS MACHST DU HIER?«, schrie Jake. Im selben Moment fielen Glasflaschen zu Boden und erzeugten einen extrem lauten Knall.

Kapitel 38

Jake

Wie gelähmt stand ich zirka drei Meter von den beiden entfernt. Meine tausend Gedanken machten es nicht besser. Auf dem Boden lagen überall Scherben und Meghans Lieblingsprosecco lief an den Wänden herab.

Es konnte nicht sein verfickter Ernst, dass der es sich überhaupt traute, hierherzukommen, wo er garantiert wusste, dass ich ebenfalls komme. Und dann fiel ihm nichts Besseres ein, als Hailey zu umarmen? Wenn er sie nicht gleich losließe,

würde ich ihm seine Zähne rausschlagen.

Endlich nahmen sie Abstand voneinander.

»Jake. Bitte raste nicht sofort aus. Und lass uns miteinander sprechen.«

»Jake. Was ist passiert?«, hörte ich Meghan.

Ich drehte den Kopf zur Terrasse, wo meine Mum wieder reinkam. »Jake.«

Ich betrat die Küche und schaute Hailey an. »Geh mal bitte raus.«

»Jake. Wir können uns doch draußen aufhalten. Wir müssen doch gar nicht bei deinem Dad sitzen«, sagte Hailey und streichelte mir über den Arm.

»Du gehst jetzt bitte aus der Küche. Er will reden. Okay, Dad, dann reden wir«, sagte ich ernst und sah in das verlogene Gesicht meines Vaters.

Hailey folgte meinen Anweisungen, verließ die Küche und schloss die Tür hinter sich. Ich hörte nur, wie sie die Scherben mit einem Kehrblech zusammenfegten.

Mein Dad setzte sich an den Tisch und ich lehnte mich mit dem Rücken gegen den Kühlschrank und verschränkte die Arme.

»Warum bist du hierhergekommen?«, wollte ich von ihm wissen und schaute ihn mit ernstem Blick an.

»Weil deine kleine Schwester Geburtstag hat. Was denkst du? Dass ich dann zuhause bleibe?«

»Du weißt ganz genau, dass ich dich nie mehr in meinem Leben sehen will. Wieso tauchst du dann trotzdem hier auf?«

Er winkte ab. »Ach, findest du nicht langsam, dass du etwas übertreibst?«

Entsetzt schaute und gleichzeitig voller Hass schaute ich ihn an. »Bitte? Was hast du gesagt?«, fragte ich und ging drei Schritte auf ihn zu, sodass ich direkt neben ihm zu stehen kam.

»Mensch Jake, es sind schon Jahre vergangen. Irgendwann muss man auch mal drüberstehen.«

»Was? Tickst du nicht mehr ganz richtig? Wie soll ich bitte über sowas drüberstehen?«, sagte ich in einem lauteren Ton und schlug mit der Faust auf den Tisch.

Eiskalt sah er mich an.

»Ich wollte Aria heiraten! Wir waren drei Jahre zusammen, und davon sechs Monate verlobt, verdammte Scheiße, und du beziehungsweise ihr beide habt nichts Besseres zu tun, als es hinter meinem Rücken miteinander zu treiben. Mehrere Monate lang.«

Er erhob sich von seinem Stuhl und wir standen uns gegenüber. Da ich so groß wie er war, schauten wir uns direkt in die Augen. So einen Hass hatte ich nie einem Menschen gegenüber gespürt. Meine Hand kribbelte längst, weil er mich mit seiner Art gleich aus der Fassung brachte.

Er zuckte mit den Schultern. »Aber dann wusstest du wenigstens, dass sie nicht die Richtige für dich war, mein Sohn. Es hatte also auch etwas gu...«

Mit der linken Hand holte ich aus und stoppte seinen verlogenen Satz mit meiner geballten Faust in seinem Gesicht. Direkt auf seine Nase. Höchstwahrscheinlich war sie gebrochen.

Sofort schossen ihm Tränen in die Augen und er hielt sich die Nase zu. »Jake! Was sollte das?«, fragte er und schaute auf seine Hand, die mit leichten Blutspuren verschmiert war.

»Was das sollte? Sei froh, dass es nicht meine rechte Hand war, verdammtes Arschloch«, schrie ich und schubste ihn gegen die Arbeitsplatte. Dann wandte ich mich zur Küchentür, blieb aber stehen und drehte mich zu ihm um.

»Und eins sage ich dir. Du packst Hailey nicht nochmal an, wenn wir uns irgendwo begegnen sollten.«

Als ich nach der Türklinke griff, wurde sie schon von meiner Schwester geöffnet. »Dad? Was ist passiert? Jake, was hast du gemacht?«, fragte sie und rannte an mir vorbei.

»Er wird es überleben«, sagte ich eiskalt und suchte nach Hailey. Wo war sie jetzt?

»Wieso blutet seine Nase?«, fragte Meg.

»Ich habe dir gesagt, lad ihn nicht ein, und du hast es trotzdem gemacht. Dass du mich so fickst, hätte ich nicht gedacht.

Außerdem kennst du den Grund, also was willst du denn jetzt von mir?«

»Da bist du ja wieder.« Das war Haileys zauberhafte Stimme. Sie schaute an mir vorbei in die Küche und sah meinen Dad auf dem Stuhl sitzen mit einem Tuch, was mittlerweile schon mit einigen Blutstropfen beschmiert war.

»Hast du deinem Dad eine reingehauen?«, fragte sie perplex.

»Ja, ich habe dem eine auf seine scheiß Schnauze geschlagen, was schon lange nötig war. Was fragt ihr alle so dumm? Ihr seht es doch selber.«

»Soll ich dir einen kalten Lappen holen für dein Gesicht?«, fragte meine Schwester ihn sichtlich besorgt.

»Leute. Ich habe ihn nicht halb totgeschlagen. Er wird es überleben. Hailey und ich werden jetzt gehen«, sagte ich und griff nach ihrer Hand.

»Wie, ihr wollt jetzt gehen? Meine Geburtstagsfeier hat doch gerade erst angefangen.«

»Für mich ist sie jetzt vorbei. Feier noch schön. Und wegen der Tapete, die bezahle ich dir.« Mit Hailey an der Hand eilte ich zur Haustür.

»Geht ihr jetzt schon?«, fragte Mum, die von der Toilette kam.

»Wusstest du, dass er herkommt?«

Sie schwieg. Zu lange. Ihre Antwort konnte ich mir damit denken.

Ich schaute zu Hailey und legte meine Hand auf die Türklinke.

»Aber erst seit heute, Schatz. Warte bitte, Jake.«

Ich drehte mich wieder zu ihr um.

Mum spielte mit ihren Haaren, wie sie das immer macht, wenn sie nervös ist. In ihren Augen erkannte ich Traurigkeit.

»Habt ihr miteinander geredet?«, fragte sie jetzt.

Ich konnte nicht anders, ich war ihr Antworten schuldig. Also sagte ich: »Fünf Sätze vielleicht. Und jetzt kümmert sich Meghan um seine Nase.«

Mit großen Augen sah sie mich an. »Was hast du gemacht?«

»Das, was jeder an meiner Stelle gemacht hätte.« Ich ließ kurz Haileys Hand los, ging zu meiner Mutter und gab ihr einen Kuss auf die Wange. »Machs gut.«

Mum folgte mir zur Tür und nahm Hailey herzlich in den Arm. »Hat mich sehr gefreut, dich kennenzulernen.«

Ich öffnete die Tür und wir traten in die Nachmittagssonne. Mum konnte ich nicht böse sein, auch wenn sie es gewusst hatte. Aber sie war nun mal meine Mutter. Ich war eher auf Meghan sauer. Nein, ich war eher enttäuscht von ihr.

Im Auto beendet Hailey ihr Schweigen. »Was war das? Kannst du mir das vielleicht mal erklären? Ich verstehe es nicht.«

Ich schaute genervt zu ihr und startete gleichzeitig den Motor. »Was soll ich dir da erklären? Die Feier ist für uns vorbei und ich bringe dich jetzt nach Hause.«

Sie schüttelte den Kopf. »Wieso hast du ihm eine ins Gesicht geschlagen? Wie viel Hass muss man denn in sich tragen, um seinen eigenen Dad zu verletzen?«

»Da fragst du wohl den Falschen.«

»Ich weiß gar nicht, was du hast. Dein Dad ist richtig sympathisch. Wir haben vorhin miteinander gesprochen.«

Ich drehte die Musik im Radio lauter, was respektlos von mir war, aber ich wollte jetzt nicht hören, was Hailey sagt. Ich wollte nicht hören, dass sie diesen verlogenen Menschen sympathisch fand. Sie hatte überhaupt keine Ahnung, was er mir angetan hatte.

»Und als du vorhin auf der Toilette warst, da war er auch schon bei uns in der Küche«, schrie sie schon fast, damit ich es nicht überhörte.

»Kannst du jetzt nicht einmal deinen Mund halten? Ich will dich jetzt nicht hören. Ich will einfach nur Musik hören. Ist das zu viel verlangt?«, schnauze ich sie an und konzentrierte mich auf die Straße, um nicht gleich einen Unfall zu bauen.

Hailey schwieg ab jetzt und im Augenwinkel sah ich, dass sie stur nach rechts aus dem Fenster schaute. Dass ich sie mitgenommen hatte, war der größte Fehler gewesen. Gut, ich hatte meiner Schwester vertraut und konnte ja nicht wissen, dass sie mein Vertrauen missbraucht.

Eine Weile fuhren wir schweigend. Kurz vor ihrem Zuhause wandte sie sich mir zu. »Wieso hasst du deinen Dad so? Erklär es mir doch.«

Sie verstand es nicht. Ich bog in ihre Straße ein und hielt kurz bei laufendem Motor an, um sie rauszulassen.

»Kommst du nicht mehr mit nach oben?«

»Nein«, sagte ich kalt und holte meinen Clip aus der Hosentasche, zählte drei große Scheine heraus und drückte sie ihr in die Hand. »Hier.«

»Hä? Was soll das?«

»Na ja, du bist mitgekommen, obwohl es die reinste Katastrophe war.«

Die Scheine flogen mir entgegen. »Steck dir dein Geld in den Allerwertesten«, sagte sie patzig, schnallte sich ab, schnappte ihre kleine Tasche und verließ mein Auto.

Ich ließ das Geld liegen und fuhr schnellstmöglich vom Hof.

Kapitel 39

Hailey

Was war das für eine Aktion? Während ich meinen Hausschlüssel suchte, piepste mein Handy.

Innerlich aufgeregt zog ich die Benachrichtigungen nach unten. War das seine Entschuldigung? Die konnte er sich schenken.

Enttäuscht und gleichzeitig froh stellte ich fest, dass mir mein Bruder ein Foto geschickt hatte. Seit wann machte der sowas? Das kam nur einmal im Schaltjahr vor.

Auf dem Foto war eine weibliche Hand mit einem traumhaft schönen Ring zu sehen. Mein Hirn ratterte. Das war jetzt nicht sein Ernst, oder? Natürlich freute ich mich für ihn und antwortete:

Awww. Herzlichen Glückwunsch euch beiden. Den Ring hast du aber nicht ausgesucht, oder? Er sieht so schön aus. Wann soll es so weit sein?

Danach öffnete ich die Lovekiss-App, um mich bei Mr. Lambo auszukotzen. Leider war er nicht online.

Hey du,

der Geburtstag war die reinste Katastrophe! Ich habe dir ja gesagt, dass dieser Kerl zwei Seiten an sich hat. Von so lieb und toll auf eiskalt und abgefuckt. Ich weiß ehrlich gesagt nicht, wieso ich mir das immer und immer wieder aufs Neue mit ihm antue. Er hat seinem Dad eine reingeschlagen. Wieso tut man so etwas? Und statt es mir zu erklären, damit ich es ein bisschen verstehe, ranzt er mich nur an. Er kann mich mal. Schade, dass du nicht online bist.

Ich stand immer noch vor der Haustür und überlegte zu Vicky zu fahren. Es war kurz vor fünf. Nur drei Straßen wohnte sie von mir entfernt, sodass es nicht allzu weit für mich zu Fuß war. Ob Jake morgen wieder besser drauf sein würde? Oder lud er sich jetzt Chloe ein, um runterzukommen?

Fünf Minuten später traf ich bei Vicky ein und sah Kians Auto bei ihr stehen. Wow. Ich klingelte an der Wohnungstür und es dauerte nicht lange, bis sie aufmachte.

»Hola Chica.« Vicky umarmte mich und ließ mich eintreten.

»Aber warte mal«, sagte sie und schaute auf ihre Armbanduhr. »Was machst du denn schon hier? Wie war der Geburtstag? Schon vorbei? Ich dachte, die Reichen feiern immer drei Tage durch.«

»Genau deshalb bin ich hier. Oder störe ich? Kians Auto stand unten.«

Schon hörte ich Kians Stimme. »Ich bin auch hier. Aber Vicky hat ihren Laptop mal wieder geschrottet, kein Plan, wie diese Frau das immer schafft.« Er streckte kurz seinen Kopf durch die Bürotür in den Flur. Ich winkte ihm zu.

»Technik und ich werden nie Freunde«, erklärte Vicky und zuckte mit den Schultern. »Komm, wir gehen ins Wohnzimmer.«

Ich folgte ihr und wir setzen uns auf ihre zu einer Couch umgebauten Paletten. Die ganze Wohneinrichtung war im Vintagestil gehalten. Mein Geschmack traf es nicht, aber das musste es auch nicht. Ich musste echt aufpassen, dass mir kein Stängel oder Blatt einer Pflanze ins Auge stach, weil in jedem Zimmer zwanzig davon standen. Von klein bis groß war alles dabei.

»Magst du was trinken?«

»Ja, eine Cola.«

Auf dem Weg in ihre Küche blieb sie stehen und drehte sich wieder zu mir um. »Können wir aber noch darüber reden, wie scharf du einfach aussiehst? Jake muss doch die ganze Zeit mit Beule in der Hose rumgelaufen sein«, scherzte sie.

»Ne, er war damit beschäftigt, seinem Dad ins Gesicht zu schlagen.«

»Was?«, fragten Kian und Vicky im Chor.

»Schatz, du sollst hier nicht zuhören, sondern dich um meinen Laptop kümmern«, ermahnte sie, aber lachte gleichzeitig.

»Sorry.«.

»Sicher, dass du dann nur eine Cola willst und keinen Sekt?«

Ich nickte ihr nur zu und warf danach einen kurzen Blick auf mein Handy, weil es gerade aufleuchtete Ich tippte drauf und öffnete eine Nachricht von Mr. Lambo.

Huhu Kleine,

das tut mir leid, dass der Geburtstag so ausgegangen ist. Aber manchmal gibt es Momente im Leben, wo man es einfach noch nicht erklären will oder kann. Er wird es dir vielleicht von alleine irgendwann sagen. Und wenn nicht? Dann ist es in Ordnung. Man muss ja nicht alles wissen.

Tzz. Du kannst mich auch mal, dachte ich und beendete die App wieder.

Vicky stellte ein Glas mit Cola vor mir ab. »So, und jetzt erzähl. Ich will alles wissen.«

Ich schlug ein Bein über das andere, so gut das mit diesem Kleid ging. »Am Anfang war alles super, er hat mich sogar im Wohnzimmer bei seiner Schwester geküsst. So als wären wir zusammen.«

Total konzentriert hörte sie mir zu und brachte mich mit ihrem Gesichtsausdruck zum Lachen »Kannst du mal aufhören, so witzig dabei zu gucken?«

»Schwester, rede weiter.«

»Ja genau, rede weiter«, hörten wir wieder Kian aus dem Nebenzimmer.

»Kian!«, schrien wir beide dieses Mal im Chor.

»Was ist das eigentlich hier für eine Liste, Vicky?«, fragte er.

Sie schaute mich verwundert an und überlegte. »Was genau meinst du, Schatz?«

»Lucien, 31, Pilot, groß,«, las er vor und Vicky bekam große Augen, sprang auf und lief zu ihm. »Groß? Was meintest du hier mit groß? Meintest du die Körpergröße oder seinen ...«, fragte er und brach in Gelächter aus.

Ich nahm einen Schluck von der Cola und schmunzelte. Natürlich wusste ich ganz genau, was das für eine Liste war.

»Das ist eine Liste aus meiner Datingzeit.«

»Brian, 35, Personaltrainer, klein«, las er weiter vor und bekam sich nicht mehr ein vor Lachen. »Oh man, wieso hast du das denn gelöscht?«

»Leck mich«, sagte sie zu ihm und kam wieder zu mir.

»Geht jetzt schlecht, du hast Besuch. Außerdem muss ich mich um deinen PC kümmern.«

Sie rollte mit den Augen.

»Wieso hast du die Liste immer noch gehabt?«, flüsterte ich ihr zu.

»Konnte ja nicht wissen, dass ich am Autohaus dann den Richtigen für mich finde.«

Schlagartig betrat Kian das Wohnzimmer, ging auf Vicky zu und küsste sie auf den Mund. »Du bist verdammt süß, ich liebe dich.«

»Ich dich auch. Und jetzt hopp, hopp, das Teil repariert sich nicht von alleine.«

Er verschwand wieder im Büro.

»Sorry, ich hätte zu dir kommen sollen.«

»Ach Quatsch. Alles gut. Du wusstest doch gar nichts von meinem Redebedarf.«

»So, und wieso hat er seinen Dad nun geschlagen?«

»Ich weiß es nicht«, gab ich zu und zuckte mit den Schultern. »Ich wusste, dass Jake ihn nie mehr sehen will. Dann habe ich auch noch mit ihm gesprochen und sein Dad hat mich umarmt.«

»Und dann hat er ihm eine verpasst?«

»Na ja, er hat dann mit ihm alleine geredet, und als er wieder aus der Küche kam, hat sein Dad aus der Nase geblutet.«

»Boxt Jake nicht auch noch zuhause?«

Ich nickte.

»Autsch. Dann wird es schon übel wehgetan haben, vor allem, weil er als Boxer auch noch andere Kraft hat als jemand anderes, der nicht hobbymäßig boxt.«

»Aber wieso tut man seinen Eltern sowas an?«

»Es wird einen Grund geben, warum er das gemacht hat. Frag ihn doch mal.«

Leicht schlug ich ihr gegen ihre Stirn. »Du Blitzbirne, was denkst du denn, was ich den ganzen verkackten Rückweg lang getan habe?«

Ihr Mund verzog sich zu einem Lächeln.

»Ob er mehr weiß?«, fragte ich etwas leiser und zeigte in Richtung Büro.

»Babe?«, rief Vicky nach ihm.

»Ja, ich höre.«

»Du kennst Jake doch sehr gut, oder?«

»Oh nein, meine lieben Ladys. Fangt gar nicht erst an.«

»Oh bitte, Kian. Ich möchte nur eine Sache wissen«, fügte ich hinzu.

»Ich muss jetzt hier leider arbeiten«, wies er uns ab.

Vicky nahm ein Schluck von ihrem Wasser. »Vielleicht erzählt er es dir ja noch. Bist du morgen bei ihm putzen?«

»Ja, weil ich ja heute nicht bei ihm gearbeitet habe, deshalb morgen. Übrigens, Alec hat Neyla einen Antrag gemacht.«

»Wirklich? Hätte ich ja nicht gedacht.«

»Ich auch nicht.«

Plötzlich stand Kian im Türrahmen. »Habt ihr Hunger? Soll ich für uns Essen bestellen? Aber es wird jetzt kein Kobe-Rindfleisch mit weißen Trüffeln und Beluga-Kaviar geben«, bemerkte er und zwinkerte mir zu.

»Arsch. Ist mir doch egal, ob das Essen zehn oder zweihundert Dollar kostet.«

»So habe ich dich auch nicht eingeschätzt.«

Nach dreißig Minuten trudelten unsere Pizzen ein. Mein Magen meldete sich nämlich schon zu Wort. Auf einmal klingelte Kians Handy. Da es direkt neben mir lag, sah ich, wer anrief. Jake.

Kian nahm den Anruf entgegen und schmatze in den Hörer. »Ne, ich bin bei Vicky.«

Ich schaute zu meiner Freundin, die in dem Moment genüsslich in ihr Pizzastück biss.

»Ja, ich kann gleich mal rumkommen«, sagte Kian, bevor er das Telefonat beendete.

»Oh, musst du zu ihm? Ich dachte, wir schauen heute einen Film zusammen«, bemerkte Vicky und setzte ihren traurigen Hundeblick auf.

Er streichelte ihr über den Handrücken. »Baby, so lange werde ich nicht bei ihm bleiben. Versprochen.«

»Wieso ist Jake nicht so wie du, Kian?«, fragte ich in die Runde und tat mir in dem Moment selber leid.

»Das wird wieder. Ich kläre das mit ihm«, versuchte er mich aufzumuntern und tätschelte mir leicht die Schulter.

Nachdem wir unsere Pizzen verschlungen hatten, verabschiedete ich mich von den beiden und wollte gerade die Wohnung verlassen.

»Ich kann dich auch bringen, Hailey. Ich fahre jetzt sowieso zu Jake.«

»Das ist doch ein Umweg für dich.«

Er schüttelte den Kopf. »Du gehst jetzt bestimmt nicht im Dunklen allein nach Hause.«

»Keine Widerworte. Er bringt dich, Maus«, mischte sich Vicky ein und hielt ihren Zeigefinger wie eine Lehrerin in die Luft.

»Okay. Wir schreiben.«

Kian gab ihr einen Kuss und ich dackelte ihm wie ein Hund hinterher zum Auto.

»Danke, dass du mich nach Hause bringst, aber das hätte echt nicht sein müssen«, sagte ich, als wir vom Hof fuhren.

»Das weiß ich. Ich mach es aber trotzdem.«

Ich schaute zu ihm rüber und er bemerkte es.

»Was ist?«, wollte er wissen.

»Darf ich dich mal was fragen?«

»Du darfst mich alles fragen, ob ich dir darauf eine Antwort gebe, ist eine andere Sache.«

»Du kennst Jake sehr gut, oder?«

Er nickte, aber sagte nichts.

»Wieso haben er und sein Dad so einen krassen Streit? Du weißt es doch mit Sicherheit.«

Er atmete einmal tief ein und wieder aus. »Darf ich dich auch mal was fragen?«

»Klar.«

»Vicky ist deine beste Freundin, richtig?«

Ich runzelte die Stirn und war verwirrt über seine Frage, die ich wenige Sekunden später bejahte.

»Würdest du sie jemals in die Pfanne hauen?«

»Nein, natürlich nicht.«

»Siehst du. Und das werde auch ich nicht tun.«

Ich ließ meinen Kopf gegen die Kopfstütze sinken, als Kian in meine Einfahrt fuhr.

»Ich will es doch einfach nur verstehen.«

Er streichelte mir leicht den Arm. »Er wird es dir irgendwann erzählen. Gib ihm Zeit.«

»Was anderes bleibt mir auch nicht übrig.«

Er blieb stehen und ich schnallte mich ab. »Manchmal denke ich, er meint es mit mir nicht ernst«, erzählte ich und riss mich bei den Worten zusammen, damit mir keine Tränen die Wangen runterkullern.

»Hailey, dann würde er das nicht machen, was er schon alles mit dir getan hat. Glaub mir das.«

»Erzählt er viel von mir?«

»Sie fickt meinen Kopf, das waren seine Worte«, sagte er und lächelte dabei. »Was geht denn eigentlich bei dir und Elliot?«

Stirnrunzelnd sah ich ihn an. »Kommt die Frage von dir oder ...«

»Von wem wohl?«

»Sag ihm gleich, Elliot kommt heute noch zu mir.«

»Das ist keine gute Idee.«

»Wieso nicht?«

»Weil dann sonst was gegen seine Wohnwand fliegt oder er sich in sein Auto setzt und vor deiner Wohnungstür steht.«

»Ist er eifersüchtig auf Elliot?«

»Minimal.«

Meine Mundwinkel zogen sich nach oben und ich war beruhigt, weil ich es jetzt mal von jemand anderem hörte. Und zwar von seinem besten Freund.

Am nächsten Tag versuchte ich mich auf die Blumengestecke zu konzentrieren, obwohl ich mit den Gedanken nur bei Jake war. Ob Kian ihm von unserem Gespräch im Auto erzählt hatte? Oder ob gestern Chloe bei ihm vorbeigekommen war? Gott sei Dank verging der Arbeitstag recht zügig, sodass ich schnell zu ihm fahren konnte. Als ich vor seinem Grundstück parkte, piepste im selben Moment das Handy. Ich sah auf das Display und öffnete die ungelesene Nachricht von meinem Bruder.

Kapitel 40

Hailey

Hey Schwesterherz,

ein festes Datum haben wir bis jetzt nicht. Neyla ist aber schon auf Kleidersuche. So lange wird es also nicht dauern.

Auf dem Weg zur Haustür steckte ich das Handy wieder in meine Umhängetasche. Ob ich heute doch besser klingelte? Seine Autos standen zwar unter dem Carport, aber seit der gestrigen Situation war ich unschlüssig. Dieser Mann verunsicherte mich jeden zweiten Tag. Ich betätigte den Klingelknopf und wartete ungeduldig, bis die Tür geöffnet werden würde, und hoffte gleichzeitig, dass mir Fettarsch bei meinem Pech nicht entgegenkam.

Doch als sie aufging, stand Jake vor mir. »Wieso klingelst du?«, fragt er und musterte mich von oben bis unten.

»Weil ich nicht wusste …«, fing ich an und schlängelte mich an ihm vorbei.

Er hielt meinen Arm fest. »Weil du nicht wusstest? Was wusstest du nicht?«

Ich schaute auf seine Hand und zog den Arm weg. »Weil ich nicht wusste, ob du immer noch so ein Arschloch bist wie gestern im Auto«, zischte ich und ging zur Küchentheke, wo ich meine Tasche ablegte.

Mit dem Rücken lehnte er sich gegen den Kühlschrank und sah wie immer unverschämt gut aus mit seiner grauen Stoffhose und einem blauen Hemd.

Er bewegte sich auf mich zu. »Ich war gestern kein Arschloch zu dir«, bemerkte er und fuhr mit seiner Nase an meinem Hals entlang, sodass mein Körper überall kribbelte. »Nur du hast nicht aufgehört zu fragen, Baby.«

»Ich bin jetzt nicht mehr Baby für dich.«

Ich kämpfte gegen den Drang, ihm näherzukommen, weil ich von ihm eine Erklärung verlangte.

Er stoppte und schaute mir ins Gesicht. »Und das soll ich dir glauben?«, fragte er, schmunzelte dabei und küsste mich vorsichtig am Hals.

Ich glaubte mir mein Gefasel ja gerade selber nicht.

»Ich muss jetzt arbeiten, Jake. Deshalb bin ich doch hier.« So überzeugend, wie ich es mir erhoffte, sagte ich es nicht.

»Scheiß auf das Putzen. Du spürst doch schon selber das Verlangen, gleich wieder von mir gevögelt zu werden«, bemerkte er und ich spürte wieder seine weichen Lippen am Dekolleté. Okay, jetzt verlor auch ich meine Selbstbeherrschung. Wie sollte man das auch bei ihm schaffen?

Drängend lagen seine Lippen auf meinen und mit seiner Zunge forderte er Einlass in meinen Mund.

Ich lehnte mich gegen die Arbeitsplatte und schaute ihn an, doch sein lustvoller Blick steigerte auch meine Lust.

»Jake? Was möchtest du eigentlich von mir?«

»Dich. Nackt. Auf meiner Küchentheke.« Ehe ich Zeit hatte, mich auf ihn einzulassen, nahm er mir die Entscheidung ab. Meine Hände schoben sich unter sein Hemd und fuhren direkt über seinen muskulösen Oberkörper bis zum Nacken. Dann zog ich ihm über den Kopf das Hemd aus.

Hastig wanderten seine Hände zum Reißverschluss an meiner Hose und öffneten ihn. Zärtlich schob er die Jeans nach unten und legte seine Hände an meine nackten Hüften. Ermutigt durch seine Hände drückte ich mich näher an ihn und vertiefte unseren Kuss. Als ich langsam seine Hose aufknöpfte und von seiner Hüfte schob, lief ein Zittern vor Lust durch seinen Körper.

Seine Hände fanden einen Weg auf meinen Hintern und er hob mich auf die Küchentheke hinter mir, um mir die Hose ganz auszuziehen. Dann war mein Höschen dran. Mit gleichmäßigen Bewegungen fuhr er über meine empfindlichsten Stellen und entlockte mir ein Stöhnen. Triumphierend schaute er mich an, doch als ich seine Boxershorts ein Stückchen nach unten schob, wich sein Triumph wieder der Lust und er drückte meine Hüfte näher an sich, was mich seine Erregung deutlich spüren ließ. Seine Hände fuhren in meine Haare und über meine Brüste und meine Arme zu meinen Handgelenken, die er fest packte und auf seinen Oberkörper legte, bevor er sie losließ, um hinter mich in die Schublade zu greifen und ein Kondom zu nehmen.

»Du hast in deiner Küche Kondome?«, fragte ich belustigt.

»Ich bin halt immer gerne überall vorbereitet.« Eine Ecke der Verpackung nahm er zwischen die Zähne und zog das Kondom mit der anderen Hand heraus. Er streifte es sich über, rückte ein Stück von mir ab und fragte mit seinen Augen nach meiner Zustimmung.

Mit einem Kuss antwortete ich ihm, was er verstand, meine Hüfte packte und an sich zog.

Vorsichtig stieß er in mich und wie von alleine reagierte mein Körper auf ihn. Meinen Lippen entwich ein Stöhnen und ich hörte, dass es ihm genauso ging. Unsere Körper bewegten sich harmonisch im gleichen Rhythmus - mal schneller, mal langsamer stieß er in mich. Mit jedem Stoß kamen wir dem Höhepunkt näher und als wir gemeinsam losließen, kamen wir beide. Einen Moment lehnten wir uns an der Stirn aneinander, um zur Ruhe zu kommen.

Okay. Wow. Was war das für eine Begrüßung? In Gedanken war ich immer noch beim Sex, während ich jetzt schon zehn Minuten putzte und er oben trainierte. Dass er mir den Grund bisher nicht gesagt hatte, beschäftigte mich dennoch. Deshalb überlegte ich, wie ich am besten das Thema anfangen soll, damit er nicht gleich wieder an die Decke springt.

Ein kleiner Spalt zum Trainingsraum stand offen, sodass ich ihn beobachten konnte. Mit dem Springseil hüpfte er auf der gleichen Stelle, um sich aufzuwärmen. Vorsichtig betrat ich den Raum und setzte mich auf die Bank neben der Tür.

»Darf ich dich was fragen?«

Im großen Spiegel schaute er mich an. »Worum geht es denn?«

»Kannst du es dir nicht denken?«

Er rollte mit den Augen, widmete sich wieder dem Springseil und hüpfte fleißig weiter.

Ich sprang auf und stellte mich direkt vor ihn, sodass er das Springen beenden musste. »Wieso hasst du deinen Dad so? Erzähl es mir doch.«

»Hailey, das kann dir scheißegal sein. Akzeptiere es einfach so! Du musst nicht alles wissen.«

»Ich will es aber verstehen.«

Er schmiss das Seil in die Ecke. »Wieso bist du manchmal so nervtötend und checkst kein Nein?«

»Wieso bist du so an die Decke gesprungen, als dein Dad mich umarmt hat? Es war nur eine Umarmung.«

»Weil …« Er stoppte seinen Satz und schaute auf das Bild, was an der Wand in einem silbernen Bilderrahmen hing. Ich mochte das Foto von den dreien. Sein Dad, sein geliebter Opa und er strahlten um die Wette.

»Er wird dich einfach nicht mehr anpacken und fertig. Und jetzt hör auf mit diesem verdammten Thema. Geh mir jetzt aus den Augen, Hailey.«

»Jake«, sagte ich wütend. »Dass du immer so ein Geheimnis aus …«

Er unterbrach mich. »Mein Gott, nochmal. Der ach so tolle und sympathische Dad, so wie du es immer sagst, hat damals mit meiner Verlobten gefickt«, schrie er und schlug mit voller Wucht in den Bilderrahmen, der sofort in tausend Teile zersprang. Überall lagen Scherben.

Seine Antwort lähmte mich, machte mich sprachlos. Mit allem hatte ich gerechnet, aber nicht damit.

»Was?«, fragte ich, als ich mich wieder gefangen hatte. Besorgt schaute ich auf seine blutende Hand.

Jetzt stand er ganz ruhig da, schaute zu Boden. »Ein halbes Jahr war ich mit ihr verlobt und wollte sie heiraten. Sie war die Liebe meines Lebens. Aber die beiden hatten nichts Besseres zu tun, als es hinter meinem Rücken zu treiben.«

»Es tut mir unfassbar leid, Jake. Das konnte ich nicht wissen«, sagte ich und blickte wieder auf seine Hand. »Du musst mit der Verletzung ins Krankenhaus, du blutest wie ein Schwein.«

»Mach dir über meine Hand keine Gedanken. Geh jetzt nach Hause, den Grund kennst du ja jetzt.«

In dem Moment klingelte es an der Tür. »Komm. Lass uns ins Krankenhaus fahren, da muss ein Arzt drüberschauen.«

»Bist du fertig mit dem Putzen?«, fragte er mit ernster Stimme.

Okay, er wollte mich loswerden. Ich ließ ihn stehen und flitzte nach unten, verstaute alle Putzsachen, schnappte meine Tasche, lief zügig zur Haustür und öffnete sie. Und wer stand vor mir?

Kapitel 41

Jake

»Gut, dass wir in die Klinik gefahren sind«, bemerkte Chloe neben mir im Auto und streichelte leicht über meinen Oberschenkel bis hin zu meiner verbundenen Hand. »Na ja, es waren nur drei Stiche. Also bleib entspannt. Ich wäre schon nicht gestorben«, sagte ich und schaute aus dem Fenster hoch in die Sterne.

Genervt war ich immer noch enorm. Und dass Hailey es jetzt wusste, ließ meine Laune nicht besser werden. Obwohl es vielleicht auch gut war, dann verstand sie mich jetzt. Ich blickte zu Chloe rüber, die sich auf den Verkehr konzentrierte. »Wieso bist du überhaupt zu mir gekommen? Was wolltest du?«

Und wie zu erwarten, war Hailey Chloe an meiner Haustür fast in die Arme gefallen. Sie dachte jetzt vermutlich, ich hätte Chloe zu mir nach Hause eingeladen, was nicht stimmte.

»Bisschen quatschen.«

Ich runzelte die Stirn. »Quatschen? Wir reden sonst nie wirklich, wenn du plötzlich vor meiner Tür stehst.«

»Wieso ist die Kleine nicht mit dir ins Krankenhaus gefahren?«

»Weil ich es nicht wollte. Lass mich gleich nur zuhause raus. Ich habe keinen Nerv auf Smalltalk. Oder auch irgendetwas anderes.«

»Ich kann dir Gesellschaft leisten.«

Selbst wenn ich Gesellschaft wollen würde, wärst du die letzte Person.

»Ich werde jetzt eh schlafen gehen, meine Hand puckert wie verrückt.«

Sie fuhr auf mein Grundstück und hielt an. »Wie ist das denn überhaupt passiert?«

»Habe aus Versehen in einen Bilderrahmen geschlagen.«

»Aus Versehen?«

Ich schnallte mich ab. »Ja, kommt vor. Ich danke dir fürs Hinfahren. Wir sehen uns auf der Arbeit. Gute Nacht.« Zügig bewegte ich meinen Hintern aus ihrem Auto.

Als ich auf der Couch lag und mir meine Hand am liebsten in den Hintern gesteckt hätte vor Schmerz, vibrierte das Handy und ein Nachrichtensymbol ploppte auf. Lee. Ich tippte auf ihren Namen, weil sie online war.

(Sie): Hi Großer. Er hat mir den Grund jetzt gesagt, der wirklich heftig ist. Aber trotzdem verstehe ich nicht, wieso man dann so ausrasten muss. Der Idiot schlug in einen Bilderrahmen, weil er so sauer war. Und dann schickte er mich weg, obwohl ich mit ihm ins Krankenhaus fahren wollte. Wieso sind Männer so? Beziehungsweise warum ist er so?

Weil ich bei diesem Thema nicht gelassen blieb.

(Ich): Hi :-) Oh, aber dann kannst du ihn ja jetzt besser verstehen, wieso er ab und zu so merkwürdig reagiert und weshalb er so ist, wie er nun mal ist. Und vielleicht ist es gar nicht so tragisch mit seiner Hand. Ruf ihn doch mal an.

(Sie): Ich? Im Leben nicht. Der wird jetzt erstmal beschäftigt sein mit seiner Fickbiene.

Was Sie immer für Namen erfand.

(Ich): Weißt du doch gar nicht.

(Sie): Sie stand bei ihm vor der Haustür (wie so oft), als ich ging.

Dabei wusste ich ja nicht mal, dass sie zu mir wollte. Doofes Timing.

(Ich): Du denkst zu schlecht von ihm.

(Sie): Und du nimmst ihn langsam zu sehr in Schutz.

(Ich): Wann siehst du ihn wieder?

(Sie): Keine Ahnung. Manchmal wünschte ich, ich wäre ihm nie begegnet.

Okay, dieser Satz schmerzte mehr als meine verfluchte Hand.

Lee war offline. Ich beendete die App und bewegte mich Richtung Bett. Mir tat es leid, wie ich vorhin zu ihr war, aber sie brachte mich mit ihrer Fragerei zur Weißglut. Keine Frau nach Aria habe ich so an mich rangelassen wie Hailey jetzt, und das löste Angst in mir aus. Unerwartet piepste das Handy, als ich es ans Ladekabel neben meinem Bett ansteckte. Eine Nachricht von Kian.

Hey Bruder,

wir wollen morgen Abend in die Bar, wo wir letztens waren. Bist du dabei?

Klar tippte ich ein und schickte es ab. Er schrieb zwar nicht, wen er mit WIR meinte, aber ich ahnte es schon. Es ließ mir keine Ruhe, dass ich Hailey endlich beichten sollte, dass ich Mr. Lambo war.

Auch wenn ich ein wenig nervös war vor dem Treffen, weil ich nicht genau wusste, ob sie noch sauer war, freute ich mich dennoch, sie gleich wiederzusehen. Ich fuhr in die freie Parklücke, schaltete den Motor aus. Nur ein einziges Auto stand da drüben, und das war Haileys kleiner Flitzer.

Als ich ausstieg, trafen sich unsere Blicke. Sie trug eine Strickjacke, die sie jetzt vor dem Bauch zuhielt.

Langsam, aber sicher waren die warmen Sommerabende vorbei. Ich freue mich aber auch auf den Herbst.

Ich ging auf sie zu. »Hey.«

»Hey.« Ihr Blick wanderte zu meiner Hand. »Hast du gut gemacht, dass du ins Krankenhaus gefahren bist.«

Ich hob meine Hand bis in Brusthöhe. »Ja, Chlo…«, fing ich an, schluckte den Rest des Satzes blitzschnell herunter, als ich sah, wie sie die Augen verdrehte.

»Ist doch schön, dass du mit ihr gefahren bist«, sagte sie dann aber doch, als wäre nichts.

»Es tut mir leid, Hailey«

»Mh? Was tut dir leid?«

Ich nahm sie leicht in meine Arme und flüsterte ihr ins Ohr: »Alles. Ich wusste nicht, dass sie gestern zu mir wollte.«

»Und das soll ich dir glauben?«

Ich griff an ihre Schulter. »Ich habe gestern mit dir geschlafen. Denkst du, ich rufe danach Chloe an und frage sie, ob sie Bock hat, zu mir zu kommen?«

Sie schaute mich nur an und in ihren Augen lag Skepsis.

»Chloe ist nur eine Kollegin.«

Sie prustete los. »Genau. Und ich gehe jetzt rein. Mir ist kalt.« Schon verschwand sie in der Bar. Ich sah auf meine Armbanduhr. Wo blieben Vicky und Kian?

Auf einmal vibrierte das Handy in der Hosentasche. Ich holte es heraus und sah eine Nachricht von meinem besten Freund.

Hey,

wollte nur sagen, dass Vicky und ich nicht kommen. Wir wollten, dass ihr es miteinander klärt und ich will, dass du ihr das mit der App endlich sagst.

Wow. Für so schlau hätte ich ihn nicht gehalten. Die Idee war mit Sicherheit nicht von ihm, sondern von ihr. Das Handy steckte ich wieder in die Tasche und betrat die Bar. Mein Blick schweifte von Tisch zu Tisch, wo ich nach Hailey suchte. Sie saß in dieser gemütlichen Sitzlounge mit einem kleinen runden Tisch und schaute auf ihr Handy.

»Die beiden kommen nicht«, sagte ich flüchtig und setzte mich neben sie. »Vicky hat mir eben auch geschrieben«, bemerkte sie und hielt mir das Handy unter die Nase. »Die haben uns reingelegt.«

Vorsichtig streichelte ich ihr über das Bein. »Wieso denkst du eigentlich so schlecht von mir? Ich fasse keine Frau mehr an, seitdem wir was miteinander haben.«

»Wieso stehst du dann nicht zu deinen Gefühlen?«

»Ich will einfach nicht verletzt werden.«

»Und dann verletzt du lieber andere? Und in dem Fall mich?«

Meine Hand zog ich wieder zurück und lehnte mich nach hinten. Verzweifelt strich ich mir durch die Haare.

»Schönen Abend noch, Jake«, sagte sie, stand auf und lief Richtung Ausgang. Diese Frau. Ich lief ihr hinterher, folgte ihr aus der Bar und hielt sie vor ihrem Auto an ihrer Schulter fest. »Hör auf, immer wegzurennen.«

»Weißt du, Jake, ich weiß ja jetzt, was damals mit deiner Ex passiert ist und es tut mit unfassbar leid, dass du so verletzt worden bist von den wichtigsten Menschen in deinem Leben, aber dafür kann ich nichts. Dafür kann keine andere Frau etwas. Und es ist nicht fair, wenn du mit Gefühlen anderer spielst ...«, fing sie an und ich stoppte ihren Satz mit einem Kuss auf ihre Lippen.

»Ich spiele nicht mit dir. Ich mag dich wirklich sehr, Hailey. Man. Wieso checkst du es denn nicht?«

»Manchmal reagierst du einfach so komisch«, sagte sie leise und schaute mir in die Augen.

»Weil du regelrecht meinen Kopf fickst. Ich versuche die ganze Zeit ...« Abrupt stoppte ich.

»Ja? Was versuchst du?«

»Dich nicht richtig an mich ranzulassen, weil du halt nicht nur eine schnelle Nummer für mich bist und nie warst.«

Ihre Hände spürte ich im Nacken und merkte, wie sie mich an sich ran zog.

»So machst du das mit uns aber vielleicht kaputt, bevor es richtig angefangen hat«, flüsterte sie und schaute mir dabei tief in die Augen.

Meine Lippen legte ich erneut auf ihre und ich küsste sie liebevoll. »Das ist das Letzte, was ich will.«

»Ich werde jetzt nach Hause fahren. Wir sehen uns morgen, Jake.«

»Wollen wir dann abends zusammen essen?«

Sie holte ihren Autoschlüssel aus der Tasche und öffnete die Tür. »Wenn es nicht wieder an der Haustür klingelt, gerne.«

»Ich stell die Klingel ab«, sagte ich und zwinkerte ihr zu.

Sie setzte sich ins Auto und legte ihre Tasche neben sich auf den Beifahrersitz. »Bis morgen. Gönn deiner Hand etwas Ruhe.«

»Du kannst mir ja Gesellschaft leisten«, fragte ich vorsichtig nach.

»Man kann nicht alles mit Sex klären.«

Ich legte meine gesunde Hand auf ihrer Autotür ab. »Wer redet hier von Sex?«

Hailey steckte den Schlüssel ins Zündschloss.

»Die Einzige, die gerade daran dachte, warst du, Baby.« Das fand ich gerade ziemlich amüsant.

Sie zeigte mir den Vogel und lachte dabei. »Spinner. So, ich fahre jetzt.«

Ich trat einen Schritt zurück. »Schreib mir, wenn du zuhause bist, okay?«

»Das hast du ja noch nie zu mir gesagt.«

»Vielleicht merkst du dann jetzt mal, wie viel du mir bedeutest, Hailey.« Ich warf die Autotür zu.

Kian tötet mich, weil ich es ihr immer noch nicht gesagt habe, dachte ich. Aber die Gelegenheit hatte sich einfach nicht ergeben.

Kapitel 42

Hailey

Da heute das nervige Auto nicht ansprang, entschied ich mich für das Fahrrad. Ich liebte Fahrradfahren, aber in letzter Zeit war ich doch etwas zu bequem und war überall mit dem Auto hingefahren. Und da stand ich wieder vor seiner Villa.

Ehe ich nachher nicht dazu kommen würde, nahm ich jetzt mein Handy zur Hand und öffnete die App. Keine neuen Nachrichten von Mr. Lambo. Vielleicht nervte ich ihn langsam damit, dass ich so negativ über Jake sprach. Komischerweise nahm er ihn oft in Schutz, was er anfangs nicht getan hatte. Männer halten scheinbar immer zusammen, auch wenn sie sich nicht mal kannten.

Ich öffnete den Chat. Er war online.

(Ich): Ahhh ... ich glaube, er muss mich schon echt mögen. Er meinte gestern sogar zu mir, dass ich mich melden soll, wenn ich zuhause bin, und das hat er vorher niiiiee geschrieben.

(Er): Na siehst du. :) Ich sage ja, denk nicht so schlecht von ihm.

(Ich): Gleich sehe ich ihn wieder. Mal schauen, ob heute wieder unangemeldeter Besuch bei ihm klingelt.

(Er): Dann viel Spaß gleich bei ihm :-) ich bin off. Bye.

Mr. Lambo ist offline.

Ich schob mein Fahrrad auf sein Grundstück und stellte es an die Hauswand. Als ich die Haustür aufschließen wollte, öffnete sie sich schon und er stand vor mir. »Hey«, begrüßte er mich und nahm mich in den Arm.

»Hi.«

Wenn er mich so liebevoll in den Arm nahm, genoss ich es richtig. Da fühlte ich mich direkt sicher bei ihm. Sein Duft stieg mir in die Nase und lähmte mich regelrecht.

Ich lief an ihm vorbei und legte meine Tasche auf den Barhocker.

»Auf was hast du später Hunger?«, erkundigte er sich und lehnte sich lässig an den Küchenschrank.

Ich überlegte. »Ich lass mich überraschen. Mach mich einfach happy.«

Sein freches Grinsen versuchte er zu unterdrücken. »Also, da, wo du jetzt stehst, warst du schon mal sehr happy.« Er deutete mit seinem Finger auf die Küchentheke. Spinner.

»Joa, war nett mit dir«, sagte ich und brachte es hoffentlich so cool wie möglich rüber, obwohl es alles andere als nur nett gewesen war.

Er kam zu mir und drückte meinen Rücken mit seinem Körper leicht gegen die Theke. »Nett?«, wiederholte er und seine Augen landeten auf meine Lippen.

Ich streckte mich etwas zu ihm hoch, hauchte gegen seinen Hals und verteilte kleine Küsse. »Es war mehr als nur nett. Mr. Payne«, flüsterte ich ihm zu.

Seine Hände wanderten runter zu meinem Hintern und zogen mich gegen die Beule in seiner Hose, bis ich ihn wieder stoppte. »Ich muss jetzt erstmal putzen. Später vielleicht«, brachte ich ihn zur Vernunft, nahm Abstand von ihm und widmete mich dem Putzkram.

Eine Stunde später putzte ich die oberen Zimmer und hörte, dass er telefonierte. Vermutlich mit dem Bestelldienst. Gutes Timing. Mein Magen knurrte mittlerweile. Innerlich hoffte ich, dass er Sushi orderte. Leise näherte ich mich der Schlafzimmertür und lauschte.

»Mein Gott, nerv mich doch jetzt nicht damit«, blaffte Jake in den Hörer. Okay. Es war auf jeden Fall nicht der Bestelldienst. *Hailey, geh von der Tür weg und putze.*

»Nein, habe ich nicht, Kian. Und ich kann es im Moment auch nicht. Irgendwann kommt schon der richtige Zeitpunkt.«

Ah, er telefonierte mit seinem besten Freund. Aber was kann er im Moment nicht? Hä? Ich verstand von all dem nichts.

»Wie, was es mir bringt? Nichts. Aber es ist doch auch scheißegal, ob sie es weiß oder nicht.«

Meinte er Vicky? Oder mich? Was wusste ich denn jetzt wieder nicht?

»Boah, jetzt nervst du mich wieder mit der Beziehungsscheiße. Wir wissen beide, dass du jetzt überglücklich mit Vicky bist, aber geh mir damit nicht auf den Sack. Ich bin mit ihr nicht zusammen und ich habe darauf auch keinen Bock. Wir haben Spaß miteinander, ja, aber das war es auch.«

Bitte? Was sagte er da gerade? Sofort schossen mir die Tränen in die Augen. Wieso erzählte er mir dann gestern den ganzen verlogenen Mist vor der Bar?

»Und das mit der scheiß Lovekiss-App werde ich ihr nicht sagen. Wenn Sie es irgendwann selber checkt, okay. Aber ich werde es ihr nicht von alleine sagen.«

Ah, wusste ich doch, dass er dort angemeldet war. Wieso verheimlichte er das aber? Er hätte es mir erzählen können. Ich stand vor dieser Tür und schaute auf den neongelben Putzlappen in meiner Hand. Wie sollte ich jetzt am besten reagieren?

»Und außerdem, Kian, wer rafft es denn nicht? Sie könnte eins und eins zusammenzählen. Mein Nickname ist Mr. Lambo und ich besitze sogar diesen verdammten Wagen. Ich habe ihr ein Foto von meinem Oberkörper geschickt. Bei wem macht es denn da nicht klick? Ich kann es ihr nicht sagen. Keine Chance.«

Vor Schreck ließ ich den Lappen fallen. Gott sei Dank hörte man das nicht. *Bitte lass mich jetzt träumen. Wach auf, Hailey. Lass es einen schlechten Traum sein.* Seit Monaten schrieb ich im Internet mit einem Kerl und schüttete ihm mein Herz über Jake aus, dabei hatte ich die ganze Zeit mit ihm geschrieben? Personaltrainer? Was hatte Mr. Lambo doch immer wieder betont: *Ich nehme mir nur das eine. Und das ist Sex.*

Und genau das bekam er von mir. Sex.

Zügig, aber leise flitzte ich die Treppe runter, nahm zwei Stufen gleichzeitig, damit ich schneller war. In der unteren Etage konzentrierte ich mich, um mir nicht noch die Knochen zu brechen, weil der Boden noch nass war. Es reichte, dass mein Herz vor wenigen Sekunden gebrochen worden war. Im hohen Bogen flog der Lappen zurück in den Eimer. Mit einem Ohr hörte ich Jake immer noch telefonieren und kramte schnell einen kleinen Zettel aus einer Küchenschublade, holte einen Kugelschreiber aus meiner Tasche und schrieb:

Mich siehst du nie mehr, Mr. Lambo. Du verlogenes Arschloch.

Mit einem Küchentuch wischte ich mir die Tränen von der Wange und legte seinen Hausschlüssel neben dem kleinen Zettel ab, schnappte meine Tasche und verließ diese Villa. Draußen hielt ich mich nicht mehr zurück und heulte wie ein Schlosshund. Und jetzt konnte ich nicht mal mit meinem Problem zu Vicky, weil sie heute Morgen zu ihrer Familie geflogen war.

Ich stieg auf das Fahrrad, setzte mir den Helm auf, wischte mir ein letztes Mal die Tränen aus dem Gesicht und fuhr los. Unterwegs hörte mein Handy gar nicht mehr auf zu klingeln. Ich sah zwar nicht, wer es war, aber ich ahnte es.

An einer roten Ampel wagte ich einen Blick aufs Handy. Zehn verpasste Anrufe und neun Nachrichten von Jake. Auf keine einzige reagierte ich. Und ich löschte auch sofort die App, steckte das Telefon wieder zurück in meine Tasche und überquerte die Straße.

Reifen quietschten. Ein Knall. Mein Becken traf ein dumpfer Schmerz. Wie in Zeitlupe sah ich meinen eigenen Körper über eine rote Motorhaube rollen. Dann lag ich auf der Fahrbahn. Meine linke Seite schmerzte. Ich konnte nur schwer atmen. Und bewegen ging gar nicht mehr. Mir wurde schwindelig. Schwärze breitete sich in mir aus.

Ich öffnete die Augen und schaute in ein fremdes Gesicht.

»Oh mein Gott. Tut mir leid. Gehts Ihnen gut? Können Sie sich hinsetzen? Der Rettungswagen ist schon unterwegs.«

Ich verstand hier gar nichts und sah mich um. Mitten auf der kalten Straße lag ich.

»Was ist passiert?«, fragte ich den Fremden. Immer wieder fielen mir die Augen zu.

»Sie sind einfach losgefahren, obwohl ihre Ampel noch auf Rot stand.« Er klopfte mir an die Wange. »Hallo. Machen Sie die Augen auf. Die werden gleich da sein.«

Irgendwann kam ich mit Zugang im Handrücken und einem Schmerzmittel, das dadurch in mein Blut floss und mir das Atmen erleichterte, weil es den Schmerz dämpfte, im Krankenhaus an. Der Notarzt berichtete dem Klinikpersonal, was er bereits wusste, und mehrere Untersuchungen wurden angeordnet. Nachdem die abgeschlossen waren, landete ich wieder bei dem Arzt in der Notaufnahme.

»Also, ich habe mir die Röntgenbilder angeschaut, bin aber kein Radiologe. Ich erkenne keine größere Fraktur, aber wir warten noch den abschließenden Befund des Radiologen ab«, erklärte er mir freundlich.

Dann wurde ich von zwei Pflegern in ein Stationszimmer gebracht und allein gelassen.

Ich starrte an die Decke und versuchte, so langsam wie möglich ein und aus zu atmen. Der Schmerz war zwar weg, aber ein gewisser Druck war noch da. Ich sah aus dem Fenster. Mittlerweile dämmerte es, die ersten Sterne waren am Himmel zu sehen. Plötzlich wurde die Zimmertür geöffnet und Elliot trat hindurch. Er trug einen weißen Arztkittel. Ich freute mich so sehr, eine vertraute Person zu sehen. Seine Arbeitskleidung hatte was. Irgendwie sah er ziemlich sexy aus.

»Hailey, was machst du für Sachen?«, fragte er besorgt und kam zu mir ans Bett.

Eine Krankenschwester klopfte und trat mit zwei Coolpacks ins Zimmer. Sie legte sie neben mir auf den Tisch, ohne auch nur irgendetwas zu sagen.

»Ich hatte einen Unfall. Mir tat alles weh.«

Er streichelte meine Stirn. »Ach wirklich?«, fragte er mit einem Lächeln und schaute danach kurz zu seiner Kollegin, die immer noch wie angewurzelt neben uns stand. Ihr Blick war auf seine Hand gerichtet.

»Man kommt oft wegen eines Unfalls ins Krankenhaus.«

Sie räusperte sich, um die Aufmerksamkeit auf sich zu ziehen. »Elliot? Wartest du später wieder unten auf mich?« Ihr Blick fiel abwechselnd auf uns beide.

»Ich weiß noch nicht, wann ich heute aus dem Krankenhaus rauskomme.«

»Okay. Dann warte halt nicht«, sagte sie und verließ das Zimmer.

Auf einmal klingelte mein Handy in der Tasche. Sie stand unten im Nachtschrank. Elliot lief ums Bett herum und reichte sie mir. »Geh du bitte ran«, sagte ich und legte die Coolpacks an meine Rippen.

»Hi Jake. Hier ist Elliot.« Kurze Pause. »Warte, bevor du weitersprichst. Sie hatte einen Unfall und liegt im Krankenhaus.«.

Ich beobachtete ihn beim Telefonieren.

»Ja genau, in dieser Klinik liegt sie.« Dann legte er auf. »Er wird gleich da sein.« Elliot lächelte aufmunternd. »Dein Handy wird übrigens gleich ausgehen. Du hast nur noch zehn Prozent Akku.«

»Okay. Ich glaube, die Krankenschwester findet dich ziemlich gut.«

»Ich weiß. Und mittlerweile weiß es auch die ganze Station, was mich extrem nervt. Sie versteht nicht, dass ich für sie keine Gefühle entwickeln kann.«

»Was hindert dich denn daran? Sie ist doch eine hübsche junge Lady.«

Er schaute kurz aus dem Fenster. »Was mich daran hindert? Eine andere Frau, die ständig in meinen Gedanken rumschwirrt.«

Fragend sah ich ihn an. »Weiß die andere Frau aber, dass du etwas für sie empfindest?«

Kopfschüttelnd verneinte er. »Und das wird sie auch nie erfahren.«

»Aber dann weißt du ja nie, ob es zwischen euch vielleicht eines Tages klappen könnte.«

Er setze sich ans Fußende und streichelte mein Bein. »Weißt du, manchmal sollte man einfach schweigen, um nicht irgendetwas kaputt zu machen.«

»Sagst du mir wenigstens, wer sie ist? Vielleicht kann ich ja mal mit ihr reden.«

Er strich mit den Fingern durch seine Haare. »Lassen wir das Thema jetzt. Kommen wir zurück zu deinem Unfall.«

»Meinetwegen können wir das Thema für heute dabei belassen, aber ich vergesse es nicht«, sagte ich knapp und zwinkerte ihm zu. »Ich trauere jetzt schon meinem tollen Fahrrad hinterher, was wohl im Arsch ist.«

»Dein Fahrrad vergiss jetzt mal. Du hattest wahnsinniges Glück, dass dir nichts Schlimmeres passiert ist. Auf deinen Röntgenbildern ist keine Fraktur zu sehen. In deinem Kopf war keine Blutung zu sehen, auch da hast du sehr großes Glück. Manche Patienten haben eine Amnesie, also einen leichten Gedächtnisverlust, aber in der Regel kommen die Erinnerungen in den nächsten Tagen wieder.«

Ich atmete auf. »Dann kann ich ja nach Hause gehen.«

»Um auf Nummer sicher zu gehen, würde ich dich hier über Nacht behalten.«

Im selben Moment wurde die Tür geöffnet und Jake stand im Zimmer.

Kapitel 43

Jake

»Über Nacht bleiben? Was ist passiert?«, fragte ich Hailey, strich ihr eine Strähne aus dem Gesicht und gab ihr einen Kuss auf die Stirn. Ich hoffte, sie war nicht mehr allzu sauer und ließe es mich erklären, warum ich so feige gewesen war. Es war der größte Fehler, dass ich sie so lange belogen hatte.

»Was hat sie, Elliot?«

»Das darf ich dir eigentlich gar nicht sagen, es sei denn, Hailey erlaubt es mir.« Die beiden tauschten Blicke aus und Hailey nickte. »Sie hat nur etliche Abschürfung und einen leichten Gedächtnisverlust, aber um sicher zu gehen, sollte sie eine Nacht hier bleiben.«

»Gedächtnisverlust?«, fragte ich. Logisch war mir bewusst, was er damit meinte.

»Ja, aber in der Regel kommen die Erinnerungen in den nächsten Tagen wieder«, erklärte er mir. Ich hoffte nicht. Bitte nicht. Das Telefonat zwischen Kian und mir sollte sie vergessen. Am besten für immer. Seit vorhin trug ich so ein wahnsinniges schlechtes Gewissen in mir. Diesen Unfall hatte sie nur durch meine Schuld gehabt und wegen mir lag sie jetzt hier und hatte Schmerzen.

»Sie muss sich jetzt einfach ein paar Tage schonen.«

»Du kannst dich doch auch bei mir zuhause schonen, oder nicht?«, sagte ich.

Gleichzeitig schauten wir zu Elliot.

»Ich hasse Krankenhäuser, Elli.« Hailey klimperte zuckersüß mit ihren Wimpern.

»Wenn du nach Hause willst, kann ich dich hier natürlich nicht festhalten«, fing Elliot an und warf mir einen Blick zu, der mir ehrlich gesagt nicht passte.

»Ich würde dann nach Hause gehen«, sagte Hailey mit fester Stimme, die keine Widerrede zuließ.

»Okay. Ich komme gleich wieder.«

Er verschwand kurze Zeit aus dem Zimmer und ich setzte mich zu ihr ans Bett. »Es tut mir leid, Hailey«

»Du kannst ja nichts dafür.«

Wenn du wüsstest.

»Und siehst du, Elliot ist gar nicht so ein Arsch, wie du es immer denkst.«

Ich schenkte ihr ein Lächeln, aber innerlich dachte ich etwas anders.

Wenige Minuten später kam er wieder ins Zimmer mit einer Klemmmappe in der Hand. »Das Formular müsstest du dann nur unterschreiben, damit wir abgesichert sind.« Er hielt Hailey einen Kugelschreiber hin.

Sie füllte den Bogen aus und ich verstaute die Wasserflasche in ihrer Tasche, bis mir das Handy auffiel. Fuck. Da waren alle meine Nachrichten drauf. Wenn sie die liest, wäre ich gefickt. Da Hailey im Moment so beschäftigt war und sich mit Elliot unterhielt, tippte ich aufs Display, um mit etwas Hoffnung die Mitteilungen zu löschen. Vergebens.

Das Handy war aus. Auf einer Seite war es das Beste, was mir jetzt passieren konnte, auf der anderen Seite wusste ich, dass ich nicht viel Zeit hatte, ihr alles zu erklären, bis ihr Handy wieder anging und sie sich selber an alles erinnerte.

»Bist du jetzt sauer auf mich?«, hörte ich sie Elliot fragen. Warum sollte er denn sauer sein? Ihm wird es relativ egal sein, ob du im Krankenhaus bleibst oder nicht. Es wird ihn eher abfucken, dass ich dich abhole und in mein Haus bringe.

»Wieso sollte ich sauer auf dich sein, meine Kleine?«

Übertreib deine Lage jetzt nicht. Ich gebe dir gleich *meine Kleine.*

»So. Ist alles geklärt?«, unterbrach ich die beiden und warf mir ihre Tasche über die Schulter.

Elliot nahm den ausgefüllten Bogen zur Hand. »Und denk dran, du musst dich schonen. Wenn was ist, kannst du dich jederzeit bei mir melden.«

Elliot? Wovon träumst du eigentlich nachts? Als würde sie sich bei dir melden, wenn sie bei mir ist.

Sie nahm ihn in den Arm und ich schaute in dem Moment genervt weg. Das Bild von den beiden gab ich mir auf keinen Fall.

Die Strickjacke legte ich ihr über die Schultern und sah Elliot mit ernstem Blick an. »Schöne Nachtschicht noch«, sagte ich gehässig.

»Da muss ich dich leider enttäuschen, ich habe jetzt keinen Dienst.«

»Und was machst du dann hier?«

»Ehrlich gesagt, hab ich jetzt keine Zeit und keine Lust mit dir zu reden. Pass gut auf Hailey auf, sonst lernst du mich kennen.« Er streichelte ihre Schulter und hantierte weiter an den Geräten herum, ohne uns weiter zu beachten.

»Sonst lernst du mich kennen«, wiederholte ich seine Worte, als ich Hailey ins Auto half. »Geht es so?«, fragte ich besorgt.

Sie hielt sich die Rippe. »Ja, geht so. Aber fahr vorsichtig und nimm bloß keine Schlaglöcher mit«, sagte sie, während ich ums Auto lief und einstieg.

»Ich gebe mein Bestes, aber der Wagen ist leider Gottes ein Sportwagen und daher ...«, erklärte ich, bis sie mich unterbrach und abwinkte.

»Egal. Fahr einfach. Ich muss Vicky schreiben.«

»Kannst du ja morgen machen. Am besten gehst du gleich erstmal schlafen«, sagte ich und fuhr gemütlich los. Fahrradfahrer überholten mich, so langsam waren wir unterwegs. »Oder Magst du gleich noch etwas essen?«

Sie schüttelte den Kopf und ich sah, wie ihre Augen immer wieder zufielen. Vorsichtig streichelte ich ihren Oberschenkel.

»Hast du Kühlpacks zuhause?«, fragte sie.

»Ich denke schon. Wenn nicht, kriegst du tiefgefrorene Pizzabaguettes auf deine Rippen.«

Sie lachte, aber zischte gleichzeitig. »Aua.«

Zuhause angekommen trug ich sie ins Schlafzimmer und legte sie sanft auf das Bett.

»Danke, dass ich bei dir sein darf.«

Ein kleines Lächeln schenkte ich ihr, lief runter und durchwühlte mein komplettes Eisfach. Zwei Kühlpacks schnappte ich mir und umwickelte sie mit einem Handtuch.

Damit flitzte ich wieder nach oben, wo Hailey ihre Tasche und ihr Handy in den Händen hielt. Vor Schreck ließ ich fast die Packs fallen. *Wieso explodiert dieses Teil nicht einfach oder löst sich in Luft auf?*

»Du sollst doch liegen bleiben. Was machst du denn da?«

»Mein Akku ist leer. Hast du vielleicht ein Ladekabel für mich?«

Bitte. Lass jedes verdammte Kabel, was ich hier zuhause besitze, kaputt sein.

»Kann ich gleich holen, ja. Aber jetzt leg das hier erstmal an deine Rippen«, wies ich sie an und hielt ihr die Kühlpacks hin. Sie ließ sich nach hinten auf die Matratze sinken und positionierte die Coolpacks an ihrer linken Seite.

Mein Handy zeigte eine Nachricht an. Sie war von Kian.

Und bist du bei ihr in der Klinik? Wie geht es ihr?

Kian wusste Bescheid. Nachdem Elliot mir am Handy mitgeteilt hatte, dass Hailey im Krankenhaus liegt, hatte ich ihn sofort angerufen, weil ich in Panik war.

Hailey schlief mittlerweile. Ich schlich aus dem Zimmer und verschwand nach unten in die Abstellkammer, weil ich da zu hundert Prozent sicher war, dass sie mich nicht hörte und weil ich sie dort sofort bemerken würde.

Ich tippte auf Kian in meinen Kontakten. Nach nur zweimal Klingeln ging er ran.

»Na, bist du noch im Krankenhaus?«

»Hey. Nein. Ich bin zuhause und sie liegt oben im Bett.«

»Wie, bei dir im Bett? Hat sie dir verziehen?«

»Ich gehe von einer Scheiße in die nächste, Bruder.«

»Das ist ja nichts Neues. Was hast du denn jetzt angestellt? Und nochmal: Wieso liegt sie bei dir im Bett?«

Verzweifelt strich ich mir durch die Haare. »Na ja, sie hat Rippenschmerzen, etliche Abschürfung und eine leichte Amnesie. Unser Telefonat hat sie bis jetzt scheinbar vergessen, sonst wäre sie wohl kaum so nett.«

»Aber kommt die Erinnerung nicht nach ein paar Tagen wieder?«

»Und genau das ist mein Problem. Was soll ich denn jetzt machen, Kian?«

Er lachte. Er lachte einfach. Wollte er mich verarschen?

»Wie? Was sollst du machen? Ihr es vielleicht von selber erzählen?«

»Das kann ich nicht. Dann verliere ich sie.«

»Na ja, es ist nur eine Frage der Zeit, bis es ihr einfällt und sie dann wirklich für immer die Schnauze von dir voll hat. Sei froh, du hast vom Leben eine zweite Chance bekommen.«

»Sie darf diese Nachrichten von mir einfach nicht lesen.«

»Jake. Es wird sowieso rauskommen. Die Frage ist nur wann. Deshalb beweise jetzt mal Eier und erzähl es ihr von selbst.«

Er hatte recht.

»Ich werde es ihr sagen, wenn es ihr etwas besser geht.«

»Wenn es dann nicht zu spät ist. Hör einmal in deinem Leben auf mich und sag es ihr gleich morgen früh.«

Manchmal erinnerte er mich an meine Mum. Sie drängte mich auch öfter mal zu Sachen.

»Hast du es Vicky erzählt?«

»Nein. Sie hat auch einiges zu tun.«

»Sag es ihr auch nicht. Hailey wird es ihr schon selber erzählen. Ich muss jetzt erstmal wieder auflegen, nicht dass sie gleich wach wird.«

»Okay. Ich gehe jetzt auch schlafen. Und sag es ihr morgen, du bist sonst am Arsch.«

Ich verdrehte die Augen. »Ja. Bis dann.«

Wie zum Geier würde ich morgen am besten dieses Gespräch anfangen? Etwa so: *Guten Morgen, Baby, ich wollte dir nur sagen, dass ich dir die ganze Zeit etwas vorgemacht habe mit der App und dass ich große Scheiße gelabert habe mit Kian, es mir unendlich leidtut und dass ich gemerkt habe, dass ich dich eigentlich liebe.* Ich stoppte meine Gedanken, weil ich selber erschrocken über den letzten Satz war. Ich atmete einmal tief ein und aus und hoffte, dass das Ganze gut für mich ausgehen würde. Das Handy steckte ich wieder zurück in die Hosentasche und bewegte meinen Hintern ins Bett. Hailey lag so friedlich neben mir. Ich hörte ihren flachen Atem, sah, wie sich ihr Brustkorb unter der Decke bewegte. Ihre Augenlider flackerten – sie träumte.

Am nächsten Morgen war ich verdammt müde, weil ich die Nacht kaum ein Auge zugemacht hatte. Noch nie in meinem Leben hatte ich so ein Gedankenchaos in meinem Kopf.

»Guten Morgen«, holte mich Haileys Stimme aus den Gedanken.

»Guten Morgen. Wie geht es dir?«

»Wenn ich jetzt so liege, ist es ganz okay. Ich darf mich nur nicht bewegen.«

»Musst du ja auch nicht«, sagte ich und küsste sie auf die Stirn. »Ich hole jetzt mal was vom Bäcker. Irgendwelche besonderen Wünsche?«

»Ich habe einen Bärenhunger. Ich könnte alles essen.«

Ich lachte und schwang mich aus dem Bett.

Dreißig Minuten später fuhr ich wieder auf den Hof, parkte unter dem Carport, schnappte die Brötchentüte, die auf dem Beifahrersitz lag, und ging zum Haus.

Als ich die Haustür aufschloss und reinging, sah ich ihre Strickjacke und Tasche auf der Küchentheke. In dem Moment hörte ich ein Auto vor meinem Tor. Ich schaute aus dem Fenster. Wer war das? Elliot? Was wollte der hier? Nach ihr sehen, ob ich mich gut um sie kümmerte?

Unerwartet kam Hailey die Treppe runter und hielt ihr Handy in der Hand. Nein. Bitte nicht. Ihr Gesichtsausdruck ließ keinen Zweifel daran zu, dass sie alles gelesen hatte.

Ich hatte verkackt. Fuck. Innerlich zerbrach ich Stück für Stück. Die Brötchentüte landete auf der Theke und ich lief auf sie zu. »Hailey. Es tut mir …«

Kapitel 44

Hailey

Wie lange wollte er es mir verheimlichen? Wie gut, dass ich das Handy kurz ans Ladegerät gestöpselt hatte, als er weg war. Sonst wäre ich immer noch im Ungewissen. Wie falsch konnte ein Mensch sein? Auf der letzten Stufe blieb ich stehen und gab ihm zu verstehen, dass er mir bloß nicht näherkommen brauchte.

»Was, Jake? Es tut dir leid? Was tut dir leid? Dass du mich verarscht hast, deine Äußerung, die du bei dem Telefonat mit Kian getätigt hast, oder dass du jetzt die Gedächtnislücke ausgenutzt hast in der Hoffnung, mir würde es nie mehr einfallen?«

Er kam auf mich zu und berührte meine Hand. »Bitte. Hailey. Lass es mich erklären.«

»Fass mich nicht mehr an«, schrie ich, schlug seine Hand weg. Die Rippenschmerzen nahm ich in dem Moment nicht mehr wirklich wahr.

Ich schlängelte mich an ihm vorbei. »Wie lange wusstest du das schon mit dem Chat?«

»Schon etwas länger.«

»Wie lange?«

»Kurz nach unserem ersten Date ungefähr.«

»Das heißt, beim Golfen wusstest du es schon?«

Er nickte nur.

»Und als wir auf dem Jahrmarkt waren ...«

»Hailey ...«

»Wir waren sogar bei den Niagarafällen in einem Hotelzimmer, als ich dir geschrieben habe?« Dass ich so naiv gewesen war und es nicht geschnallt hatte. »Fandest du es denn lustig mit einer Putze zu ficken und über den Chat mit ihr Marionette zu spielen?«, fragte ich ihn und kämpfte mit den Tränen.

»Ich habe mit dir nicht Marionette gespielt. Man, Hailey ...«

»Was, Jake? Was willst du noch von mir?« Der Kloß in meinem Hals tat mittlerweile schrecklich weh.

»Ich wusste es anfangs doch selber nicht, dass du die Frau bist, mit der ich auf einer fucking Dating Plattform schreibe, bis irgendwann dein Handy aufleuchtete und ich meinen Chatnamen las.«

Meine Tränen ließen sich nicht mehr zurückhalten. Er bemerkte es und wollte mich in den Arm nehmen, was ich aber nicht zuließ.

»Und du musst mir glauben, mir ging es nie um das Putzen. Nie. Du siehst es ja selber, hier ist es nicht wirklich staubig, von mir aus hättest du auch Dreck verursachen können. Es ging die ganze Zeit nur um dich, Hailey. Ich will dich hier, ich wollte dich bei mir haben, weil ich mich verdammt nochmal in dich verliebt habe. Ich liebe dich. Merkst du das denn nicht? Ja, es war falsch von mir, dass ich dir das die ganze Zeit verheimlicht habe.

Und es war auch falsch von mir, dass ich es dir gestern nicht direkt gesagt hab, als wir aus dem Krankenhaus zu mir gefahren sind, aber ich wusste einfach nicht, wie ich es dir sagen sollte. Ich hatte einfach schrecklich Angst, dass ich dich verliere, wenn ich es dir sage.«Über seine Wangen liefen Tränen, genau wie bei mir.

Ich schaute ihm ins Gesicht. »Ich gehe jetzt.«

Er hielt mich fest und wischte sich die Tränen von der Wange. »Bitte Hailey. Geh nicht. Ich liebe dich.«

»Wag es nicht, mir hinterherzulaufen. Du hast mit meinen Gefühlen gespielt. Jake, du bist bei mir unten durch«, meinte ich, schnappte meine Tasche und verließ die Villa. Draußen auf der Straße wartete schon Elliot auf mich.

Die Tränen wischte ich mir aus dem Gesicht, stieg bei ihm ein und ließ alles an Gefühlen raus.

Er streichelte mir leicht über den Oberschenkel. »Es tut mir unfassbar leid, Kleine.«

Mit dem Kopf lehnte ich mich seitlich gegen die Fensterscheibe. »Fahr los. Egal wohin. Hauptsache, weg von hier.«

Er startete den Motor und düste los. »Dann fahren wir jetzt zu mir, wenn das in Ordnung ist.«

Ich nickte nur, starrte weiter nach vorn und schluchzte vor mich hin. »Wie dumm kann man bitte sein?«

»Lee, wenn man verliebt ist, dann ...«

»Wie dumm kann man sein und nicht checken, dass ein Chatpartner der gleiche Mensch ist wie der, mit dem man so viel Zeit verbringt? Wie blöd muss man denn sein?«

»Ich kann dir gerade nicht folgen, Lee. Was genau meinst du?«

Ich erklärte es ihn. Er schüttelte nur den Kopf. »Dass er ein Idiot ist, war mir ja schon immer klar, aber so einer? Da fällt mir glatt der Zacken aus der Krone.«

Ich schmunzelte über seinen letzten Satz. »Vor allem, er nannte sich sogar Mr. Lambo in der App. Und welches beschissene Auto fährt er?«

Elliot strich sich durch seine Haare. »Einen Lamborghini. Wow. Da war er ja richtig kreativ mit dem Chatnamen.«

»Dass es auch nie aufflog. Wir waren so oft zusammen. Ich beantwortete sogar neben ihm seine Nachricht und schwärmte über ihn. Und er hat es einfach für sich behalten«, schrie ich raus und schlug mir selber gegen die Stirn. »Das kann ich Vicky nicht erzählen. Dann schmeißt sie mir irgendwas gegen den Schädel.«

Er fuhr rechts an, bremste ruckartig und schaute mir ins Gesicht. »Hailey. Hör jetzt auf, den Fehler bei dir zu suchen. Jake hätte einfach mal seinen Mund aufmachen sollen. Wie lange wusste er es denn schon?«

»Kurz nach unserem ersten Date.«

»Idiot. Einfach ein Idiot ist er. Mehr fällt mir zu ihm nicht ein.«

Nach zwanzig Minuten kamen wir an seinem weiß verputzten Haus an. Ich quälte mich aus dem Auto und folgte ihm zur Haustür. Elliot schloss sie auf und drehte sich zu mir.

»Du legst dich jetzt erstmal hin und kühlst etwas deine Rippen. Du brauchst Ruhe, du hattest gestern einen Unfall, Mensch. Ich hätte es gestern einfach verbieten sollen, dass der Kerl dich mit nach Hause nimmt.«

Ich nickte und trat ein. »Du hast es aber schön eingerichtet. So schlicht. Hätte ich gar nicht von dir gedacht.« Langsam schlenderte ich durch seine untere Etage, wo sich seine Küche, Wohnzimmer und Esszimmer in einem riesigen Raum befanden. »Und die Kombi mit den mattschwarzen Möbeln - traumhaft. Darf ich bei dir einziehen?«, scherzte ich und hielt mir gleichzeitig die Rippen, die mittlerweile enorm schmerzten.

»Klar. Platz wäre genug. Aber dann wüsste ich, wer mir die Haustür eintritt.« Er zeigte auf die Couch. »Leg dich da hin. Ich hol dir was zum Kühlen.«

Seinen Anweisungen folgte ich, legte mich auf die mit grauem Stoff bezogene Eckcouch, die verdammt bequem war, und wartete ungeduldig auf ihn. Plötzlich klingelte mein Handy. Vicky lachte mich auf ihrem Profilbild auf dem Display an.

»Hi«, begrüßte ich sie.

»Ey, meine Cousins und Cousinen nerven mich so.«

»Wieso, was machen sie?«

»Oh, du hast einen Freund? Wie heißt er? Wieso hast du ihn nicht mitgebracht? Bla bla bla«

»Na ja. Ist halt mal ein Wunder bei dir.«

»Fick dich.«

Wir lachten.

»Und du bist bei deinem Millionär?«

»Ne, ich bin bei Elliot.«

»Was machst du bei ihm?«, fragte sie verwundert.

»Gestern hatte ich einen kleinen Fahrradunfall und, na ja, jetzt habe ich etliche Abschürfung und Rippenschmerzen.«

»Bitte, was?«

»Dann war ich erst bei Jake, bis ich seine größte Lüge herausfand, und dann hat mich Elliot da rausgeholt.«

»Himmel. Einmal bin ich nicht bei dir und dann passiert sowas. Soll ich den nächsten Flug nehmen?«

»Quatsch, nein.« Im Augenwinkel nahm ich Elli im Türrahmen wahr. »Ich werde hier gut versorgt.«

»Okay. Ruh dich schön aus. In fünf Tagen bin ich wieder zuhause und dann reden wir. Ich will alles wissen.«

»So machen wir es. Bis dann« Wir legten auf.

Vier ungelesene Nachrichten von Jake ploppten auf dem Display auf.

Nein, der konnte mich mal. Also landete das Handy in der Tasche und ich legte mich auf die Seite, damit Elliot den Coolpack gut platzieren konnte.

»Kann ich dir noch irgendwas bringen? Hast du Hunger? Durst?«

»Kraul meinen Kopf.«

Er lachte, setzte sich neben mich und ich spürte seine Finger auf meiner Kopfhaut.

»Elli, das war eigentlich ein Joke«, bemerkte ich und schmunzelte.

Er kraulte weiter. »Soll ich aufhören?«

Ich genoss es und antwortete nicht, in der Hoffnung, er würde nicht von allein aufhören. »Erzählst du mir jetzt von der Frau, die ständig in deinen Gedanken rumgeistert?«

Kurze Zeit war Stille, bis er mir eine Antwort gab.

»Ich hatte gehofft, dass du es vergessen wirst.«

»Wie sieht sie denn aus? Wenn du mir schon nicht ihren Namen verraten möchtest.«

»Wie sie aussieht? Für mich ist sie eine Traumfrau. Wenn ich mit ihr Zeit verbringe, spüre ich ein Gefühl, das ich bei keiner anderen fühlte. Wenn sie vor mir steht und mich mit ihren blauen Augen ansieht und mich dabei anlächelt, vergesse ich alles andere, was um mich herum passiert. Aber ...« Er stoppte.

»Aber?«

»Aber leider werde ich sie nie bekommen können.«

»Das kannst du doch gar nicht wissen, wenn du es ihr nicht sagst. Vielleicht empfindet sie genauso wie du.«

»Ich weiß, dass sie es nicht tut.«

»Aber woher willst du ...«

Er unterbrach mich. »Mensch, weil es da noch einen anderen Mann gibt. Würde er nicht sein, wäre es vielleicht etwas anderes.«

»Aber wieso kämpfst du nicht um sie?«

»Weil es nicht fair wäre. Ich sehe ja, wie verliebt sie in den Kerl ist. Wenn sie von ihm spricht, strahlt sie bis über beide Ohren. Da wäre es unfair, wenn ich mit meinen Gefühlen um die Ecke komme. Irgendwann wird das Gefühl schon weniger werden.«

Einige Minuten später beendete er das Kopfkraulen. »So, wir wollen ja nicht, dass es dir zu sehr gefällt«, scherzte er und gab mir einen Kuss auf die Stirn. Dann legte er ein weiteres Kissen unter meinen Kopf und stand auf. »Ich mache mir jetzt Rührei. Sicher, dass du nichts willst?«

Ich schüttelte den Kopf.

»Gut, dann mach ich zwei Portionen«, sagte er und zwinkerte mir zu.

Heute war der Tag, an dem ich endlich Vicky wiedersehen würde. Die sechs Tage hatten sich angefühlt wie zehn Jahre. Bis gestern war ich bei Elliot geblieben und wir hatten so eine lustige Zeit zusammen. Meinen Rippen ging es Gott sei Dank deutlich besser, oder ich merkte sie schon nicht mehr, weil sie vom vielen Kühlen abgestorben waren. In den letzten Tagen versucht Jake dreimal, mich anzurufen, und schrieb mir sieben weitere Nachrichten, die ich aber ignoriert hatte. Abstand brauchte ich erstmal von ihm, obwohl ich schon jeden verdammten Tag an ihn dachte.

Unerwartet vibrierte das Handy. Ich schaute auf mein Display. Alec.

Hey Schwesterherz,

genau heute in vier Wochen ist es so weit, Neyla und ich geben uns das Ja-Wort. Die Uhrzeit und Ort werde ich dir noch sagen :-)

Du darfst natürlich eine Begleitung mitbringen ;-)

Und Vicky + Begleitung sind ebenfalls herzlich eingeladen.

Telefonieren die Tage nochmal.

Vicky und Alec kannten sich durch mich schon ein paar Jahre. Sie war sogar jahrelang Patientin bei ihm gewesen, von daher wunderte es mich nicht, dass er sie zur Hochzeit einlud. Ich freute mich darauf, aber auf meine Eltern überhaupt nicht. Kurz schrieb ich ihm zurück. Dann zog ich mich an und fuhr die paar Minuten mit dem Auto zu Vicky.

Die Wohnungstür öffnete sich rasch und sie fiel mir direkt in die Arme. »Leee, ich hab dich vermisst«, sagte sie und drückte mich fest. Für meine Rippen war es aber zu stark.

»Aua«, schrie ich los.

»Oh, fuck. Dein Unfall. Hab das voll vergessen. Upsi.«

»Trottel«, sagte ich und strich über ihren Unterarm. »Ja, hab dich auch vermisst«, meinte ich und lief an ihr vorbei in ihre Wohnung, die schon wieder nach Vanille roch. Alles, was es mit diesem Duft gab, besaß diese Frau.

»Kian kommt später auch vorbei. Ist doch in Ordnung, oder? Vielleicht können wir einen Filmabend machen?«

Ich nickte. »Ja klar. Von mir aus. Hat er dir noch nichts erzählt?«

»Ich schwöre. Er hat mir nichts erzählt, obwohl ich ihn so genervt habe.«

»Ah, bevor ich es vergesse. In genau vier Wochen heiratet Alec und du bist auch eingeladen. Du bekommst die Tage noch eine persönliche Einladung.«

Panisch guckte sie mich an. »In vier Wochen? Ich habe nicht mal ein passendes Kleid.«

Ich klopfte ihr auf die Schulter. »Wir finden schon was. Und Kian darfst du natürlich mitbringen. Also er hat mit Begleitung geschrieben.«

»Und du? Außerdem, jetzt erzähl erstmal von Jake und was alles ganz genau passiert ist, als ich am Arsch der Welt war.«

Wir machten es uns auf ihrer Couch gemütlich, dann ratterte ich alles runter.

Ich holte kaum Luft und ein paar Tränen flossen ebenfalls, weil ich immer noch so krass enttäuscht von Jake und sauer auf mich selbst war.

Vicky hörte gebannt zu und bewegte sich dabei kaum. Erst als ich mal eine Pause einlegte, schüttelte sie sich, kniff sich in den Unterarm. »Träume ich oder verarschst du mich gerade?«

Ich schüttelte den Kopf.

»Er hat die ganze Zeit mit dir über diese App geschrieben? Und hat uns allen etwas vorgespielt?«

»Vielleicht wusste Kian davon, ich weiß es aber nicht«, antwortete ich und zuckte mit den Schultern.

»Sollte das der Fall sein, kriegt er gleich eine Breitseite, wenn er später in meine Wohnung kommt.«

»Vicky, nein. Er kann doch nichts dafür.«

»Er hätte es dir sagen können. Oder mir.«

»Würdest du mich in die Pfanne hauen?«

Verwirrt sah sie zu mir. »Wie kommst du da jetzt drauf? Nein, niemals.«

»Siehst du. Und das konnte er auch nicht.«

»Trotzdem. Und dann hat Jake nicht mal die Eier gehabt, um es dir im Krankenhaus zu sagen.« Ihr Gesicht war rot angelaufen vor Wut. »Tja, ein geldgeiler Bock.«

Ich fummelte am Reißverschluss, weil ich nicht wusste, was ich darauf antworten sollte.

»Arbeitest du jetzt aber immer noch bei ihm?«

»Natürlich nicht. Ich habe gekündigt.«

Vicky verschränkte die Arme. »Will ich auch hoffen.«

»Er meinte zum Schluss, dass er sich in mich verliebt hat.«

Sie stand auf. »Deshalb zieht man auch so eine Scheiße ab«, sagte sie, zeigte mir den Vogel und verschwand kurz in der Küche.

Ich wartete und holte mein Handy aus der Hosentasche, tippte drauf und eine Nachricht von Jake leuchtete auf. Sollte ich es doch mal lesen? Aber was wollte er jetzt noch von mir? Sich noch hundert Mal entschuldigen?

»Öffne sie, dann weißt du, was er dir geschrieben hat«, meinte Vicky schlagartig neben mir. In meiner Bubble hatte ich sie gar nicht bemerkt. Während ich mit mir kämpfte, tippte sie schon auf *öffnen*.

Hailey,

das ist jetzt wahrscheinlich die fünfzigste Nachricht seit fünf Tagen. Ich kann es nicht lassen und ich hoffe, dass du mir eines Tages antwortest oder mir die Chance gibst, dass ich noch mal mit dir sprechen kann. Ich weiß nicht, wie ich das alles wiedergutmachen kann, aber ich würde alles dafür geben.

Hailey, mir tut es unglaublich leid, was ich abgezogen habe. Das musst du mir glauben!

Als ich dich das erste Mal im Autohaus sah …

Meine Augen wurden feucht und ich sah hoch zu Vicky. »Ich kann das nicht lesen.« Meine Stimme zitterte, was Vicky sofort bemerkte und mich in die Arme schloss.

»Ach Maus«, tröstete sie mich, während meine Tränen liefen. »Und ich bin auch noch an allem schuld.«

Ich nahm Abstand von ihr. »Hä?«

»Ich habe dich in dieser App angemeldet. Du wolltest es ja nicht mal.«

Ein kleines Lächeln legte sich auf meine Lippen. »Stimmt. Du bist schuld«, scherzte ich, wischte mir die Tränen aus dem Gesicht und steckte das Handy wieder weg.

»Wann kommt Kian?«

In dem Moment hörte ich den Schlüssel in der Wohnungstür. »Wenn man vom Teufel spricht«, sagte Vicky.

»Hallo Mädels«, begrüßte er uns und hängte seine Jacke an die Garderobe. Er kam zu uns und nahm mich vorsichtig in den Arm. »Wie geht es dir?«

Ich zuckte mit den Schultern. »Den Rippen schon etwas besser.«

»Du machst aber auch Sachen«, meinte er und streichelte vorsichtig meine Schulter, danach beugte er sich zu Vicky und gab ihr einen Kuss. »Hey Baby.«

»Wusstest du das?«, fragte sie.

Kian nahm auf dem Sessel platz und ich sah, wie er überlegte, was er jetzt am besten sagte. »Er ist mein bester Freund. Was denkt ihr denn?«

Ich sah zu Vicky. »Hab ich doch gesagt.«

Sie schüttelte den Kopf und verschränkte die Arme. »Toller Freund.«

»Was bist du denn jetzt sauer auf mich?«

Vicky holte Luft, aber ich kam ihr zuvor. »Leute. Hört auf zu streiten! Jake hat mit mir Scheiße abgezogen. Da ist kein Kian schuld und auch nicht du, Vicky. Und Kian, ich verstehe, dass du ihn nicht in die Pfanne gehauen hast. Also alles gut, wirklich. Ich bin einfach nur so krass enttäuscht und traurig, dass ich mich auf ihn einge...« Ich stoppte den Satz, weil sich wieder Tränen ihren Weg bahnten. Vicky streichelte meinen Rücken.

»Es tut ihm wirklich unfassbar leid. Er fühlt sich so elend ohne dich, das kannst du mir glauben«, erzählte Kian. »Er fragt mich jeden Tag, ob ich irgendwas Neues von dir weiß.«

»Trifft er sich nicht wieder mit Chloe?«, fragte ich und mir lief eine Träne die Wange herunter.

»Nicht dass ich wüsste. Auf der Arbeit reden sie zumindest nicht miteinander.«

Innerlich freute ich mich ein wenig darüber, dass die beiden keinen richtigen Kontakt mehr hatten. Ich nahm einen Schluck von der Cola, die Vicky vorhin auf den Tisch gestellt hatte.

»Denkst du denn, du würdest ihm nochmal eine Chance geben, damit ihr euch aussprechen könnt?«

»Wieso hat er es denn überhaupt gemacht? Was hatte das alles für einen Sinn?«, platze es aus Vicky heraus.

»Er hatte einfach Angst.«

Ich schaute Kian fragend an. »Angst?«

»Dass er dich verliert, wenn er es dir erzählt.«

»Wow«, sagte Vicky und verdrehte die Augen.

»Keine Ahnung. Ja, vielleicht würde ich ihm noch eine letzte Chance geben«, antwortete ich und war selbst erschrocken über meine Antwort, die beiden aber sichtlich ebenfalls.

»Was wollt ihr eigentlich für einen Film schauen?«, wollte Kian von uns wissen.

»Einen tollen Liebesfilm«, kam es bei mir wie aus einer Pistole geschossen.

Er verzog sein Gesicht, guckte Vicky und danach mich an. »Euer Ernst? Ne, auf Schnulze habe ich keine Lust. Da bin ich raus. Ich fahr dann nochmal kurz weg und komme später wieder«, erklärte er und stand auf.

»Oh, Baby, wirklich? Ich dachte wir ...«

»Guckt in Ruhe euren Film. Bin doch nachher wieder da«, besänftigt er sie und ich verkniff mir ein Lachen.

»In vier Wochen sind wir übrigens auf einer Hochzeit eingeladen«, sagte Vicky.

»Ich habe dir doch noch gar keinen Antrag gemacht.«

»Scherzkeks. Haileys Bruder heiratet und er hat uns eingeladen.«

Er nickte nur, ohne irgendetwas zu sagen.

»Du bist meine Begleitung, Baby. Und Lee, du nimmst einfach Elliot mit. Bei dem hast du ja die letzten Tage quasi gewohnt, als ich nicht da war.« Wir beide lachten, obwohl mir ehrlich gesagt gar nicht zum Lachen zumute war.

Kapitel 45

Jake

Fünf Tage vergingen, an denen ich nichts mehr von Lee hörte. Jeden Tag schrieb ich ihr mehrmals. Vergebens. Für diese ganze Aktion würde ich mir am liebsten selbst eine reinschlagen. Bis heute verstand ich nicht, wieso ich nicht meine verdammte Klappe aufgemacht hatte, wie Kian und Mum es mir geraten hatten.

Mich machte es rasend, dass sie von Elliot abgeholt worden war. Und als ich sah, wie sie neben ihm im Auto saß und weinte, war mir klar, dass ich sie für immer verloren hatte. Der schlimmste Moment für mich.

Es klingelte an der Haustür. Mein Kopf drehte sich zum Monitor. Kian. Ich stand auf und öffnete ihm die Tür.

»Hey. Stör ich gerade?«, fragte er.

Ich winkte ihn zu mir rein. »Du weißt doch, du störst nie.«

Er lief an mir vorbei, Richtung Wohnzimmer und blieb stehen. »Bei dir weiß man ja nie.«

»Idiot. Was treibt dich hierher?«

Er ließ sich auf die Couch fallen. »Ich habe eben mit Lee gesprochen.«

Mein Herz blieb fast stehen vor Schreck. »Ehrlich? Was hat sie gesagt? Wie geht es ihr?«

»Soweit ganz gut, aber sie ist krass enttäuscht von dir.«

Ich strich mir verzweifelt durch die Haare und ließ mich ebenfalls auf die Couch fallen. »Ich weiß. Ich weiß es doch. Aber wie kann ich es wieder gutmachen? Kannst du mir nicht helfen?«

»Bruder, ich habe dir die ganze beschissene Zeit gesagt, du sollst es ihr endlich sagen.«

Ich weiß.

»Pass auf, in vier Wochen heiratet ihr Bruder und da sind Vicky und ich auch eingeladen. Ich weiß noch nicht genau wo das ist, wenn ich es weiß, dann sage ich es dir und dann kommst du da einfach hin. Und vielleicht kannst du dann kurz mit ihr reden.«

»Denkst du nicht, dass sie mir eine reinhaut, wenn ich da aufkreuze?«

»Könnte durchaus sein. Ein bisschen hättest du es ja verdient.«

»Definitiv«

»Nein, sie meinte, sie würde dir noch eine Chance geben, dich zu erklären.«

Innerlich sprang ich in die Luft vor Freude.

»Nur ... sie wird wahrscheinlich mit Elliot dort da sein.«

Okay und jetzt kippte die Stimmung leicht.

»Hat sie das gesagt?«

»Vicky hatte es vorgeschlagen und beide lachten danach«, erzählte er mir und zuckte mit den Schultern.

»Das war doch ein Joke?«

»Alter, ich weiß es nicht. Wirst du dann ja sehen.«

»Mir ehrlich gesagt egal, ob ich den Lappen da sehe oder nicht.«

Klar störte mich der Gedanke schon, dass er sie begleiten durfte, aber ich war froh, wenn ich mit ihr wenigstens fünf Minuten haben würde.

4 Wochen später

Heute war der Tag der Hochzeit und ich würde Hailey endlich wiedersehen. Seit ein paar Tagen war ich enorm nervös. Ich glaube, so aufgeregt war ich noch nie in meinem Leben.
Kian hatte mir die Uhrzeit und den Ort mitgeteilt, sodass ich wusste, wann ich wo sein musste. Keine Ahnung, ob ich Hailey mit oder ohne Elliot dort antreffen würde. Natürlich hoffte ich, dass sie ohne Begleitung erscheint. Mir gingen so viele Möglichkeiten durch den Kopf. War sie schon mit Elliot zusammen? Hatte sie jemand anderen kennengelernt? Ich hatte keinen blassen Schimmer.

Und deshalb musste ich etwas unternehmen. Und ich hatte da auch schon eine Idee und rief Kian an.

»Hey Bruder«, sagte ich und wurde sofort von Kian unterbrochen.

»Was gibt es? Wir sind voll im Stress. Vicky rastet gleich richtig aus wegen ihrem Outfit.«

Ich lachte in den Hörer. »Okay, ich fasse mich kurz. Wo wohnt Elliot?«

»Warum?«

»Ich will zu ihm fahren und reden.«

»Aber sonst gehts dir gut?«

»Sag es mir doch einfach. Ich verpasse ihm schon keine.«

»722 Smith Street.«

Ich bedankte mich und legte auf. Anschließend warf ich mich in den schwarzen Anzug, stylte zügig die Haare, sprühte zwei Spritzer vom Parfüm an den Hals und schaute mich ein letztes Mal im Spiegel an. *Jake, reiß dich bei Elliot zusammen*, sagte ich zu mir selber, bevor ich mich auf den Weg machte.

Elliots Adresse gab ich ins Navi ein und hoffte, dass er zuhause und nicht auf dieser verdammten Hochzeit war.

Während der Fahrt führte ich unzählige Selbstgespräche, wie ich Hailey am besten gegenüber treten konnte. Wie würde sie überhaupt reagieren, wenn ich uneingeladen auf der Hochzeit ihres Bruders auftauchte? Reines Chaos fand in meinem Kopf statt, und das nur wegen einer Frau, die ich verdammt nochmal liebte, obwohl ich mich mit aller Macht dagegen gewehrt hatte.

Kurz vor seinem Haus parkte ich und ging den Rest zu Fuß.

Von außen sah sein Haus schon erstaunlich geil aus, es hatte eine Ähnlichkeit mit meiner Villa. Offenbar hatten wir den gleichen Geschmack. Und was Frauen angeht, höchstwahrscheinlich auch, sonst wäre er nicht ständig an Haileys Seite.

Ich klingelte und wartete ungeduldig vor der Haustür. Niemand öffnete mir. Wow. War er doch schon auf der Hochzeit? In dem Moment öffnet sich die Tür und ich schaute in sein Gesicht.

»Jake?«

»Jap. Störe ich?«

Elliot trug ein schickes dunkelblaues Hemd und eine schwarze Stoffhose. Irgendwie nicht das, was man bei einer Hochzeit anziehen würde.

Ohne irgendetwas zu sagen, winkte er mich zu sich rein. Seine Einrichtung beeindruckte mich. Er besaß sogar einen krasseren Fernseher als ich.

»Und was ist jetzt?«, fragte er kalt und lehnt sich mit verschränkten Armen gegen die Wand neben der Eingangstür.

»Gehst du mit ihr auf die Hochzeit?«

Er runzelte die Stirn. »Welche Hochzeit? Mit wem?«

Stellte er sich jetzt dumm? Oder provozierte er mich?

»Tu doch nicht so.«

»Du musst schon richtig mit mir kommunizieren, wenn du eine Antwort willst, Mr. Payne.«

Ich ging langsam auf ihn zu, legte meine Hände vor dem Bauch ineinander und ließ meine Fingerknochen knacken. Ich drang absichtlich in seine private Zone ein und er konnte nicht zurückweichen. »Ob du mit Hailey auf die Hochzeit gehst, will ich wissen.«

»Nochmal die Frage: welche Hochzeit?«

Ich lockerte meine Körperspannung und trat wieder zurück. »Dann hat sie dich wohl nicht gefragt«, sagte ich und grinste.

»Dich wohl auch nicht, was?« Dieses selbstgefällige Arschloch! Sofort war ich wieder auf 180.

Ich packte ihn am Kragen und drückte ihn gegen die Wand. »Provoziere mich nicht.«

»Sonst? Willst du mir eine reinschlagen? Das wäre für uns beide nicht gut.«

Meine Hand umfasste immer noch seinen Kragen. Dann würde Lee nie mehr ein Wort mit mir sprechen, überlegte ich. Ruckartig ließ ich ihn los und nahm Abstand, ging zur Haustür und legte meine Hand auf die Klinke.

Elliot trat neben mich. »Was ist dein Problem mit mir?«

Ich drehte mich zu ihm. »Was ich für ein Problem mit dir habe? Du machst dich ständig an sie ran. Überall kreuzt du auf.«

Lachend griff er sich in seine Haare. »Ich mache mich an Hailey ran? Wo denn bitte? Weil wir zusammen auf Vancouver Island waren? Oder ein paar Mal zusammen Sushi essen waren?

Oder ich mit ihr ein Kleid für den Geburtstag deiner Schwester ausgesucht habe? Oder ich in ihrem Zimmer stand im Krankenhaus, was auch gleichzeitig meine Arbeitsstelle ist?«

Die Aufzählung dieser Momente, die er mit ihr gehabt hatte, tat weh. Ich riss mich zusammen, um nicht gleich auszurasten.

»Jake, selbst wenn ich was von ihr wollen würde, dann würde ich es für mich behalten.«

Mein Blick war immer noch auf ihn gerichtet, doch ich schwieg.

»Und ich sage dir jetzt mal was. Wenn ich gewollt hätte, , dann hätte ich meine Chance im Hotelzimmer genutzt. Oder auch in der Woche, in der sie bei mir war, nachdem du ihr das Herz gebrochen hast. Ich bin kein Mann, der nur mit dem Schwanz denkt, im Gegensatz zu anderen. Du brauchst also keine Angst zu haben, dass ich sie dir irgendwann wegschnappe«, sagte er mit ernster Stimme.

»Ich habe keine Angst.«

»Dann würdest du jetzt nicht bei mir sein.«

»Was hat sie dir alles erzählt?«, fragte ich und war selbst erschrocken über meine direkte Frage.

»Einiges, Mr. Lambo.«

Ich atmete tief aus. Okay, er wusste scheinbar alles.

»Ganz ehrlich, Mann. Wieso warst du so blöd? Warum hattest du nicht die Eier und hast es ihr gesagt? Es ist doch klar, dass das irgendwann rauskommt.«

»Ich war einfach ein Idiot, das weiß ich ja mittlerweile. Und ich will sie zurück. Ich li...« Ich stoppte. Nein, das musste er nun wirklich nicht wissen.

»Und was hast du vorhin mit einer Hochzeit gemeint?«

»Ihr Bruder heiratet heute. Und ich dachte, du wärst ihre Begleitung.«

»Keine Angst. Aber vielleicht ist David mitgefahren.«

Hitze stieg mir ins Gesicht und mein Puls raste.

»War ein kleiner Joke.«

Die Erleichterung sah er mir wohl an, denn er schmunzelte. »Denkst du, sie würde mir noch eine Chance geben?«

Ich konnte mich nur mit ihm über Lee unterhalten. Vicky würde mir im Leben nichts erzählen und Kian wüsste nicht allzu viel. Deshalb war Elliot meine einzige Option.

»Schwierig. Ich weiß es ehrlich gesagt nicht. Auf einer Seite denke ich nein, auf der anderen ja, wo ich ihr aber ganz dringend abraten würde.« Er zwinkerte und lächelte.

»Assi«, bemerkte ich nur leise, ebenfalls lachend.

»Und jetzt willst du da einfach auf der Hochzeit aufkreuzen?«

»Ein Versuch ist es wert.« Ich zuckte mit den Schultern. »Ich muss jetzt aber auch echt wieder los. Und sorry, dass ich dir vorhin so an den Kragen gegangen bin.«

»Tut es dir nicht.«

»Stimmt.« Ich öffnete die Haustür.

Elliot klopfte mir auf die Schulter. »Viel Glück wünsche ich dir.«

Ich schaute ihm ins Gesicht. »Wünschst du mir eh nicht.«

»Stimmt.«

Ja, das könnte doch noch eine Männerfreundschaft werden, überlegte ich und schüttelte dann den Kopf. Niemals.

Da saß ich wieder in meinem Auto, tippte die Adresse des Lokals ins Navi ein und drückte auf Start. Fahrtzeit: zwei Stunden.

Kapitel 46

Hailey

Dass mein Bruder jemals heiraten würde, hätte ich im Leben nicht gedacht. Das frisch verheiratete Ehepaar kam, nachdem sie sich das Ja-Wort gegeben hatten, auf mich zu. Da beide nicht kirchlich heiraten wollten, war es eine Trauung unter freiem Himmel. Die komplette Deko war in Gold und Rot gehalten. Als ich meinen Bruder mit Neyla unter dem weißen Rosenbogen sah und sie sich das Ja-Wort gaben, dachte ich nur daran, wie es gewesen wäre mit mir und Jake.

Wie gern ich ihn jetzt bei mir hätte.

»Ich freu mich sehr für euch«, sagte ich und drückte erst Alec und danach Neyla. »Und ich kann es nicht oft genug sagen, aber du siehst wirklich wie eine Prinzessin aus.«

Neylas Wangen röteten sich leicht. »Ich danke dir, Hailey. Und ich liebe deine Haare und dein traumhaftes Kleid.«

Als ich dieses dunkelblaue, enganliegende Kleid, das mir bis zu den Knien reichte, im Schaufenster entdeckt hatte, konnte ich nicht widerstehen. Die Strasssteine am Halsausschnitt gaben dem Kleid zusätzlich etwas Besonderes.

»Herzlichen Glückwunsch. Wie fühlt man sich als frische Eheleute?«, fragte Vicky. Sie nahm Alec herzlich in den Arm. »Wow. Ich habe dich noch nie im Anzug gesehen. Schick.« Danach schaute sie zu meiner Schwägerin. »Neyla, wie krass siehst du bitte aus? Wo hast du dieses Kleid gekauft? Das muss ich auch auf meiner eigenen Hochzeit tragen«, bemerkte sie und warf Kian einen Blick zu, Sekunden später drückte sie die Braut.

Kian gratulierte den beiden ebenfalls. »Unser Geschenk haben wir schon reingebracht.«

Alec bedankte sich und winkte den anderen Gästen zu, danach verschwand das frische Ehepaar.

»Hast du mit deinen Eltern eigentlich schon gesprochen?«, erkundigt sich meine beste Freundin.

»Nein, nicht wirklich.«

»Wenn man vom Teufel ... na, du weißt ...« Sie nickte mit dem Kopf hinter mich.

Ich drehte mich um.

»Hi Hailey. Schön, dass wir dich mal wiedersehen.« Mum drückte mich und meine Laune kippte innerhalb von Sekunden. Sie übertrieb immer gerne, als hätten wir uns zwei Jahre nicht gesehen. Auf diese ständigen Diskussionen über meine Arbeit hatte ich keine Lust mehr. »Hey. Ja klar, ist ja die Hochzeit von Alec.«

»Wieso kommst du uns eigentlich nicht mehr besuchen?«, wollte Dad wissen.

»Weil ich im Moment echt viel Stress und keine Lust auf Diskussionen habe.«

»Wir diskutieren doch überhaupt nicht, wir sagen dir nur immer wieder, dass du dir einen besseren Job suchen sollst, als in einem Blumenladen zu arbeiten«, sagte meine Mum und betonte *Blumenladen* besonders herablassend.

»Und weil der Job dort ja so toll ist, wurdest du wohl zur Reinigungskraft befördert, habe ich gehört?«

Scheinbar hatte Alec es ihnen erzählt. Idiot. Wieso hatte er nicht den Mund gehalten? Er wusste doch, wie die drauf sind.

»Warum akzeptiert man die Meinung seiner Tochter nicht? Sollte man nicht stolz auf das eigene Kind sein, egal welchen Weg es einschlägt? Hailey liebt es nun mal mit Blumen zu arbeiten, ihr bereitet es eine riesige Freude. Also, wieso versuchen die eigenen Eltern ständig, es schlecht zu reden? Und nur mal so nebenbei, bei meinem Vermögen müsste meine Freundin gar nicht mehr arbeiten gehen«, hörte ich eine männliche, tiefe Stimme und spürte eine Hand auf der Schulter.

Jake. Er war hier auf der Hochzeit. Ich spürte seine Hand und die Nähe seines Körpers. Mein Herz schlug so schnell, dass mir fast schwindelig wurde. *Hailey, atme. Atme tief ein und wieder aus.*

Ich drehte mich zu ihm um und sah in sein Gesicht. Sein Parfüm stieg mir direkt in die Nase. Dieser Duft ließ mich dahinschmelzen.

»Wir wussten gar nicht, dass du einen Freund hast«, sagte mein Dad.

Jake. Freund. Er hier. Ich konnte nicht klar denken, geschweige denn reden.

»Na ja, wir werden dann jetzt mal zu deinem Bruder gehen«, sagte Mum. Ich schaute meinen Eltern hinterher, bis Jake sich vor mich stellte.

»Hi.« Er lächelte.

In seinem schwarzen Anzug sah er verdammt männlich und sexy aus.

»Danke, dass du das eben zu meinen Eltern gesagt hast.«

»Dafür musst du dich nicht bedanken. War ja mal nötig. Hält ja echt keiner aus.«

»Was machst du eigentlich hier? Und woher weißt du, dass ich hier bin?«

»Na ja, deine beste Freundin ist mit meinem besten Freund zusammen.« Er schmunzelte, schaute dann aber wieder ernst. »Ich möchte mit dir reden, Hailey, deshalb bin ich hier. Auch wenn es nur zwei Minuten sind.«

Im Augenwinkel sah ich, wie mich Vicky wissend beobachtete. »Dann schieß los.«

»Es tut mir einfach so schrecklich leid, wie das alles mit uns gelaufen ist. Wirklich. Die Zeit, in der wir keinen Kontakt hatten, war die schlimmste seit Langem für mich. Jeden verdammten Tag musste ich an dich denken, Hailey.«

»Wieso hast du mir das mit dem Chat nicht früher gesagt? Wieso hast du weitergemacht, als du es wusstest?«

»Angst. Ich hatte einfach Angst, dass du von mir sonst was denkst. Ich hatte die Hoffnung, dass du die App einfach irgendwann löschst und mir nicht mehr schreibst.«

»Ne, ich wollte mich doch mal mit Mr. Lambo treffen.«

»Ja, leider. Du hast einfach nicht aufgegeben.«

»Wieso hast du nicht einfach aufgehört zu schreiben?«

Er schwieg. Wahrscheinlich suchte er händeringend nach der perfekten Antwort.

»Hm? Oder hatte es dich dann doch zu sehr interessiert, was ich über dich erzähle?«

»Um ehrlich zu sein, was du über Elliot erzählst.«

Offenbar war er schon immer eifersüchtig auf diesen Kerl gewesen. Was totaler Quatsch war, weil ich mit dem im Leben nichts anfangen würde.

»Du warst eifersüchtig auf Elliot?«

Jake zuckte die Schultern. »Ja, anders hätte ich es ja nicht rausbekommen.«

»Idiot.«

»Aber ein Idiot, der sich in dich verliebt hat. Und das ist mein Ernst. Kannst du mir nicht noch eine Chance geben und ich beweise dir, dass du mir ab jetzt vertrauen kannst und es keine Lügen mehr gibt?«

Als ich antworten wollte, unterbrach mich mein Bruder. »Ich habe von Dad gehört, dass du einen Freund hast. Wieso hast du es mir denn nicht gesagt, Schwesterherz?«, fragte er und sein Blick schweifte von Jake zu mir.

Meine Wangen fühlten sich heiß an und ich wusste ehrlich gesagt nicht, was ich sagen sollte.

»Na ja, jetzt weiß ich ja Bescheid«, meinte er und hielt Jake die Hand hin. »Hi. Ich bin Alec.«

Jake schlug ein. »Jake. Und herzlichen Glückwunsch.«

»Danke. Gleich wird das Essen serviert. Ihr solltet reinkommen, sonst ist alles weg. Außerdem ist es hier draußen frisch.« Dann ließ er uns wieder allein.

»Also dein Bruder ist schon mal netter als deine Eltern«, bemerkte er und hielt sich sofort den Mund zu. »Sorry.«

Ich winkte ab. »Brauchst dich nicht dafür entschuldigen. Ich sehe es genauso.«

»Ob deine Eltern mir das eigentlich glaubten mit dem Vermögen?«

»Weiß ich nicht. Auf jeden Fall denken sie, wir sind zusammen.«

»Tut mir leid, aber ich musste es einfach so formulieren, damit sie endlich mal den Mund halten.«

»Na dann lass uns reingehen. Ich habe einen Bärenhunger.« Ich ging Richtung Eingang. Jake folgte mir und bevor ich durch die Tür trat, blieb ich stehen und drehte mich zu ihm. »Dann sind wir für heute mal ein richtiges Pärchen«, sagte ich und sah zu ihm hoch.

Gefährlich kam er mir näher und ich rechnete damit, dass er mich küsst. Doch das tat er nicht. Stattdessen flüsterte er mir ins Ohr: »Für mich, Hailey, können wir das für immer sein.«

Ein Feuerwerk brach in mir aus. Wie gern ich ihm jetzt nähergekommen wäre, aber ich beherrschte mich und wir betraten nacheinander den Saal.

Mittlerweile war es abends und etliche Gäste tanzten auf der Tanzfläche. Manche schwangen echt gut das Tanzbein, andere hätten vielleicht lieber sitzen bleiben sollen, bevor sie über ihre eigenen Füße stolpern. Mit meinen Eltern hatte ich kein weiteres Wort gewechselt, was mich aber nicht störte. Jake und Kian saßen am Tisch und beobachten Vicky und mich, als wir uns auf der Terrasse unterhielten.

»Wusstest du, dass Jake herkommt?«, fragte ich meine Freundin.

Sie versuchte, ihr Grinsen zu unterdrücken. »Nicht so direkt«

Leicht boxte ich ihr in die Seite. »Ich denke, er hat bei dir verkackt.«

»Lee, wenn du ihm eines Tages verzeihst, dann kann ich es ja wohl auch. Meinst du nicht?«

Kapitel 47

Jake

Ich glaubte es immer noch nicht, dass sie mir ernsthaft die Chance gab, mich zu erklären.

»Und was hast du nun bei Elliot gemacht? Hast du ihn zusammengeschlagen?«

»Sehe ich so aus?«, fragte ich genervt. Dass der Kerl immer dachte, dass ich sämtliche Menschen verprügele.

»Na ja …«

Ich zeigte Kian den Mittelfinger. »Fuck you.«

»Komm, so abwegig war es nicht. Du hast schon einen Hass auf ihn.«

»Übertreib doch nicht. Er ist ganz korrekt. Beste Freunde werden wir in meinem Leben trotzdem nicht. Aber dennoch hat er einen ziemlich guten Geschmack.«

»Du meinst, was Frauen angeht?«

»Willst du heute doch noch meine Faust spüren?«

»Dann reiße ich ihm seine Eier ab«, hörten wir nur Vicky sagen, die in dem Moment mit Hailey zu unserem Tisch kam. Okay, scheinbar war ich das Gesprächsthema der beiden Frauen, was mich ehrlich gesagt nicht wunderte.

»Wem reißt du die Eier ab?«, wollte Kian wissen.

Vicky lächelte und beugte sich zu ihm runter. »Dir auf jeden Fall nicht, Baby«, sagte sie und küsste ihn.

Ich schaute zu Hailey, die in diesem Kleid und mit ihren gelockten Haaren unglaublich hübsch aussah.

»Kannst du tanzen?«, fragte sie mich und deutete auf die Tanzfläche.

»Na ja, besser als mancher anderer dort, ja.«

»Ich gehe schnell für kleine Mädchen. Hast du dann Lust zu tanzen?«

Mein Mund verzog sich zu einem Lächeln. »Mit dir immer.«

In ihrem Gesicht nahm ich Freude wahr, bevor sie auf die Toilette verschwand.

Mein Blick schweifte zu Vicky, die irgendetwas am Handy las und dabei die Augen verdrehte.

»Ich raste bald aus. Wieso kann mir niemand diese Torte zaubern?«, fragte sie wütend und hielt Kian und mir ihr Smartphone vor die Nase. Eine zweistöckige Torte in Rosa mit weißen Rosen sah ich auf ihrem Display. »Die zweite Konditorei, die mir schreibt, dass ich mich hätte früher melden sollen. Ich mein, der Geburtstag ist nicht übermorgen, sondern in zwei Wochen.«

Hailey. Diese Torte sollte für sie sein. Ich wusste, dass ihr Geburtstag im Oktober war, aber wann genau, sagte sie mir nie.

»Kennst du vielleicht eine gute Konditorei, bei der man sich nicht drei Monate vorher melden muss?«

Ich schüttelte den Kopf. »Nein. Aber schick mir später mal den Namen, ich kläre das.«

»Witzig. Was willst du denn da klären? Sie haben mir doch schon abgesagt«, erklärte sie mir genervt und hielt mir erneut das Handy vor mein Gesicht.

»Mit Geld kann man einiges klären. Zu wann brauchst du denn die Torte?«

»Zu Haileys Geburtstag.«

Mist. Das hatte nicht funktioniert. Vicky musste meinen Versuch durchschaut haben, denn sie verkniff sich das Lachen.

»Hat sie es dir nie gesagt?«

Ich schüttelte den Kopf und schaute mich nach Hailey um, die sich an der Bar mit der Braut unterhielt.

»Am neunten Oktober Lee war schon immer so. Sie machte sich nie viel aus ihrem Geburtstag. In den letzten Jahren besuchten ihre Eltern und ihr Bruder sie kurz, das war es dann auch.«

»Hast du eine Idee, was ich ihr schenken könnte?«

»Du kennst doch ihren Traum. Kauf ihr einen eigenen Blumenladen«, schlug sie mir vor.

Dass ich da nicht selber draufgekommen war.

»Ey. Das ist es. Vielen Dank für diese geniale Idee.«

Sie schlug sich gegen die Stirn. »Jake, das war ein Witz.«

»Baby, du kannst bei ihm nicht solche Scherze bringen.«

»Ich merke es«, gab sie ihm recht. Okay. Jetzt würde sie mir höchstwahrscheinlich nicht mehr meine Eier abreißen.

»So, da bin ich wieder. Tut mir leid, aber Neyla hat mich aufgehalten«, entschuldigt sich Hailey, als sie neben mir stand und ich ihre Hand in meinem Nacken spürte. Wie sehr mir das gefehlt hatte.

»Kein Problem«, sagte ich, stand auf und nahm ihre Hand. »Bereit für einen kleinen Tanz?«

Kapitel 48

Hailey

2 Wochen später

Es war Freitagmorgen und ich musste mich mal nicht für die Arbeit zurechtmachen, da ich glücklicherweise heute an meinem Geburtstag frei hatte.
Jeden Morgen bekam ich eine Nachricht von Jake, wenn wir mal nicht bei dem anderen übernachtet hatten. Heute nicht. In den letzten zwei Wochen hatten wir enorm viel Zeit zusammen verbracht. Wir redeten viel miteinander, aber kamen uns bisher nicht näher, außer mal ein flüchtiger Kuss. *Ich möchte nicht, dass du denkst, dass ich nur Sex von dir will.* Das waren seine Worte.

Jake hatte sich noch unzählige Male bei mir entschuldigt und war umso glücklicher, dass ich ihm das Ganze am Ende verziehen hatte.

Aber seit vorgestern verhielt er sich wieder etwas komisch mir gegenüber, was mich misstrauisch machte. Ich nahm einen Schluck von meinem warmen Früchtetee und setzte mich auf die Couch.

Plötzlich rief Elliot an. Ich freute mich sehr. Auch er hatte sich in der letzten Zeit merkwürdig benommen.

»Hi Elli«, begrüßte ich ihn.

»Happy Birthday, meine Kleine. Ich wünsche dir nur das Beste zu deinem besonderen Tag.«

»Danke. Ich freu mich über deinen Anruf. Wirklich.«

»Was hast du heute Schönes vor?«

Ich kuschelte mich in die Decke. »Ach, nichts. Vielleicht kommt später Vicky. Magst du auch vorbeikommen?«

»Ich muss leider gleich arbeiten. Besucht dich Jake nicht?«

»Doch, aber erst heute Abend. Na ja, dann suchte ich jetzt Serien oder ich zeichne.«

»Genieß deinen Tag noch. Ich muss dann jetzt auch los.«

»Bist du sauer auf mich?«, fragte ich vorsichtig und hatte Angst vor der Antwort. Vielleicht nahm er ein bisschen Abstand von mir, weil er wusste, dass ich mich wieder auf Jake eingelassen hatte.

»Nein, Quatsch. Wie kommst du drauf?«

»Okay, gut. Dann bin ich beruhigt.«

Mein Gefühl sagte mir was anderes, aber ich ließ es mir nicht anmerken.

»Kannst du sein. Also dann. Wir hören uns«, verabschiedete er sich von mir und ich hörte nur noch das Tuten am anderen Ende des Hörers. Es war kurz nach zehn und bisher hatte meine beste Freundin noch nicht angerufen. Sehr ungewöhnlich für sie. Sonst rief sie mich immer direkt Mitternacht an und trillerte mir lautstark irgendein Geburtstagslied in den Hörer.

Ich griff zur Fernbedienung, schaltete den Fernseher an, um mir eine neue Folge meiner Serie anzuschauen. Unerwartet klingelt es an der Haustür. Wer war das jetzt? Die Kuscheldecke schlug ich zur Seite, lief zur Tür und öffnete sie.

Jake stand mit sechsundzwanzig weißen Rosen vor mir. »Happy Birthday, mein Baby.« Den Blumenstrauß hielt er direkt vor meine Nase.

»Wow, vielen Dank.« Glücklich fiel ich ihm in die Arme und nahm den Strauß entgegen.

Er zog mich zu sich und küsste mich auf den Mund. »Dafür nicht.«

»Das hätte aber echt nicht sein müssen.« In der Küche suchte ich nach einer Vase und stellte die Blumen hinein. Ich schaute um die Ecke in den Flur, weil mir Jake nicht gefolgt war. »Musst du wieder weg? Oder wieso stehst du noch in der Haustür?«

»Ja.«

»Schade.«

»Aber mit dir.«

»Mit mir?«

»Ja. Aber dieses Mal musst du keinen Koffer packen.«

»Okay. Also werde ich heute Abend wieder in meinem Bett schlafen, ja?«

»Oder in meinem. Wie du möchtest. Du entscheidest heute«, flirtete er. »Magst du dich noch umziehen oder soll ich dich in Jogginghose mitnehmen?«

Ich sah an mir herunter. »Bin ich so nicht sexy?«

Er kam ein paar Schritte auf mich zu. »Du bist immer sexy. Selbst mit einem Kartoffelsack wärst du es.« Er legte die Hand in meinen Nacken und ich spürte seinen Atem am Hals, wo er kleine Küsse verteile. Langsam ließ ich den Kopf nach hinten fallen und genoss es. Ruckartig hörte er auf. »So. Reicht jetzt.«

Ich schaute zu ihm nach oben und meine Hand wanderte unter seinen grauen Pullover. Jake lächelte mich an. »Wir müssen jetzt los. Nachher können wir das gerne weiterführen.«

Zehn Minuten später saß ich neben ihm im Auto und hatte immer noch keinen blassen Schimmer, wohin wir fuhren. »Hast du nicht gestern noch gesagt, du musst heute arbeiten?«, fragte ich und zuppelte an der Jacke, die auf meinem Schoß lag.

Er schaute zu mir. »Ja, aber ich habe dann doch spontan Urlaub genommen. Nicht gut?«

»Doch. Ich freu mich.«

»Aber?«

»Nichts. Nur irgendwie ist heute alles komisch. Vicky hat mir auch noch nicht gratuliert, obwohl sie immer die Erste ist.«

»Oh. Sie ruft bestimmt noch an. Wir sind auch gleich da.«

Ungeduldig schaute ich aus dem Fenster und überlegte die ganze Zeit, wo es hingeht.

»Gehen wir essen?«

»Auch.«

Auch? Was denn noch? Ich wusste eh, er würde es mir nicht sagen, also gab ich auf.

Jake bog in eine Seitenstraße und fuhr auf einen Hinterhof. Dort parkte er und stieg aus. Er ging ums Auto herum, nahm meine Hand beim Aussteigen und führte mich wortlos durch einen Torbogen. Wir landeten in einer belebten Fußgängerzone. Links vor uns lud ein kleines Café mit seinen bequemen Holzstühlen zum Verweilen ein, rechts daneben verhinderte Pappe den Blick in den Laden. Der war wohl geschlossen.

»Was machen wir jetzt hier?«, fragte ich.

Jake antwortete nicht, sondern ging auf den geschlossenen Laden zu. Vor der Tür blieb er stehen und drehte sich zu mir um.

»Also ich weiß ja nicht, was du da im Internet gefunden hast, aber dieser Laden hat geschlossen. Du siehst do...«

»Kommst du jetzt vielleicht mal her?«, unterbrach er mich. Ich setzte mich in Bewegung und blieb vor ihm stehen.

Jake zog einen einzelnen Schlüssel aus der Innentasche seiner Jacke und ließ ihn vor mir baumeln. »Halt mal deine Hand auf.«

Als ich seiner Aufforderung nachgekommen war, legte er mir den Schlüssel auf die Hand. An ihm befestigt war ein Blütenanhänger.

»Was ist das?«

»Also, das ist ein Schlüssel«, scherzte er und ich rollte mit den Augen.

Er deutete auf die Tür. »Mach auf.«

Ich steckte den Schlüssel ins Schloss und öffnete vorsichtig die Tür.

»Überraschhuuuunnnnng!«

Elliot, Vicky, Kian, Alec, Neyla – alle schauten mich freudestrahlend an. Ich traute meinen Augen nicht. Der ganze Raum war feierlich geschmückt, überall hingen Luftballons und Luftschlangen. Im Hintergrund lief leise Musik und alle kamen nacheinander auf mich zu, um zu gratulieren.

»Happy Birthday, meine liebste Lee. Es war so schwer für mich, dir noch nicht zu gratulieren. Aber sie hatten Angst, dass ich mich bei dir verplappere«, entschuldigte sich Vicky und nahm mich in den Arm.

»Ich dachte du hast mich vergessen«, scherzte ich und mir liefen vor Freude die Tränen.

Ruckartig nahm sie Abstand von mir. »Bist du doof? Wie könnte ich deinen Geburtstag vergessen?«

Lachend wischte ich mir die Tränen weg. Danach gratulierten mir die anderen.

»Ich habe dich vorhin dann auch ein klein wenig angeflunkert. Ich hoffe, du nimmst es mir nicht übel«, meinte Elliot und drückte mich fest.

»Du Arsch. Aber wie schön, dass du hier bist.«

»Tja, dass ich hier auch eingeladen wurde, hast du Jake zu verdanken«, erklärte er. Jake stand lässig an einem Tisch voller Essen und Getränken und beobachtete mich, wie glücklich ich in diesem Moment war.

Ich lief auf ihn zu, zog ihn zu mir ran und küsste ihn auf den Mund. »Das war so eine tolle Überraschung. Danke, dass du den Raum hier gemietet hast.« Wieder küsste ich ihn.

»Raum gemietet?«, fragte Vicky.

Ich drehte mich zu ihr um und schaute sie fragend an.

»Hast du es ihr noch nicht gesagt?«

Der Blick schweifte wieder zu Jake.

»Schau dir mal den Blütenanhänger genauer an.«

Ich griff in die Hosentasche, holte ihn heraus und las:

Flowers Love Clark

Ich gehöre dir.

Happy Birthday, Baby.

Diese Wörter las ich jetzt gefühlt zum zehnten Mal und fasste es immer noch nicht. Mein Blick schweifte zu Jake und dann wieder zur Gravur.

»Das ist jetzt nicht wahr, oder?«

Ich drehte mich zu den anderen und alle grinsten mich wie doof an.

»Doch. Denkst du, du bekommst von mir nur einen ollen Rosenstrauß? Das hier ist mein Geburtstagsgeschenk für dich.«

Jake umarmte mich von hinten und drehte mich dann zu sich um, während mir die Freudentränen liefen.

»Jetzt hast du deinen eigenen Blumenladen und kannst ihn gestalten, wie du es möchtest.«

Ich fiel in seine Arme. »Danke. Danke. Danke. Das ist das beste Geschenk, was ich je bekommen habe. Ich liebe dich«, sagte ich unter Tränen.

Seit Jahren träumte ich davon und jetzt war der Traum endlich in Erfüllung gegangen. Das verdankte ich nur einem Menschen, und zwar dem, dem ich anfangs am liebsten den Wischmopp durchs Gesicht gezogen hätte, bei dem ich ein komplett anderes Leben kennenlernte und in den ich mich verliebte und das schon eine lange Zeit.

»Und du bist das Beste, was mir in meinem Leben passiert ist, Hailey. Und ich würde jederzeit alles dafür geben, dass ich dich nie mehr verliere. Ich liebe dich.« Er küsste mich liebevoll auf den Mund.

Im Hintergrund klatschten und jubelten alle anderen und ich grinste in den Kuss hinein.

Wir feierten meinen sechsundzwanzigsten Geburtstag in meinem eigenen Laden.

Wer hätte das gedacht? Ich jedenfalls nicht.

Ende

Danksagung

Zuerst geht mein großer Dank an alle Leserinnen und Leser, die sich für die Liebesgeschichte von Hailey und Jake entschieden haben.

Ein großes Dankeschön geht auch an Daniela Mertens . Du bist eine tolle Lektorin und stehst immer mit Rat und Tat zur Seite.

*Und zum Schluss danke ich meiner Familie, die mich tatkräftig unterstützt. Vor allem an meinen Mann,
der mir das Cover und meinen Online-Shop so entworfen hat,
wie ich es mir gewünscht habe.*